DIE HEIRATSVERMITTLERIN UND DER MARQUESS

DIE BRÄUTE VON MARRYWELL

BUCH DREI

DARCY BURKE

Übersetzt von
PETRA GORSCHBOTH

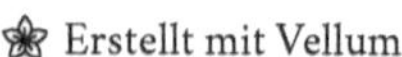 Erstellt mit Vellum

DIE HEIRATSVERMITTLERIN UND DER MARQUESS

Kommen Sie nach Marrywell, im schönen England, denn hier findet schon seit Hunderten von Jahren alljährlich das Maifest zur Partnerfindung statt, bei dem hoffnungsvolle Romantiker zusammenkommen. Die Herzöge und Halunken des Regency-Zeitalters begegnen hier temperamentvollen und bezaubernden Ladys, die ihnen ihre Herzen stehlen könnten.

Benjamin Nash, Marquess of Creslow, muss heiraten, denn er ist der letzte Stammhalter. Er wünscht sich ein geschäftliches Arrangement anstelle einer Liebesbeziehung und engagiert eine Heiratsvermittlerin, um dann festzustellen, dass es sich bei ihr um die Witwe handelt, die er auf einer Hausparty beinahe verführt hätte. Obwohl die Anziehung zwischen ihnen weiterhin schwelt, willigt er ein, ihre Beziehung auf einem professionellen Niveau zu halten.

Nach dem Tod ihres treulosen Ehegatten, der sie in Armut zurückgelassen hat, findet Rebecca Sweet als Heiratsvermittlerin finanzielle Hoffnung. Als sie sich jedoch für ihren

ersten richtigen Kunden engagiert, wird sie von seiner
Forderung in die Schranken gewiesen, dass Liebe nicht
erlaubt sei – und von der Tatsache, dass sie nicht aufhören
kann, an seine Küsse zu denken.

Doch als sie auf dem Fest zur Partnerfindung in ihrer
Heimatstadt nach seiner Braut suchen, muss sie sich ihren
Schuldgefühlen aus ihrer Vergangenheit stellen. Die überra-
schende Unterstützung seitens des Marquess veranlasst sie
zu der Frage, ob sie der Liebe eine zweite Chance geben
könnte. Zu dumm nur, dass er nur an einer zwanglosen
Liebelei interessiert ist. Sie muss eine Braut für ihn finden,
ehe sie ihr Herz für immer verliert.

KAPITEL 1

Leighton Buzzard, September, 1817

Noch nie hatte Rebecca Sweet hatte an einer Hausparty teilgenommen, geschweige denn an einer, die von einem Baron und einer Baronin ausgerichtet wurde. Die vergangenen neun Jahre hatte sie als einfache Farmersfrau und spätere Witwe eines bescheidenen Landwirts gelebt, der mehr ausgab, als er einnahm und der es sich bei Ale und Glücksspielen mit Freunden hatte gutgehen lassen oder in den Armen seiner Mätresse Trost fand. Die Art von Veranstaltungen mit im Voraus geplanten Unterhaltungen und Dienern, die sich um Rebeccas Bedürfnisse kümmerten, lag weit jenseits ihrer Erfahrungen.

Doch in den acht Monaten seit dem Tod ihres Mannes hatten sich die Dinge für sie geändert. Seine Tante Jennet, eine Lady vom Lande, deren liebste Freundin zufällig eine Baronin war, hatte Rebecca bei sich aufgenommen. Jetzt erntete Rebecca die Früchte ihrer Verbindung, wenn sie sich dabei auch ein wenig unwohl fühlte. Sie war sich einfach nicht sicher, wohin sie gehörte. Nie hatte sich das Haus ihres Mannes wie ein Heim für sie angefühlt, und das war auch bei Tante Jennets Haus nicht der Fall. Rebecca dachte an ihre Kindheit zurück, an die Black Sheep Farm in Marrywell, aber auch das hatte sich nicht wie ein Zuhause angefühlt.

Konnte solch ein weitläufiges Haus wie Clipstone Hedge, in dem sie sich gerade aufhielt, mit seiner in Rot und Gold gehaltenen Backsteinfassade und zu vielen Zimmern, um sie zu zählen, wie ein Zuhause anfühlen? Vielleicht, doch das war allerdings von den Menschen abhängig, die es bewohnten. Wie Rebecca erkannte, lag es an ihr, sich ein Zuhause zu schaffen. Sie war sich nur nicht im Klaren darüber, wie das vonstattengehen sollte.

Sie konnte sich allerdings zunächst einmal für Tante Jennets Freundlichkeit revanchieren. Ihre Enkelin Delia war ebenfalls unter den Gästen, und Rebecca hatte bemerkt, dass ein junger Gentleman auf dieser Party und Delia eine gewisse Affinität für mehrere Dinge zu haben schienen. Rebecca war sich bei diesen beiden ziemlich sicher, dass sich eine Beziehung zwischen ihnen entwickeln könnte, doch aufgrund ihrer Schüchternheit brauchten sie vielleicht ein wenig Unterstützung. Vorhin hatte Rebecca eine Schachpartie vorgeschlagen, da beide versichert hatten, es mache ihnen Spaß.

Sie hatten gespielt und schienen sich prächtig zu amüsieren, soweit Rebecca das von ihrer Position im Salon aus beurteilen konnte. Mit ein wenig mehr Unterstützung könnte aus ihnen tatsächlich ein Paar werden. Diese Vorstellung erfüllte Rebecca mit Freude, und das nicht nur, weil es Tante Jennet erfreuen würde. Mitanzusehen, wie zwei Menschen sich ineinander verliebten, war für Rebecca vielleicht die größtmögliche Annäherung daran, die sie für sich selbst sah. Sie würde daraus so viel Freude als möglich schöpfen.

Rebecca ging weiter und betrat die Bibliothek. Mit ihren turmhohen Regalen voller Bücher und den vielen gemütlichen Sitzecken wirkte sie beinahe überwältigend. Bücher standen für Reichtum, und diese Sammlung hier überstieg ihr Vorstellungsvermögen.

Eigentlich sollte sie längst schlafen, denn es war beinahe zwei Uhr morgens, doch für sie war es schon immer eine Herausforderung gewesen, zur Ruhe zu kommen, insbesondere an einem Ort, der nicht ihr Zuhause war. Ein Buch, hatte sie gedacht, könnte ihr helfen, aber sie war sich nicht sicher, wie sie hier ein Exemplar finden sollte, das sie interessierte.

Sie trat zu den Bücherregalen und vorsichtig fuhr sie mit den Fingerspitzen an den Buchrücken entlang. Nach dem Zufallsprinzip wählte sie eines davon aus und schlug den Einband auf. *Schafe und Ziegen: Die Unwägbarkeiten der Tierhaltung.* Das hörte sich ... trocken an. Sie wandte sich einem anderen Regal zu und nahm einen weiteren Wälzer heraus. *Robinson Crusoe.* Das war schon viel besser. Das Buch hatte sie allerdings schon gelesen, aber vielleicht würde sie einen anderen Roman finden, den sie noch nicht kannte.

Nach ein paar Minuten des Stöberns stieß sie auf ein Exemplar von *Pamela,* dessen Autor Samuel Richardson war. Der Roman schien unendlich lang zu sein. Nicht, dass sie eines dieser Bücher vor ihrer morgigen Abreise hätte auslesen können, denn sie war eine viel zu langsame Leserin.

»Guten Abend.«

Beim Klang der Männerstimme erschrak Rebecca und ließ das Buch auf ihren Zeh fallen. Mit einem Keuchen zog sie ihren Fuß unter dem schweren Wälzer hervor.

»Ich bitte um Entschuldigung!« Der Gentleman eilte auf sie zu. Gleichzeitig mir ihr bückte er sich, um das Buch vom Boden aufzuheben.

Auf dem Ledereinband stießen ihre Finger zusammen. Dann trafen ihre Blicke aufeinander.

Rebecca schlug das Herz bis zum Hals. Sie erkannte ihn sofort, obwohl er erst heute am späten Nachmittag eingetroffen war. Die Gastgeberin, Lady Philpott, war seine Cousine, und er der Marquess of Creslow.

Ein. Verflixter. Marquess.

Mit seinem dichten Haar, das von einem dunklen Kaffeebraun war, seiner breiten Stirn, ausdrucksstarken Augenbrauen, seiner patrizischen Nase mit einer faszinierenden Vertiefung am Ende, und Lippen, die für einen Mann vielleicht eine Spur zu breit waren, und seinem wohlgeformten Kiefer und Kinn, das aussah, als gehöre es zu einer der Statuen im Garten hinter dem Festsaal in Marrywell, wo sie aufgewachsen war, war er außerordentlich gutaussehend. Und nun, wo sie ihm so nahe war, konnte sie erkennen, dass seine Augen von einem warmen Kastanienbraun mit einigen goldenen Flecken in der Mitte waren. Sie könnte sich sehr gut in seinem Blick verlieren...

»Soll ich meine Hand wegnehmen?«, fragte er leise, fast neckend.

»Es sei denn, Sie hatten gehofft, diesen Roman zu lesen?« Ihrer Vermutung nach war er aus demselben Grund in die Bibliothek gekommen wie sie. Beide trugen sie Nachtgewänder. Sie hatte einen dicken Morgenmantel über ihr Nachthemd gezogen, und er trug einen dunkelgrünen Hausmantel über seiner Hose, die seine muskulösen Beine umhüllte.

Alles in allem vermittelte er ein Bild unerbittlicher Männlichkeit, das ihr irgendwie das Gefühl suggerierte, weiblicher zu sein. Oder vielleicht war sie sich ihrer Weiblichkeit einfach bewusster. Sie hatte Mühe, den Blick nicht auf das Dreieck aus heller, sandsteinfarbener Haut zu fixieren, das am Ansatz seines Halses entblößt war.

»Wie lautet der Titel?«, fragte er. »Vielleicht gefällt er mir.«

»*Pamela*.«

Seine Augenbrauen hoben sich. »Eine provokante Wahl.« Ihre Hände berührten sich noch immer, und das Wort »*provokant*« brachte Rebecca die Verbindung nur noch stärker zu Bewusstsein. »Haben Sie es schon einmal gelesen?«

Sie schüttelte den Kopf. Daraufhin formte er die Lippen zu einem verführerischen Lächeln, und Rebecca stockte der Atem.

Er nahm seine Hand weg. »Dann werde ich es Ihnen nicht vorenthalten.«

Rebecca unterdrückte ihre Enttäuschung über den Verlust seiner Berührung, doch dann umfasste er ihren Ellbogen und war ihr beim Aufstehen behilflich. Sie hätte seine Hilfe nicht gebraucht, doch sie fand sie mehr als angenehm.

»Haben sie das Buch gelesen?«, erkundigte sie sich.

»Ja.« Er ließ von ihrem Arm ab, und abermals verspürte sie einen Stich der Enttäuschung. »In Eton haben wir eine Ausgabe davon herumgereicht – unter der Nase unserer Lehrer, wohlgemerkt. Sie hätten diese Lektüre nicht gebilligt.«

»Warum nicht?«

»Es ist die Geschichte einer jungen Dienstmagd, die von ihrem Arbeitgeber verführt – in Wirklichkeit aber missbraucht – wird.«

»Das klingt nicht nach einer Geschichte, die ich lesen möchte.«

»Sie ist merkwürdigerweise fesselnd, aber eigentlich fand ich es ...« Er schnitt eine Grimasse. »Ich möchte Ihnen die Lektüre nicht noch mehr verderben.«

Sie hielt das Buch an ihre Brust. »Machen Sie sich darüber keine Gedanken. Es ist ja nicht so, als würde ich das Buch heute Nacht noch auslesen, und morgen ist die Party zu Ende.«

»Sie könnten das Buch auch einfach mitnehmen.« Er lehnte sich ein wenig zu ihr hin. Sein Duft nach Sandelholz und etwas unbeschreiblich Männlichem hüllten sie in gewisse Empfindungen ein. Warum brachte ein Duft sie dazu, sich ihm nähern zu wollen?

»Wollen Sie damit etwa sagen, ich solle stehlen?«, flüsterte sie.

Er zog eine Schulter hoch. »Ich gehe davon aus, dass Sie es zurückgeben würden. Es sei denn, Sie wohnen sehr weit entfernt?«

Erinnerte er sich nicht daran, dass sie nicht weit von Clipstone Hedge entfernt bei Lady Philpotts bester Freundin wohnte? »Ich *könnte* es mir vermutlich ausleihen.«

»Ich denke, das sollten Sie tun. Schauen Sie sich nur ihre Bibliothek an.« Er blickte sich um. »Meine Cousine und ihr Mann werden es nicht vermissen.«

»Hatten Sie das geplant?«, fragte Rebecca. »Ein Buch auszuwählen und es mitzunehmen, wenn Sie morgen abreisen?«

Er lachte. »Tatsächlich bleibe ich auch morgen Nacht, da ich gerade erst angekommen bin. Ich wollte eigentlich für die ganze Dauer der Party hier sein, doch dann wurde ich von meiner vorherigen Verpflichtung aufgehalten.«

»Worum handelte es sich?« Sie konnte nicht davonlassen, sich mit ihm zu befassen. Er war charmant und so attraktiv, dass ihr die Zähne davon wehtaten. Darüber hinaus war er ein Mann, der auf eine Weise mit ihr sprach und sie ansah, wie noch kein Mann zuvor – nicht einmal Horatio. Creslow betrachtete sie, als ob er sie in- und auswendig kennenlernen wollte. Allein in dieser kurzen Zeitspanne hatte er ihr irgendwie das Gefühl vermittelt, etwas Besonderes zu sein.

»Ich glaube nicht, dass ich Ihnen das sagen sollte«, entgegnete er mit einem teuflischen Grinsen. »Das wäre unanständig.«

Hielt er sie für ein Unschuldslamm? Vielleicht wusste er wirklich nicht, wer sie war, doch das war auch einerlei. »Falls es für Sie einen Unterschied macht, ich bin Witwe.«

»Tatsächlich?« Sein Blick wanderte zu ihrem Morgenmantel. »Lavendel. Ich hätte es merken müssen. Ich bitte um Entschuldigung.«

»Danke, aber das ist nicht nötig. Es sei denn, Sie hatten etwas mit dem Tod meines Mannes zu tun?«, fragte sie mit einem schwachen, schiefen Lächeln. »Er starb an Angina pectoris.«

»Es tut mir leid. Sie können nicht lange verheiratet gewesen sein.«

Siebeneinhalb Jahre. »Lange genug«, murmelte sie. »Ich bin älter, als es den Anschein hat.« Wann immer jemand erfuhr, dass sie siebenundzwanzig war, wurde sie immer ungläubig angestarrt.

»Sind Sie das? Ich bin geneigt, eine Vermutung anzustellen, aber die meisten Ladys wollen ihr Alter nicht verraten. Stattdessen werde ich Ihre Frage beantworten. Ich war auf einer Herrenparty. Ein Freund wird nächsten Monat heiraten, und wir haben seine letzten Tage als Junggeselle gefeiert.«

»Wie haben Sie es geschafft, sich im Datum für Ihre Ankunft auf der Hausparty zu vertun?« Das konnte sich Rebecca nur zu gut vorstellen. Es war nicht ungewöhnlich, dass Horatio vergaß, vom Haus seiner Geliebten wieder nach Hause zu kommen.

Creslow ließ eine Augenbraue in die Höhe schießen. »Höre ich da einen Hauch von Sarkasmus, wie bei Ihrer Frage nach dem Tod Ihres Mannes?«

Sie konnte sich ein Lächeln verkneifen. »Einen kleinen vielleicht.«

»Wenn Sie damit andeuten wollen, dass unsere Ausschweifungen zu viel des Guten waren, haben Sie wahrscheinlich recht, aber ich schwöre, dass es nicht aus dem Grund war, den Sie sich vielleicht vorstellen. Wir haben uns einfach zu gut amüsiert. Seit unseren Tagen in Eton sind wir Freunde.«

Sie mochte seine Arglosigkeit. »Das waren Ihre Mitverschwörer von *Pamela*?«

Er lachte. »Genauso ist es.«

»Welche Gründe habe ich mir denn Ihrer Vermutung nach vorgestellt?« Warum flirtete sie praktisch mit diesem Mann? Das hatte sie schon seit Jahren nicht mehr getan, nicht mehr seit ihrem ersten und einzigen Maifest zur Partnerfindung damals in Marrywell.

Und eines vielversprechenden Auftakts zum Trotz war das nicht sehr gut ausgegangen. Der charmante und aufmerksame Horatio hatte Rebecca auf dem Fest zur Partnerfindung den Hof gemacht. Er war genau der Mann, nach dem sie suchte: ein freundlicher und liebenswürdiger Gentleman mit ausgezeichneten Zukunftsaussichten, um sie und eine Familie zu unterhalten. Eine Heirat mit ihm würde ihr außerdem ermöglichen, Marrywell und ihre unglückliche Kindheit hinter sich zu lassen –, und ihr eine Chance auf ein eigenes Heim, eine eigene Familie und einen Ort bieten, an dem sie sich geborgen und vor allem geliebt fühlen würde.

In der Festwoche hatte sie sich nicht Hals über Kopf in

ihn verliebt, aber sie waren ineinander vernarrt gewesen, das hatte sie zumindest gedacht. Das Versprechen auf Liebe winkte strahlend und war fast sicher. Nach einigen Ehemonaten hatte Horatio jedoch sein wahres Gesicht gezeigt – das eines trägen, zügellosen Hedonisten.

»Mal sehen«, sinnierte der Marquess und dachte über ihre Frage nach. »Ich war auf einer Herrenfeier und habe den Hauptteil der jährlichen Hausparty meiner Cousine zum Sommerende verpasst. Meiner Vermutung nach dachten Sie, ich sei von einer Frau aufgehalten worden.«

»Oder Frauen«, murmelte Rebecca. Diesmal konnte sie das leichte Grinsen nicht unterdrücken, das ihre Lippen umspielte.

»Aha! Das haben Sie also gedacht!«

»Aus den von Ihnen genannten Gründen schien dies die logischste Schlussfolgerung zu sein.«

»Wie ich annehmen muss, eilt mir mein Ruf voraus.« Er klang recht zerschlagen.

»Ich kenne Ihren Ruf nicht.«

»Es ist beinahe der eines Wüstlings, fürchte ich. Das entspricht zwar nicht ganz der Wahrheit, aber es braucht nur eine lose Zunge, um ein Gerücht in die Welt zu setzen.« Nun ließ er seinen Blick zu dem Buch gleiten, das sie sich vor die Brust hielt. »Ich halte Sie von Ihrer Lektüre ab.«

Um ehrlich zu sein, war sie von ihm weitaus stärker in Bann gezogen. »Ich habe mich noch nicht entschieden, ob ich das Buch mitnehme«, entgegnete sie.

»Dann darf ich Sie vielleicht zu einem Glas Sherry oder was auch immer dort drüben auf dem Barschrank steht, einladen?« Er ging fast so dicht an ihr vorbei, dass sich ihre Arme berührten.

Beinahe.

Rebecca ließ das Buch auf einem Tisch in der Nähe liegen

und folgte ihm. Ihn kennenzulernen, war bei weitem das Interessanteste, was ihr seit Horatios Tod widerfahren war. Und diese Art von interessant war definitiv nicht *solcherart* interessant. Die Umstände des Todes ihres Mannes im Bett seiner Geliebten waren außerordentlich entsetzlich gewesen. Deshalb hatte auch niemand mit der Wimper gezuckt, als sie auf einer Hausparty auftauchte, während sie offiziell noch halb in Trauer war. Sie bezweifelte sogar, dass irgendjemand, der über die Einzelheiten seines Ablebens Bescheid wusste, ihr einen Vorwurf machen würde, wenn sie ihr normales Leben wieder aufnähme.

Ein Jammer, dass sie eigentlich keines hatte. Es war schwierig, wenn man von der Familie seines verstorbenen Mannes abhängig war, denn aufgrund der Schulden, die er hinterlassen hatte, war sie nach deren Abrechnung mittellos geblieben.

An all das wollte Rebecca jedoch im Augenblick nicht denken. Ihr stand der Sinn danach, mit Lord Creslow Sherry zu trinken – oder was auch immer verfügbar war.

Lord. Creslow.

Er nahm jede der drei Karaffen auf dem Tablett hoch. »Sieht so aus, als gäbe es tatsächlich Sherry und auch Portwein. Dieser letzte ...« Er nahm den Verschluss ab und schnupperte, um gleich darauf die Nase zu rümpfen. »Ein sehr herber Madeira.«

»Port, wenn es Ihnen nichts ausmacht.«

Er schenkte zwei Gläser Portwein ein und reichte ihr eines davon. »Auf die Begegnungen am späten Abend – oder dem frühen Morgen.«

Rebecca hielt gar nicht erst inne, um darüber nachzudenken, wie seltsam es war, mitten in der Nacht in einem herrschaftlichen Landhaus mit einem Marquess anzustoßen. Sachte tippte sie mit ihrem Glas an seines und nippte an dem vollmundigen, roten Likörwein.

Er betrachtete sie einen Moment. »Sie sind eine Witwe, die eine unglückliche Ehe überstanden hat, und ich bin angeblich ein Wüstling. Und mitten in der Nacht haben wir uns in einer schummrigen Bibliothek getroffen. Was glauben Sie, was die Leute sagen würden, wenn man uns auf die Schliche käme?«

Alle erdenklichen reißerischen Dinge kamen ihr in den Sinn. Rebecca trank noch einen Schluck Portwein, wobei sie aber versehentlich zu viel schluckte und prompt hustete.

»Verdammt«, murmelte er und stellte sein Glas auf dem Schrank ab, während er auf sie zuschritt. Er nahm ihr das Glas aus der Hand und klopfte ihr ein paar Mal auf den Rücken. »Das war mein Verschulden.«

Rebecca sah ihn fragend an. »Wie kann das sein? Ich habe einfach eine zu große Menge getrunken.« Sie holte tief Luft und war froh, nicht weiter husten zu müssen.

Er strich ihr weiter über den Rücken, und was als rettende Maßnahme begonnen hatte, wurde zu etwas ... mehr. Rebecca drehte ihren Kopf ein wenig, und ihre Blicke trafen sich. Seine Hand blieb still auf ihrer Wirbelsäule liegen.

»Ich sollte zu Bett gehen«, murmelte sie, wobei sie das Wort »*sollte*« vielleicht stärker als nötig betonte.

»Was ist mit Ihrem Buch?«, erkundigte er sich.

»In Anbetracht der späten Stunde und der Tatsache, dass wir morgen abreisen werden, sollte ich versuchen, etwas Schlaf zu finden.«

»Versuchen? Hatten Sie damit Schwierigkeiten? Sind Sie deshalb hergekommen?«

»Ja. Manchmal habe ich Schwierigkeiten einzuschlafen, insbesondere an anderen Orten als in meinem eigenen Bett.« Warum vertraute sie diesem Fremden so viel an?

»Das ist ein Jammer.« Er ließ seinen Blick zu ihrem

Mund schweifen. »Ich kann mir vorstellen, dass Sie schon allerhand ausprobiert haben, um dem Abhilfe zu schaffen.«

Das hatte sie in der Tat, aber sie wollte ihn nicht mit dieser Auflistung langweilen. »Ja, aber ich habe immer ein offenes Ohr für einen neuen Vorschlag. Wenn Sie einen haben.«

»Ich finde, Geschlechtsverkehr ist für mich die beste Einschlafhilfe.« Er formte die Lippen zu einem verführerischen Lächeln. »Die tiefe Befriedigung dringt bis in meine Knochen, und mein Körper entspannt sich, bis ich mich in Morpheus' Armen befinde.«

Hatte er gerade *Geschlechtsverkehr* gesagt? Danach hatte sie kaum noch etwas von seiner Rede verstanden.

»Habe ich Sie schockiert?«, flüsterte er. War er näher gekommen? »Ich bitte um Verzeihung. Ich lasse mich von diesem intimen Moment mitreißen, den wir teilen.«

Rebecca schluckte, ihr Herz pochte wie wild. »Das ergeht mir auch so, aber wie wird das enden? Abgesehen von meiner Ehe habe ich zu meinem Bedauern keinerlei Erfahrung, und dieser Erfahrung mangelte es leider gänzlich an solcher Romantik.«

Als er nun noch näher heranrückte, legte er die Stirn in Falten. »Das ist ein Verbrechen. Es gibt viele Möglichkeiten, wie dies hier ausgehen könnte, und das liegt ganz bei Ihnen. Ich würde vorschlagen, es mit einem Kuss *beginnen* zu lassen. Wenn Sie dazu bereit sind.«

Sie befürchtete, dass sie buchstäblich sterben würde, wenn er den geringen Abstand zwischen ihnen nicht verringerte und sie küsste. »Es hat, glaube ich, in dem Moment angefangen, als Sie meine Hand auf dem Buch berührt haben.«

Er zog die Augenbrauen hoch und es schien, als würde sich auch einer seiner Mundwinkel heben. »Da mögen Sie recht haben. Ich gestehe, als ich Sie in Ihrem Morgenmantel bei den Bücherregalen habe stehen sehen und sich dabei Ihre umwerfenden roten Locken aus dem Zopf lösten, fühlte ich mich sofort zu Ihnen hingezogen. Da Sie ebenso einnehmend wie schön sind, war es mir unmöglich, einfach wieder zu gehen, obwohl ich das sollte, wie ich sehr gut weiß. Was auch immer die Klatschbasen über mich erzählen mögen, ist *das* nicht typisch für mich.«

»Mir ist noch nie etwas über Sie zu Ohren gekommen.« Jedenfalls nichts, was über die Information hinausging, dass er der Cousin ihrer Gastgeberin war. Fast verzweifelt, ihn endlich zu schmecken, leckte sie sich über die Unterlippe. Solch ein heftiges Verlangen hatte sie noch nie erlebt.

Seine Augen verengten sich zu Schlitzen und er blähte die Nasenlöcher. »Jetzt haben Sie es getan.«

»Was?«

»Sie haben mir Ihre Zunge gezeigt, und jetzt *muss* ich Sie einfach küssen. Das ist Ihre letzte Chance, mir zu sagen, dass ich verschwinden soll.«

Das war das Letzte, was sie wollte. »Küssen Sie mich.«

»Sie sind eine Frau, die weiß, was sie will. Wie außerordentlich faszinierend.« Er ließ seine Hand weiter auf ihrem Rücken verharren, und nun drückte er seine Handfläche gegen ihr Rückgrat. Seinen anderen Arm schmiegte er um ihre Taille und zog sie dicht zu sich heran.

Eine Sekunde bevor er ihren Mund mit dem seinen in Besitz nahm, lächelte er – mit einer Spur von Siegesgewissheit oder Vorfreude oder womöglich auch beidem. Rebecca fasste ihn mit einer Hand um seine Taille und schob die andere zu seinem warmen Hals hinauf. Seine Lippen verschmolzen mit ihren und geleiteten sie in einen Kuss, der so sinnlich war, dass sie fürchtete, ihre Knie könnten ihr den Dienst versagen.

Das war absolutes Neuland. Wenn Horatio sich herabgelassen hatte, sie zu küssen, hatte er mit seinem Mund auf ihren gesabbert und seine Zunge zwischen ihre Lippen geschoben. Nicht das Geringste war daran erregend gewesen. Creslows Kuss war allerdings von einer ganz anderen Sorte. Er brachte Hitze und Verlangen mit sich. Seine Lippen öffneten sich auf ihren, und sie versteifte sich.

»Stimmt etwas nicht?«, murmelte er und küsste erst ihren Mundwinkel und dann ihr Kinn.

Rebecca verfluchte ihre Reaktion und war froh, dass er sich nicht zurückgezogen hatte, doch dann klammerte sie sich fest an ihn. »Ich stelle gerade fest, dass mein Mann nicht gewusst hat, wie man küsst.«

»Keine Romantik und Küsse, die zu wünschen übriglassen. Bitte sagen Sie mir, dass er eine Fülle anderer positiver Eigenschaften besaß.«

»Ich fürchte nein.«

Creslows Gesichtszüge verzogen sich zu einer angedeuteten Grimasse. »Ich könnte mich fragen, ob Sie vielleicht erleichtert sind, dass er nicht mehr unter uns ist.«

»Erleichterung ist gelinde ausgedrückt. Vielleicht könnten Sie weitermachen, damit ich wenigstens lerne, wie man ordentlich küsst?« *Bitte.*

»Es wäre mir eine Ehre.« Abermals legte er seine Lippen auf ihre, und als er diesmal die Lippen teilte, um ihr mit seiner Zunge über den Mund zu lecken, presste sie sich an ihn und schlang ihre Hand fester um seinen Nacken.

Der Kuss war dekadent und lüstern und die Empfindung strahlte direkt bis in ihr Innerstes. Ihr Körper bebte vor neu entdecktem Verlangen. Er hielt sie mit einer groben Besessenheit, während er sie mit seinen Händen auf eine Weise streichelte und erforschte, die ihr Verlangen nach mehr weckte.

Ein Kuss nach dem anderen versetzte sie in eine immer tiefere gedankenlose Glückseligkeit. Vage war sie sich bewusst, dass er sie rückwärts und dann in eine neue Richtung lenkte, bis sie ein Möbelstück an ihren Kniekehlen spürte. Er drückte sie sanft herunter, bis sie auf etwas saß. Als sie die Augen einen Spalt öffnete, erkannte sie, dass es ein Sofa war.

Er drehte sie um und dirigierte sie in die Rückenlage. »Ist das genehm?«, fragte er sanft, während er mit den Händen über ihre Seiten und Hüften streichelte.

»Ja«, flüsterte sie außer Atem. »Was wirst du tun?«

»Was soll ich tun?«

»Ich ... ich bin mir nicht sicher. Ich habe das Küssen sehr genossen.« Sie nahm an, dass sie auch den sexuellen Akt selbst genießen würde, zumindest weitaus mehr als es je mit Horatio der Fall gewesen war. Sie hatte lernen müssen, sich selbst zu befriedigen, da Horatio nie imstande gewesen war, ihr Lust zu bereiten, geschweige denn sie zu befriedigen.

Nun beugte Creslow sich über sie und platzierte sein Knie zwischen ihren auf dem Sofa. »Du sagst mir jederzeit, wenn es dir lieber wäre, dass ich aufhöre? Ich möchte nicht zu weit gehen.«

Dass er das tun könnte, lag außerhalb ihrer Vorstellungskraft. Bislang war alles ganz wunderbar gewesen. Sie nahm seinen Kopf in ihre Hände und zog ihn zu einem weiteren Kuss zu sich herab. »Geh so weit, wie du willst.«

Er neckte und verschlang ihren Mund, bis sie sich von seinen Küssen geradezu berauscht fühlte. Allerdings war sie noch nicht so weit entrückt, dass sie nicht mitbekam, wie er den Gürtel ihres Morgenmantels aufknüpfte. Er schob das Kleidungsstück an ihrem Unterleib hinauf und sanft glitten seine Hände über ihre Brüste. Zärtlich streichelte er sie mit seinen Fingerspitzen, obwohl das Gewebe ihres Nachthemds verhinderte, dass er ihre Haut berührte. Dennoch versteiften sich Rebeccas Brustwarzen, und ihr gesamter Körper krampfte sich vor Begierde zusammen.

Er umfasste sie und streichelte eine Brust, während er

eine Spur aus Küssen an ihrem Hals entlang beschrieb. Mit einem sanften Ruck entblößte er ihre Brust. Wie von selbst fanden seine Lippen ihren Weg zu der kleinen Wölbung, und dann leckte er über ihre Brustwarze. Sie krallte sich fester an seinen Kopf. Er schloss seinen Mund um diese empfindliche Stelle und saugte daran, worauf sie sich mit einem scharfen Einatmen vom Sofa aufrichtete.

Eine rasche und verzweifelte Erregung durchfuhr sie. Beinahe wie von selbst gerieten ihre Hüften in Bewegung, als sie auf der Suche nach Befriedigung war. Er schob das Knie nach oben, drückte gegen ihr Geschlecht und übte genau dort Druck aus, wo sie es am meisten brauchte.

Rebecca genoss das Gefühl, wie sein Mund mit ihrer Brust spielte und er sie mit seiner Hand an ihrer Hüfte streichelte. Als er dann den Saum ihres Nachthemds anhob, verschwand der angenehme Druck seines Knies. Sie wimmerte leise, doch dann fühlte sie seine Hand zwischen ihren Schenkeln. Erst nahezu zaghaft, doch dann immer fordernder streichelte er ihr Geschlecht. Dabei richtete er seine Aufmerksamkeit auf die Knospe an der Spitze – eine Stelle, von deren Existenz Horatio nichts gewusst zu haben schien – und trieb sie damit in einen Lustrausch.

Sobald er den Mund von ihrer Brust nahm, sah sie sich zu einem erneuten Wimmern veranlasst. Ihre Brustwarze fühlte sich geschwollen und wundervoll schwer an. Das Gefühl, das sie nun erfasste, bescherte ihrem Körper einen Hunger, den sie noch nie erlebt hatte.

Sie verflocht ihre Finger mit seinem dichten Haar, während er sich an ihrem Körper immer tiefer schob. Sanft drückte er ihre Schenkel weiter auseinander, ehe er seine Lippen dort auf sie senkte. Wollte er ...? Sie wusste von diesem Akt, doch Horatio hatte das nie getan. Und um ehrlich zu sein, hatte der Gedanke sie abgestoßen, dass er es tun würde. Doch nun war es Creslows Kopf zwischen ihren

Schenkeln. Es war ein verbotenes Vergnügen, mit dem sie nie gerechnet hatte.

Mit seinem Atem liebkoste er ihr Geschlecht, kurz bevor er sie leckte. Rebecca biss sich auf die Lippe, um nicht laut aufzuschreien. Sie grub die Fingernägel in seine Kopfhaut, während ihre Hüften von ganz allein zuckten.

Dann schob er eine Hand unter ihren Hintern und hob sie für seinen Festschmaus ein wenig an, während er mit seinen Lippen und seiner Zunge über ihr Geschlecht herfiel. Sie konnte nicht an sich halten und musste sie auf ihrer Suche nach der Erlösung, die sie so nahe wähnte, winden. Dies war allerdings etwas gänzlich anderes als alles, was sie bislang erlebt hatte. Es war kein schwieriger Aufstieg zum Gipfel. Dies war eine Flut der Gefühle und des Vergnügens, die sie ihrem Höhepunkt entgegen rasen ließ.

Während er an der Knospe saugte, schob er seinen Finger in ihr Geschlecht. Sie konnte nicht verhindern, dabei aufzuschreien. Ihr Körper zitterte von dem tosenden Sturm, dem drohenden Absturz. Er hob eines ihrer Beine über seine Schulter und dann gab er ihr alles, was sie begehrte.

Ihre Welt explodierte wie ein Feuerwerk der Ekstase. Er hielt sie fest, seine Hand hielt ihren Oberschenkel umklammert, während er sie durch dieses wundersame Entzücken geleitete, das er über sie gebracht hatte. In diesem Moment wurde Rebecca sich bewusst, dass ihr Leben sich für immer verändert hatte. Sie musste sich nicht damit bescheiden oder dankbar dafür sein, was sie bekommen hatte. Dort draußen in der Welt gab es mehr – mehr Glück, Selbstverwöhnung, und mehr von dem absolut Unerwarteten.

Als ihr Körper sich allmählich beruhigte, entfernte sie sich von ihm und zog ihr Nachthemd wieder über ihr Geschlecht. Rebeccas Beine fühlten sich wie Gelee an. Sie blickte zu ihm auf, wie er am anderen Ende des Sofas saß und seinen Oberkörper ihr zugewandt hatte. Er trug ein schrecklich verführerisches, fast süffisantes Lächeln auf dem Gesicht, und sein Hausmantel saß ein wenig schief. Trotz ihrer außerordentlichen Befriedigung fühlte sie sich allein bei seinem Anblick gleich wieder erregt.

»Heute Nacht wirst du vermutlich besser schlafen«, meinte er zu ihr. »Zumindest hoffe ich das.«

Bedachte man, wie schlaff sich ihre Glieder anfühlten, musste sie ihm zustimmen. »Ich habe das Gefühl, als hättest du mir ein großes Geschenk gemacht. Noch nie zuvor habe ich das erlebt.«

Er zog die Brauen zusammen und beugte sich leicht vor. »Was davon? Ich meine, diesen speziellen Akt oder, und ich scheue mich das auch nur zu denken, weil du verheiratet warst, die Erfahrung eines Orgasmus?«

Endlich begriff sie den wahren Sinn dieses Wortes. »Beides, wirklich. Befriedigung habe ich schon gefunden, aber nur durch meine eigene Hand.«

Wut blitzte in seinen Zügen auf. »Dein Mann war eindeutig ein egoistischer Halunke.«

Jetzt wollte Rebecca erst recht nicht an Horatio denken. »Ich bin nicht egoistisch. Wie kann ich dieses wunderbare Geschenk, das du mir gemacht hast, erwidern?«

Noch ehe er darauf antworten konnte, veranlasste ein Geräusch von der Tür her sie beide, sich aufzusetzen. Rebecca zog ihren Morgenmantel fester um sich.

Ein Diener stand an der Tür der Bibliothek, den Blick auf die Feuerstelle gerichtet. »Ich bitte um Verzeihung«, entschuldigte er sich. »Dies ist meine letzte Station, ehe ich mich schlafen lege.«

»Es ist alles in Ordnung«, entgegnete Creslow beiläufig, während er sich vom Sofa erhob. Er reichte Rebecca die Hand. In dem Moment, in dem ihre Handfläche die seine berührte, wollte sie ihre Hand weiter an seinem Arm hinaufgleiten lassen und ihn an sich ziehen. Sie wollte jeden Teil von ihm erforschen.

Würde er sie in sein Bett einladen? Schließlich waren sie ja auf einer Hausparty.

»Ach, Lord Creslow, Ihr seid das.« Der Diener sprach zögernd, fast nervös. »Ihre Anwesenheit wurde im Billardzimmer verlangt. Ich komme gerade von dort, und einige Herren hatten gehofft, Sie würden zurückkehren. Ich bin sogar der Annahme, dass einer von ihnen geplant hatte, Sie aus Ihrem Schlummer zu wecken.« Der Mann hielt inne, ehe er hinzufügte: »Ich bin in einigen Minuten zurück.« Dann zog er sich eilig zurück.

Der Marquess murmelte etwas. Er drehte sich zu Rebecca um, sein Daumen streichelte ihre Hand. War er sich dieser Liebkosung überhaupt bewusst, oder handelte er ohne nachzudenken? »Ich werde mich um den betrunkenen Kerl kümmern müssen, der mich heimsuchen will, nicht dass ich dafür angezogen wäre.« Er blickte an sich herab, ehe er ihren Blick erneut traf. »Ich danke dir für eine höchst spektakuläre Begegnung.« Er beugte sich zu ihr und berührte mit seinen Lippen die ihren.

Mit ihrer freien Hand griff Rebecca nach seiner Schulter und hielt ihn fest, während sie den Kuss für einen kurzen Moment vertiefte. Als sie sich schließlich zurückzog, blickte er sie mit einem Feuer an, das ihre Erregung nur noch weiter anfachte. Sie freute sich darauf, ihn morgen zu sehen – und vielleicht auch noch danach.

Und wozu? Für eine heiße Affäre?

Damit wäre sie mehr als einverstanden.

»Du gehst vor«, forderte er sie auf und ließ ihre Hand los. »Wir sollten nicht zusammen gesehen werden – das Auftauchen des Dieners war ungelegen genug.«

Ihr Ruf würde davon nicht in Mitleidenschaft gezogen werden, wollte Rebecca antworten, aber sie war eine Witwe, die noch die halbe Trauerperiode vor sich hatte. Während es in ihrem Fall akzeptabel sein mochte, an einer Hausparty teilzunehmen, wäre es allerdings unpassend, mitten in der Nacht mit einem gutaussehenden Marquess zu poussieren.

»Danke«, entgegnete sie leise. »Vermutlich werde ich besser schlafen als je zuvor. Gute Nacht.« Sie musste sich zwingen, jetzt zu gehen und sich stattdessen auf ihre hoffentlich nächste Begegnung zu konzentrieren.

»Gute Nacht«, rief er ihr nach.

An der Tür drehte sie sich um, und das Bild von ihm, wie er dort stand mit zerzaustem dunklem Haar und den schwachen Konturen seines erregten Schaftes, die sich unter seiner Kleidung abzeichneten, brannte sich in ihr Gedächtnis ein. Dann drehte sie sich um und ging.

Beim Betreten ihres Zimmers, konnte sie nicht anders, als einen Blick auf die Wand zu werfen, die ihr Zimmer von dem von Tante Jennet trennte. So tief Rebecca Horatio auch verabscheut hatte, so sehr bewunderte sie seine Tante Jennet, die immer nur freundlich gewesen war und Rebecca sogar zu dieser Hausparty mitgenommen hatte, auf der sie dann eine vollkommen unerwartete und erstaunliche Begegnung hatte.

Vielleicht war sie sogar lebensverändernd.

Nun hatte sie einen Eindruck davon, was sie in der Ehe mit Horatio vermisst hatte, und zum ersten Mal fragte sie sich, ob sie es tatsächlich noch einmal versuchen wollte. Heiraten. Dieses Mal könnte sie sich vielleicht versichern, dass es echte Liebe gab.

Im Januar würde ihre Trauerperiode enden, und dann könnte sie über ihr weiteres Vorgehen entscheiden. In der Zwischenzeit war sie Tante Jennet für ihre Großzügigkeit dankbar und würde alles in ihrer Macht Stehende tun, um das Zustandekommen einer Verbindung zwischen Delia und dem jungen Mann zu fördern.

Darüber hinaus freute sich Rebecca, sich ein eigenes

Heim zu schaffen und vielleicht die wahre Liebe zu finden. Ob das auch die Liebe ihrer Familie in Marrywell einschließen würde?

Nachdem sie der in ihrem Elternhaus herrschenden Kaltherzigkeit entflohen war, hatte sie nie erwartet, einmal dorthin zurückzukehren. Auch die enttäuschende Entwicklung ihrer Ehe hatte sie nicht erwartet, oder dass ihr Mann stürbe und sie nicht nur kinderlos, sondern auch mittellos zurücklassen würde.

Sie *könnte* heimkehren ...

Ihre rücksichtslose Mutter war nicht mehr dort – sie war von Rebeccas jüngerer Schwester mit einer ordentlichen Geldsumme fortgeschickt worden, von der sie ihren Lebensunterhalt bestreiten konnte. Diese Schwester, Leah, war nach Marrywell zurückgekehrt und hatte den Mann geheiratet, den sie praktisch schon immer geliebt hatte. Wie schön wäre es, ihre Schwester so glücklich zu sehen, aber es wäre auch schmerzhaft, denn genau das war Rebeccas Wunsch und sie bezweifelte, dass sie so viel Glück haben würde. Und das war gerecht. Leah hatte dieses Glück mehr als jeder andere verdient.

Rebecca krampfte sich innerlich zusammen. Wann immer sie an eine Rückkehr nach Hause dachte, wurde ihr mulmig zumute. Leah gegenüberzutreten bedeutete, sich mit einer Vergangenheit zu konfrontieren, für die Rebecca sich furchtbar schämte.

Es war besser, den Blick in die Zukunft zu richten. Falls dieser irrsinnig wundervolle Marquess of Creslow in dieser Zukunft vorkommen würde, hätte Rebecca nicht die geringsten Bedenken.

Eine Affäre mit dem Marquess war jedoch weder ein Broterwerb noch eine Ehe. Und von Tante Jennets Wohlwollen konnte sie nicht einfach so weiterleben. Wenn ihrer Schwester Leah außerhalb von Marrywell eine Anstellung als bezahlte Gesellschafterin angeboten worden war, worauf sie ihren Heimatort vor einigen Jahren verlassen hatte, ehe sie im letzten Frühjahr zurückgekehrt war –, dann konnte Rebecca ebenfalls ... etwas finden.

Die Frage war nur, was dieses Etwas sein würde.

Sieben Monate später

$\mathcal{R}$ebecca legte den Brief ihrer älteren Schwester Meg beiseite und überlegte, was sie zur Antwort schreiben könnte. Stets blieb sie absichtlich vage, wenn sie von den Ereignissen in ihrem Leben erzählte, die normalerweise nicht sehr aufregend waren. Doch in den letzten sechs Monaten waren viele Dinge geschehen, die Rebeccas Lebensweg von langweilig und nichtssagend zu unerwartet und potenziell aufregend gewandelt hatten.

Leider hatte davon aber auch rein gar nichts mit dem Marquess of Creslow zu tun.

Seit ihrer Begegnung in der Bibliothek von Clipstone Hedge hatte sie ihn nicht mehr gesehen. Tante Jennet hatte am nächsten Morgen recht früh aufbrechen wollen, was bedeutete, dass sie abgereist waren, ehe der Marquess überhaupt die Treppe heruntergekommen war.

Für Rebecca gab es keinen guten Grund, sich nach ihm zu

erkundigen, also hatte sie das auch nicht getan. Er war auch nicht gekommen, um sie zu suchen. Rebecca hatte Lady Philpott seither bei mehreren gesellschaftlichen Anlässen getroffen, und dass auch über die Weihnachtszeit, doch dabei war der Marquess kein Gesprächsthema gewesen, einmal abgesehen von der Erwähnung, dass er sich in London aufhielt.

Beim Ausbleiben eines nachfolgenden Treffens zwischen ihnen war sie enttäuscht gewesen, aber eigentlich hätte sie das auch nicht erwarten dürfen. Stattdessen hatte sie sich auf die Planung ihrer Zukunft konzentriert. Wie es der Zufall wollte, hatte diese Zukunft auf der gleichen Hausparty ihren Anfang genommen – allerdings nicht mit dem Marquess.

Rebeccas Bemühungen um die Zusammenführung von Delia und ihrem jetzigen Mann hatten sich als außerordentlich erfolgreich erwiesen. Im Anschluss an die Hausparty hatte es noch einen Monat gedauert, bis sie sich endlich gefunden hatten, aber Rebecca hatte jeden Moment genossen, als sie miterlebte, wie die beiden sich ineinander verliebten. Anfang November hatte das Paar sich trauen lassen und sie erwarteten bereits ihr erstes Kind.

Nach diesem Erfolg hatte Lady Philpott höchstpersönlich Rebecca *engagiert,* um einen Ehepartner für ihre Enkelin zu finden. Dank Rebeccas Vermittlung hatte Ursula Philpott einen betuchten Gentleman zum Mann genommen, der seine Familie über die Feiertage in Leighton Buzzard besucht hatte. Die Hochzeit der beiden im Februar war der Auslöser für eine weitere Verbindung, die Rebecca zwischen einem anderen Paar zuwege bringen konnte, die als Gäste an dem Hochzeitsfrühstück im Anschluss an die Zeremonie teilgenommen hatten.

Es schien, als hätte Rebecca ihren Broterwerb gefunden. Als Heiratsvermittlerin konnte sie bald ihren eigenen Hausstand gründen. Wenn sie schon keine Familie haben konnte, dann doch wenigstens ein Zuhause.

Rebecca hatte das bisher verdiente Geld auf die hohe Kante gelegt, und nach einem oder zwei weiteren Erfolgen wäre sie in der Lage, sich entweder in Leighton Buzzard oder vielleicht im größeren Luton eine Unterkunft leisten zu können. Tante Jennet war ungemein hilfsbereit gewesen und hatte ihr vorgeschlagen, sie könne nach London gehen, doch das schien Rebecca nicht möglich. Zumindest im Moment nicht.

Wie von Rebeccas Gedanken herbeigezaubert, rauschte die Lady in den im Erdgeschoss liegenden Salon, wo Rebecca ihre Korrespondenz zu erledigen pflegte. »Ah, da bist du ja, meine Liebe! Ich habe gerade die beste Nachricht überhaupt erhalten.« Sie wedelte mit einem Briefbogen in der Luft, ehe sie sich auf einen Stuhl in der Nähe des Schreibtisches setzte.

Jennet St. James war Ende fünfzig, mit beinahe vollkommen ergrautem Haar und so fröhlich, wie ihr Neffe langweilig gewesen war. Fast immer blitzte in ihren walnussbraunen Augen ein Funken Fröhlichkeit, die von ihrem blassen Gesicht eingerahmt waren, und stets war sie bemüht, alle um sie herum zum Lächeln zu bringen. Das war nicht weiter schwer, wenn man mit einem so liebenswürdigen Gemüt gesegnet war. Seit Rebecca Marrywell verlassen hatte, um Horatio zu heiraten, war sie der einzige Lichtblick für sie gewesen.

»Was sind das für Neuigkeiten?«, fragte Rebecca lächelnd.

Tante Jennet faltete den Brief auseinander und legte ihn ihr auf den Schoß. »Du hast eine Anfrage bezüglich deiner Dienste als Heiratsvermittlerin erhalten. Susan, Lady Philpott, hat mir soeben mitgeteilt, dass ihr Cousin, Lord Creslow, deine Dienste in Anspruch nehmen möchte.«

Rebecca wich die Luft aus der Lunge. Von allen Menschen Englands ...

Lord Creslow. *Er.*

Sie wollte mehr über den Marquess erfahren, doch zuerst

fragte sie: »Warum hat Lady Philpott dich und nicht mich gefragt?«

»Sie wollte sich vergewissern, dass du verfügbar bist. Vielleicht habe ich sie in dem Glauben gelassen, dass deine Expertise als Heiratsvermittlerin gefragt ist. Das *ist* sie nämlich.« Tante Jennet schenkte ihr ein zuversichtliches Lächeln. »Oder das wird sie sein, sobald du dich entschließt, für deine Dienste zu werben.«

»Ich weiß es zu schätzen, dass du so freundlich von mir sprichst«, entgegnete Rebecca. »Du warst schon immer so großzügig.«

»Du hast Freude daran, Menschen zusammenzuführen, nicht wahr? Hoffentlich denkst du nicht, du müsstest arbeiten, um von hier fortzukommen – du bist hier so lange willkommen, wie es dir beliebt. Sogar für immer.«

»Es gefällt mir, die Menschen zusammenzubringen. Sehr sogar.« Rebecca fand das wundervoll befriedigend. »Ich bin dir für alles dankbar, was du für mich getan hast, und obwohl ich hier glücklich war, ist es nun an der Zeit für mich, herauszufinden, was das Leben sonst noch für mich bereithält.«

»Ich bewundere deinen Sinn für Abenteuer. Das ist nicht überraschend. Nicht jede junge Frau nimmt einen Heiratsantrag an und erklärt sich bereit, in weite Ferne von ihrem alten Zuhause zu ziehen, ohne zu wissen, ob es ihr dort gefallen wird.« Tante Jennets Gesicht drückte ihr Verständnis aus. »Ich weiß, dass die Dinge nicht so gelaufen sind, wie du es dir erhofft hattest, und das tut mir sehr leid. Ich hoffe, du konntest davon genesen und dich erholen.«

Rebecca wusste, dass sie sich nicht auf Horatios Tod bezog, sondern auf die Art und Weise, wie er sie während ihrer Ehe behandelt hatte. Tante Jennet hatte von Horatios Seitensprüngen gewusst und Rebecca hatte ihr einige seiner anderen Schandtaten enthüllt. Entsetzt entschuldigte sich

Tante Jennet immer wieder für ihn, obwohl Rebecca darauf bestand, dass sie dies nicht zu tun brauchte.

Jetzt wollte Rebecca etwas über den Marquess erfahren. »Ich wusste nicht, dass seine Lordschaft auf der Suche nach einer Frau ist.« Sie stellte ihre Frage in einem ruhigen Tonfall, aber innerlich war sie voller Vorfreude und Aufregung, weil sie ihn so gern wiedersehen wollte.

Allerdings würde sie ihm eine Frau suchen. Diese Erkenntnis hüllte sie wie eine kalte, nasse Decke ein.

»Er ist zu dem Schluss gekommen, dass es nun an der Zeit ist, wieder zu heiraten, um seine Pflicht zu erfüllen und so weiter«, antwortete Tante Jennet.

Wieder heiraten? Warum hatte Rebecca nicht gewusst, dass er Witwer war? »Ich wusste nicht, dass er schon einmal verheiratet war.«

»Sie starb etwa achtzehn Monate nach der Hochzeit, glaube ich. Er zog sich für ein Trauerjahr zurück, und als er in die Gesellschaft zurückkehrte, schien es ihm gut zu gehen, obwohl Susan sagt, dass er seine frühere Ausgelassenheit nicht ganz wiedererlangt hat, und bei näherem Hinschauen ein leichter Schatten an ihm haftet.«

Das hatte Rebecca nicht gesehen, aber sie hatte auch kaum Zeit mit ihm verbracht. Und die mit ihm zusammen verbrachte Zeit war einfach herrlich gewesen, wenn nicht sogar unglaublich. »Dass seine Ehe auf diese Weise enden musste, tut mir sehr leid.« Hatte er seine Frau also geliebt? Das hoffte Rebecca, doch dann stellte sie sich vor, wie verheerend der Verlust gewesen sein musste.

»Es wäre mir eine Ehre, ihm bei der Suche nach einer neuen Marchioness behilflich zu sein«, fügte Rebecca noch hinzu.

»Ich hatte gehofft, dass du das sagen würdest.« Tante Jennet ließ ihr Lächeln verblassen und ihre Stimme nahm einen sachlichen Ton an. »Creslow möchte keine Partnerin in London finden. Wie er behauptet, gäbe es in dieser Saison keine Kandidatin, die sein Interesse weckt. Er erwägt, hierher zurückzukehren, und deshalb dachte Susan, dass du ihm helfen könntest, nachdem du in dieser Region mit Erfolg einige Verbindungen herbeigeführt hast.«

Rebecca war sich nicht sicher, ob ihr in Leighton Buzzard oder Umgebung jemand einfiel, der für den Marquess in Frage käme. Zu schade, dass es dort nicht wie in Marrywell, wo sie aufgewachsen war, ein Maifest zur Partnerfindung gab. In weniger als einem Monat würde das Fest beginnen ...

Könnte sie überhaupt erwägen, nach Hause zurückzukehren? Der Gedanke verunsicherte und erregte sie zugleich. Hauptsächlich beunruhigte er sie aber. Vielleicht gab es aber keinen besseren Zeitpunkt und keinen besseren Grund. Sie konnte das Fest und ihre Stellung als Heiratsvermittlerin als Ausflucht für ihre Rückkehr anführen, und wenn die Dinge unangenehm würden, nun, das Fest dauerte nur eine Woche.

»Du siehst aus, als hättest du schon jemanden im Sinn«, meinte Tante Jennet.

»Nicht jemanden. *Etwas*. Ich frage mich, ob der Marquess daran interessiert wäre, an dem Maifest zur Partnerfindung in Marrywell teilzunehmen. Es wird eine Menge Ladys geben, die sich verlieben und heiraten wollen. Es gibt keinen besseren Ort und keinen besseren Zeitpunkt, um eine Partnerin zu finden.« Rebecca schnürte es die Kehle zu. Ihr ganzes Leben lang hatte sie daran geglaubt, dass das Fest zur Partnerfindung in Marrywell magisch sei und sie von ihrer unglücklichen Familie befreien würde.

Und das hatte es, allerdings direkt in eine unglückliche Ehe.

Rebecca rief sich in Erinnerung, dass sie keineswegs die Norm war, und die überwiegende Mehrheit der Menschen auf dem Fest eine Liebesbeziehung einging. Nur weil das bei ihr nicht der Fall gewesen war, musste das noch lange nicht heißen, dass sie nicht dafür sorgen konnte, dem Marquess zu einer glücklichen Verbindung zu verhelfen. Sie hatte bereits bewiesen, dass sie für andere besser einen Partner finden konnte, als für sich selbst.

Dann nahm sie ihren ganzen Mut zusammen, ehe sie es sich anders überlegen konnte, und warf Tante Jennet einen ernsten Blick zu. »Meinst du, er wäre an einer Teilnahme am Fest zur Partnerfindung in Marrywell interessiert?«

Tante Jennet klatschte in die Hände. »Was für eine wunderbare Idee. Daran habe ich gar nicht gedacht. Ich werde Susan bitten, sich bei ihm zu erkundigen.«

Eine Verbindung für einen Marquess herbeizuführen wäre genau das Richtige, um Rebecca einen guten Start in diese Karriere zu ermöglichen. Die von ihr gewünschte Zukunft mit einem eigenen Haus und niemandem, auf den sie angewiesen wäre, oder der sie enttäuschen könnte, wäre zum Greifen nah.

Plötzlich streckte Tante Jennet ihre Hand aus und berührte Rebeccas. »Bitte verzeih mir, ich mische mich da ein, obwohl ich es nicht sollte. Du schreibst an Susan und erläuterst ihr, was du denkst. Oder wir können sie besuchen.«

Rebecca schenkte ihr ein warmes Lächeln und legte ihre Hand auf Tante Jennets. »Ich fühle mich nicht bevormundet. Ich weiß deine Freundlichkeit und deine Hilfe zu schätzen. Ich werde Susan direkt schreiben, denn wir müssen uns beeilen, wenn wir vor dem ersten Tag des Fests in Marrywell sein wollen. Ich werde ihr auch mitteilen, dass ich für ein Treffen mit ihr zur Verfügung stehe, wenn sie es wünscht.«

»Ausgezeichnet.« Tante Jennet schniefte und schaute sie stolzerfüllt an. »Du wirst fabelhaft sein, und bald werden deine Dienste als Ehestifterin so gefragt sein, dass du eine Sekretärin einstellen musst, nur um die Anfragen zu bearbeiten.«

Rebecca lachte. »Das sollte mir gefallen.«

Eine unbehagliche Vorfreude machte sich in ihr breit. Vielleicht lag es daran, dass sie nach Hause zurückkehren würde. Oder weil sie eine Braut für den Mann suchen würde, mit dem sie sich eine Liaison erhofft hatte.

Sie musste ihn aus ihren Gedanken verdrängen – zumindest was diese Richtung anbelangte. An ihren gemeinsamen Abend in der Bibliothek zu denken, wäre nicht angebracht, wenn sie ihn verkuppeln wollte.

Sie würden eine rein geschäftliche Beziehung zueinander aufbauen, die sich von der Art und Weise, wie sie begonnen hatten, stark unterschied. Auch wenn es für Rebecca schwierig werden könnte, würde sie das tun. Das musste sie.

Und was war mit ihm? Hatte er überhaupt einen Gedanken an sie verschwendet? Was würde er sagen, wenn seine Cousine ihm vorschlug, genau die Frau als Heiratsvermittlerin zu engagieren, die er in der Bibliothek beglückt hatte? Nicht, dass Lady Philpott etwas davon wüsste.

Es war durchaus möglich, dass Creslow ihre jetzige Person überhaupt nicht mit ihrer damaligen in Verbindung bringen würde. In jener Nacht hatte er nicht einmal Rebeccas Namen gekannt.

Da die Zeit drängte, konnten sie sich sehr wohl als Fremde in Marrywell treffen. Nun, vielleicht nicht als Fremde. Denn sobald er ihrer ansichtig würde, musste er ja erkennen, wer sie war. Und was, wenn er nicht wollte, dass sie seine Heiratsvermittlerin war? Dann wäre sie den ganzen Weg umsonst angereist.

Nicht *umsonst*, denn sie könnte immer noch ihre Familie besuchen. Dieser Plan erschien ihr plötzlich unausgegoren. Und doch konnte sie nicht leugnen, dass sie es tun wollte. Nach Marrywell zurückzukehren und ihre Familie zu besuchen. Den Marquess wiederzusehen und ihm zu helfen, sein Glück zu finden.

Herauszufinden, ob es vielleicht auch für sie Glück gäbe.

Ende April, Marrywell

Am späten Nachmittag stieg Benjamin Nash, der Marquess of Creslow, in einer ruhigen Seitenstraße des malerischen Städtchens Marrywell in Hampshire aus seiner Kutsche und trat in den strahlenden Sonnenschein. Eine Tagesreise von London entfernt, lag der Ort nah genug, um wie ein kurzer Ausflug anzumuten, und doch weit genug weg, um einen ländlichen und abgelegenen Eindruck zu bewirken.

Angesichts der vielen Gasthäuser und Pubs, und auch der vielen Menschen, die sich hier tummelten, hatte der Ort etwas von einem Ferienort. Denn die Besucher, darunter auch Nash, strömten zu dem beliebten Fest zur Partnerfindung.

Es war ihm gerade noch gelungen, ein Zimmer in der angeblich neuesten Unterkunft zu ergattern. Allerdings war es im Vergleich zu den Häusern entlang der High Street eher klein. The Buck and Maiden war vielleicht ein wenig zu keck benannt, aber es war ein reizvolles, drei Stockwerke hohes Gebäude, von denen das oberste mit drei Mansardenfenstern versehen war. Er hoffte, dass sein eilig gebuchtes Zimmer nicht unter dem Dach eingequetscht lag.

Seine Heiratsvermittlerin, die er auf Veranlassung seiner Cousine Susan, Lady Philpott, engagiert hatte, wohnte ebenfalls hier. Nash hatte zunächst über die Idee einer Heiratsvermittlerin gespottet, doch es hatte nicht lange gedauert, bis er erkannte, dass sie bei der von ihm angestrebten Ehe eine große Hilfe sein würde. Susan hatte ihm versichert, dass Mrs. Rebecca Sweet hervorragend in der Lage war, genau die richtige Partnerin für ihn zu finden.

Nash bezweifelte, dass Sweet ihr richtiger Name war. Für eine Heiratsvermittlerin war er einfach zu perfekt. Er zog seinen Hut vor ihr, solch einen eingängigen Namen angenommen zu haben. Aber würde sie auch so sympathisch aussehen, wie ihr Name klang? Er stellte sich eine Frau mittleren Alters mit Brille und einem würdevollen Auftreten vor. Nun, das würde er wohl bald herausfinden.

Ein Stallknecht kam vom Hof, um Nashs Kutscher zu helfen, und Nash machte sich auf den Weg zur Eingangstür des Gasthauses. Er hatte seinen Kammerdiener nicht mitgebracht, und vielleicht würde er diese Entscheidung noch bereuen. Doch die Mutter des jungen Mannes war erkrankt, und Nash konnte erkennen, dass der Junge Bedenken hatte, London zu verlassen. Also hatte Nash darauf bestanden, dass er dortblieb und sich um sie kümmerte. Als Nashs Sekretär das Zimmer reservierte, hatte der Gastwirt geschrieben, dass bei Bedarf eine persönliche Betreuung zur Verfügung stünde. Das bedeutete, so hoffte Nash, dass ihm jemand ein Bad einlassen oder ihm mit seiner Garderobe helfen würde.

Die Tür öffnete sich just in dem Moment, als Nash die Schwelle erreichte. »Willkommen, Mylord.« Der Gastwirt, Mr. Thomason, ein stämmiger Herr in den Vierzigern, der einen tadellosen dunkelblauen Anzug trug, hatte einen scharfen, prüfenden Blick. Der Mann begrüßte Nash mit einem Nicken. »Wir freuen uns, dass Sie sich für einen Aufenthalt im Buck and Maiden entschieden haben.«

Nash wies nicht darauf hin, dass es keine andere Wahl gegeben hatte. »Wie ich höre, ist dies ein neues Lokal. Ich freue mich, unter Ihren ersten Gästen zu sein.«

Mr. Thomason lächelte. »Dies ist unser Eröffnungsfest. Wir mögen kleiner sein als einige der anderen Unterkünfte in Marrywell, aber ich denke, Sie werden feststellen, dass unsere Annehmlichkeiten vorbildlich sind. Erlauben Sie mir, Ihnen Ihr Zimmer zu zeigen, wo Sie Ihr eigenes Ankleide- und Badzimmer haben.«

»Tatsächlich? Wie prächtig.«

»Benötigen Sie einen Dienerservice?«, erkundigte Mr. Thomason sich.

»Gelegentlich. Ich danke Ihnen.« Nash folgte ihm zu der breiten, polierten Treppe.

Sie stiegen in den ersten Stock hinauf, und der Wirt führte ihn nach rechts. Sie folgten dem Korridor bis zur letzten Tür, die sich ebenfalls auf der rechten Seite befand. Mr. Thomason öffnete die Tür und gab Nash ein Zeichen, ihm voranzugehen.

»Dies ist unsere schönste Suite, Mylord«, bemerkte Mr. Thomason, als Nash das Zimmer betrat.

Sie traten in ein kleines, in Blau und Gold gehaltenes Wohnzimmer. Die Möbel waren hell und neu, der Teppich in kräftigen Blau-, Gold- und Brauntönen gehalten.

Mr. Thomason deutete auf eine offene Tür zur Linken. »Dort hindurch befinden sich das Schlafgemach sowie das Ankleide- und Badezimmer. Es gibt eine Zugangstür für den Diener, der das Bad auf Ihren Wunsch hin füllen kann. Unser Diener wird ebenfalls durch diese Tür kommen. Es steht Ihnen natürlich jederzeit frei, die Tür zu verschließen, um Ihre Privatsphäre zu wahren.«

»Sie haben alle Bedürfnisse berücksichtigt. Ich bin sehr beeindruckt.« Nash drehte sich um und betrachtete den Raum. Auf der rechten Seite befand sich eine weitere Tür. »Wo führt die hin?«

»Da dies unsere größte und beste Suite ist, gibt es ein zweites Schlafzimmer. Da Sie es jedoch nicht benötigt haben, haben wir dort einen weiteren Gast untergebracht. Die Tür ist von beiden Seiten verschlossen, sodass Sie sich nicht gegenseitig stören können.«

»Sehr effizient.«

»Der Diener wird Ihre Koffer in den Schrank stellen. Möchten Sie, dass der Diener Ihre Sachen auspackt?«

»Sehr gern, danke.« Nash konnte kaum glauben, dass er sich im ländlichen Hampshire befand.

»Wie Sie wünschen«, meinte Mr. Thomason. »Darf ich Ihnen eine Erfrischung anbieten?«

»Das würde nicht schaden. Ich frage mich, ob Mrs. Sweet schon eingetroffen ist? Ich bin vor dem Abendessen mit ihr verabredet.«

»In der Tat, das ist sie, Mylord. Sie ist sogar im Zimmer nebenan.« Der Gastwirt blickte auf die geschlossene Tür, die zum anderen Schlafzimmer führte. »Ich wusste nicht, dass Sie beide miteinander bekannt sind.«

»Wie praktisch – sie ist meine Heiratsvermittlerin.« Allerdings wollte Nash sie nicht unbedingt in sein Privatquartier einladen. Das erschien ihm unschicklich. »Würden Sie sie bitte von meiner Ankunft unterrichten? Ich werde im Gastraum eine Erfrischung zu mir nehmen, und sie kann sich mir dort anschließen.«

»Gewiss. Das werde ich umgehend erledigen.« Mr. Thomason ging und schloss die Tür hinter sich.

Nash zog Hut und Handschuhe aus, ehe er dann das Schlafgemach betrat. Das Himmelbett schimmerte von der Politur und war in elegantem Dunkelblau und Gold gehalten. Im Kamin brannte ein kleines Feuer, das dem Raum eine gemütliche Atmosphäre verlieh. Er ging zum Fenster, das einen Blick auf den kleinen Garten hinter dem Gasthaus bot. Blumen blühten in formvollendeten Beeten, und ein paar Bänke waren strategisch platziert. Herr Thomason hatte offensichtlich hart gearbeitet und keine Kosten gescheut, um ein höchst ansprechendes Gasthaus zu schaffen.

Auf dem Weg in das Ankleidezimmer war Nash erneut von den Annehmlichkeiten beeindruckt. Die Wanne sah sehr einladend aus. Zumindest wäre sie das später, wenn sie mit dampfendem Wasser gefüllt war. Er legte den Hut und seine Handschuhe auf die Kommode und kehrte zur Treppe um, die er wieder hinunterging.

Zeit, die Heiratsvermittlerin kennenzulernen.

Vielleicht würde er ihr auf dem Weg nach unten sogar im Korridor begegnen. Doch das passierte nicht.

Er kam als Erster in der verwaisten Gaststube an und wählte einen Tisch vor einem Fenster mit Blick auf den hinteren Garten. Er setzte sich so, dass er der Treppe zugewandt war.

»Guten Tag, Mylord.« Eine Frau in den Vierzigern trat an Nashs Tisch und stellte ein Tablett mit Tee, Sandwiches und Kuchen ab. Sie lächelte herzlich. »Willkommen in Marrywell. Ich bin Mrs. Thomason. Falls Sie mit Heiratsabsichten hergekommen sind, um die Frau zu finden, in die Sie sich verlieben, hoffe ich von ganzem Herzen, dass Ihr Aufenthalt von Erfolg gekrönt sein wird.«

Eine Liebesheirat. Nein, das war nicht sein Bestreben. Er brauchte eine Marchioness. Liebe würde bei diesem Geschäft keine Rolle spielen. Das hatte er schon hinter sich, und sein Herz konnte einfach keinen weiteren Verlust verschmerzen. Die Verzweiflung, die ihn sowohl während der Krankheit seiner Frau als auch nach ihrem Tod, kaum achtzehn Monate nach ihrer Hochzeit, ergriffen hatte, konnte er nicht verkraften und sie hatte ihn gebrochen. Selbst wenn er überhaupt fähig wäre, noch einmal zu lieben, wollte er das gar nicht. Das Risiko war einfach zu groß, der Schmerz des Verlustes zu verheerend.

Nachdem Nash sich ein Jahr lang auf Creslow Manor zurückgezogen hatte, gab er dem Drängen seiner Mutter nach und nahm wieder am gesellschaftlichen Leben teil. Er hatte seinen Kummer mit einem Lächeln überspielt und so getan, als sei alles in Ordnung. Vier Jahre später versteckte er sich noch immer hinter einer Fassade und vermutete inzwischen, dies auch in Zukunft immer so beizubehalten. In diesem einsamen Lebensraum war es viel bequemer, wo ihm niemand zu nahe kam und nichts ihn an die Vergangenheit erinnerte.

»Ich bin hier, um eine Braut zu finden, ja«, bestätigte Nash, denn Mr. Thomason würde seiner Frau zweifellos mitteilen, dass Mrs. Sweet Nashs Heiratsvermittlerin war. Der Zweck seines Besuchs in Marrywell wäre dann offensichtlich.

»Sie werden sehr gefragt sein. Ich wage zu behaupten, dass Sie keinen Moment Ruhe haben werden«, meinte Mrs. Thomason mit einer Spur mehr freudigem Enthusiasmus, als Nash lieb gewesen wäre. Er war es gewohnt, in London gefragt zu sein, aber er wurde auch nicht wie wild überrannt. Es hörte sich so an, als hätte dieses Fest zur Partnerfindung das Potenzial zu einem Heiratsmarkt zu werden, wenn es übersättigt und zu einer Riesenveranstaltung herangewachsen wäre. »Haben Sie sich schon Gedanken darüber gemacht, was für eine Braut Sie suchen?«

Ein Bild der verführerischen Witwe, der Nash vor all den Monaten auf Clipstone Hedge begegnet war, stieg in seinem Kopf auf. Oft hatte sie ihn in seinen Träumen heimgesucht. Ihre gemeinsame Zeit war von kurzer Dauer gewesen, und er hatte das Gefühl, dass die Dinge zwischen ihnen unvollendet geblieben waren. Leider würde das auch so bleiben, denn er wusste nicht einmal, wer sie war.

Bevor Nash überlegen konnte, wie er antworten sollte, wanderte Mrs. Thomasons Blick zur Treppe. »Ah, hier ist Mrs. Sweet. Bitte entschuldigen Sie mich.« Sie verschwand, und Nash erhob sich, um seine Heiratsvermittlerin zu begrüßen.

In dem Moment, als ihre Blicke sich trafen, wäre er um ein Haar an seinem scharfen Einatmen erstickt.

Das war Mrs. Sweet?

Das war die Frau, die in seine Träume eingedrungen war, die es ihm unmöglich gemacht hatte, mehr als die simpelste Art der Befriedigung mit einer anderen Frau zu finden. Ihre gemeinsame Nacht nicht zu Ende gebracht zu haben, gehörte zu den Dingen, die er im Leben am meisten bedauerte.

»Sie.« Das war das einzige Wort, das er anscheinend zustande brachte.

Sie hingegen schien bei seinem Anblick nicht überrascht. Ein heiteres Lächeln umspielte ihre rosa Lippen. »Guten Tag, Lord Creslow. Es ist eine Freude, Sie wiederzusehen.«

Ihre blauen Augen musterten ihn, verweilten aber nicht, als ginge es ihr darum, das Gesehene schnell zu bewerten und für ausreichend zu befinden. Anstelle des Zopfes, den sie an jenem Abend in der Bibliothek getragen hatte, war ihr rotes Haar zu einer schlichten Frisur aufgesteckt. Ihr Gesichtsausdruck war sanft, und ihr elfenbeinfarbener Teint wurde durch ein paar Sommersprossen auf dem Nasenrücken akzentuiert. Sie trug ein elegantes, aber schlichtes graues Kleid mit grünem Besatz und wirkte damit angemessen geschäftsmäßig. Und doch stellte er sie sich immer wieder in diesem lavendelfarbenen Morgenmantel vor. Jetzt erinnerte er sich daran, wie er das Kleidungsstück auseinandergeschoben hatte, um leichter an ihren üppigen Körper heranzukommen. *Verdammt.* Er wurde steif. Das ginge gar nicht.

»Sie müssen mir verzeihen, Mrs. Sweet. Ich habe nicht mit *Ihnen* gerechnet.«

Sie zog eine rote Braue hoch. »Ich habe mich gefragt, ob das der Fall sein könnte. Bei unserem letzten Treffen hatte ich den Eindruck, dass Sie über meine Identität nicht Bescheid wussten.«

Nein, das hatte er nicht gewusst, und jetzt fühlte er sich wie ein ungehobelter Idiot. »Ich bitte um Verzeihung. Als einzige Entschuldigung kann ich vorbringen, dass ich ziemlich mitgerissen war. Sie aber wussten genau, wer ich war.«

»So ist es. Sie lenkte ihren Blick von ihm ab und betrachtete den Tisch. »Es ist das Beste, wenn wir nicht über jenes zurückliegende Ereignis sprechen. Es ist für unser Geschäft kaum von Belang.« Sie begegnete seinem Blick. »Ich entschuldige mich, weil ich Ihnen nicht geschrieben habe, um Sie über meine Identität zu informieren. Wie Sie wissen, standen wir unter Zeitdruck, um hierher zum Fest zu kommen.«

Sie legte ihre Hand auf den Stuhl, der dem gegenüberstand, von dem er aufgestanden war, und er beeilte sich, ihr den Stuhl zu halten, während sie sich setzte. Seine Fingerspitzen waren ganz nah an ihrem Kopf. Es juckte ihn förmlich, sie zu berühren.

Nein, das würde *überhaupt* nicht gehen.

Nash nahm ihr gegenüber Platz. »Sie brauchen sich nicht zu entschuldigen.«

»Aber was ist, wenn Sie es vorgezogen hätten, mich nicht zu engagieren?« Kleine, aber leuchtende rosa Flecken blühten auf ihren Wangen. »Ich habe vollstes Verständnis, wenn Sie Ihre Meinung ändern wollen.«

»Warum in aller Welt sollte ich das tun? Meine Cousine sagt, Sie seien eine hervorragende Heiratsvermittlerin.«

»Das ist sehr nett von ihr. Es ist nur ... ich habe vielleicht nicht den besten Eindruck auf Sie gemacht, als wir uns das erste Mal trafen.«

Er sagte sich, dass er nicht mit ihr flirten sollte. »Ihr Eindruck war nicht schlechter als meiner. Ich jedenfalls habe von unserer ersten Begegnung nur den besten Eindruck.« Er unterdrückte ein Lächeln, denn sonst würde sie noch denken, er *würde* flirten. Wie gerne hätte er das getan. Aber er würde sich damit begnügen, ihr die Wahrheit zu sagen, und das hatte er getan.

»Wir können also einen neuen Anfang machen?«, fragte sie.

Der Drang, genau dort weiterzumachen, wo sie aufgehört hatten, war nahezu überwältigend, doch das konnte Nash nicht mit seiner Kupplerin tun. Und wenn er das noch so sehr wollte. »Ja. Ich bin sehr erfreut, Ihre Bekanntschaft zu machen und Sie als meine Heiratsvermittlerin zu haben.«

Sie lächelte strahlend. »Ich danke Ihnen. Ich bin erfreut, Ihnen helfen zu können. Soll ich einschenken?« Ihre Stimme war überhaupt nicht mehr so, wie er sie in Erinnerung hatte. Sie klang wie eine richtige junge Dame, ähm, Lady, und nicht wie eine samtweiche Sirene. Vielleicht hatte er sie aber auch nur in seinem Kopf so dargestellt. Und jetzt musste er dieses Bild *aus* seinem Kopf verbannen.

»Ja, bitte.«

Sie schenkte die Tassen voll und gab Milch und ein wenig Zucker hinzu.

Er nahm seine Tasse vom Tablett und stellte sie vor sich hin. »Sie wissen, wie ich meinen Tee mag«, murmelte er.

»Reiner Zufall. Ich weiß sehr wenig über Sie und nichts, was für die Suche nach einer passenden Frau für Sie von Belang wäre, weshalb ich um dieses Treffen vor Beginn des Festes gebeten habe. Ich muss mir ein Bild machen, was Sie sich von einer Frau erwünschen, damit ich die Richtige für Sie finden kann.« Sie warf ihm einen kecken Blick zu und nahm einen kleinen Schluck von ihrem Tee.

Nash lenkte seinen Blick von ihrem Mund weg. Noch immer konnte er ihre prallen, küssenswerten Lippen schmecken. Wie sollte er mit dieser Ablenkung nur klarkommen?

Sie hingegen schien nicht im Geringsten aus der Fassung. Vielleicht brachte sie ihrer ersten Begegnung nicht die gleiche Hochachtung entgegen wie er. Ein Grund mehr für ihn, die Episode der Vergangenheit angehören zu lassen und sich auf das Anstehende zu konzentrieren.

Die Suche nach einer Marchioness.

Er nippte an seinem Tee und nahm einen kleinen Teller vom Tablett, auf den er sogleich ein Sandwich legte. »Was möchten Sie wissen?«

Mrs. Sweet zog ein kleines Notizbuch und einen Bleistift aus ihrer Tasche. »Da ich noch nicht viel Erfahrung mit Ihnen habe, möchte ich den heutigen Abend und den morgigen Tag damit verbringen, Sie so gut wie möglich kennenzulernen. Das wird mir helfen, mir ein Bild davon zu machen, welche Art von Frau zu Ihnen passen würde.«

Er spürte ihr Zögern in Bezug auf ihre ... Erfahrung. Vielleicht war sie nicht so immun gegen diese Nacht, wie er gedacht hatte. Oder vielleicht fühlte sie sich einfach unwohl dabei. Verdammt, es *war* unangenehm.

Trotzdem wollte er einen Scherz darüber machen, den heutigen Abend gemeinsam zu verbringen, doch dann kam er zu dem Schluss, dass die Dinge dadurch nur noch unangenehmer würden. »Das ist akzeptabel.« Wie förmlich er klang. Aber was sollte er sonst tun?

»Was können Sie mir über die Frau erzählen, die Ihnen am meisten gefallen würde? Wie ich hörte, waren Sie schon einmal verheiratet. Vielleicht können Sie mir von ihr erzählen und ...«

»Nein.« Er nahm sein Besteck in die Hand und schnitt sich einen Bissen vom Sandwich ab, denn er hatte nicht vor, mehr zu sagen. Er konnte keine andere Frau wie Louisa aushalten, eine Frau, die er derart lieben konnte, dass sie imstande wäre, das, was von ihm noch übrig war, vollkommen zu vernichten, wenn auch sie sterben würde.

Sein Gegenüber zog die Brauen zusammen. »Es wäre hilfreich.« Sie nahm einen Teller und ein Sandwich.

»Ich ziehe es vor, nach vorne zu schauen, nicht zurück«,

entgegnete er, nachdem er geschluckt hatte. »Ich möchte eine Frau, die nicht zu jung ist – keine, die geradewegs aus dem Schulzimmer kommt. Ich bewundere eine Frau mit Intelligenz, Neugierde und Sinn für Humor.« Unbeschwertheit war seit Louisas Tod sein liebster Freund gewesen.

Mrs. Sweet machte ein paar Notizen in ihrem Buch. Sie blickte nicht auf, als sie fragte: »Was sind Ihre Interessen?«

»Lesen.« Zu spät erkannte er, dass sie vielleicht denken könnte, er hätte das nur gesagt, um sie an das zu erinnern, was sie in der Bibliothek zusammengeführt hatte.

Sie blickte auf, aber ihr Blick war undurchdringlich. »Romane? Abhandlungen über Pflanzen? Zeitungen?«

»Alles. Ich mag auch Poesie.«

Sie schrieb weiter, ohne ihn anzuschauen. »Bevorzugen Sie eine Lady mit Wohnsitz in London oder die auf eine bestimmte Art und Weise erzogen wurde?«

»London ist keine Voraussetzung, und ich habe keine Ansprüche an den Hintergrund einer Frau.«

Mrs. Sweet legte ihren Bleistift weg und betrachtete ihn über den Tisch hinweg. »Sie wollen eine Marchioness ergattern. Sie haben keine Anforderungen an ihre Erziehung?«

Er zog ein Gesicht. »Ergattern ist so ein kaltes Wort.» Aber es war völlig richtig, insbesondere in seinem Fall. Beschaffen wäre vielleicht sogar besser. Er nahm einen weiteren Bissen von seinem Schinkensandwich.

Sie sagte nichts, sondern schnitt etwas von ihrem Sandwich ab und biss hinein. Offenbar wartete sie darauf, dass er ihre Frage beantwortete. Er schluckte und lehnte sich ein wenig in den Stuhl zurück. »Ich muss nicht unbedingt die Tochter eines Herzogs heiraten, wenn Sie das meinen. Sie sollte sich in einem Londoner Salon oder auf einem Ball mit bedeutenden Persönlichkeiten wohlfühlen.«

»Was soll das heißen?« Mit der Serviette tupfte sie sich

den Mund, und er musste seinen Blick schon wieder von ihren Lippen lösen.

»Ich sitze im Oberhaus. Ich kenne sehr viele ... wichtige Leute. Gelegentlich werden wir mit ihnen verkehren müssen.«

»Gewiss.« Sie legte ihre Gabel hin, nahm ihren Stift erneut zur Hand und machte weitere Notizen in ihrem Buch. »Ich bin mir sicher, dass Ihnen noch weitere Dinge einfallen werden, die Sie hinzufügen möchten, und wenn ich Sie kennenlerne, werde ich hoffentlich ein Gefühl dafür bekommen, welche Art von Frau Ihre Gefühle anspricht.«

Sie sprechen mich an.

Der Gedanke sprang ihm sofort auf die Zunge, aber es gelang ihm gerade noch, ihn für sich zu behalten.

Sie legte ihren Bleistift hin. »Erlauben Sie mir, Ihnen zu erklären, wie das Fest abläuft. Es dauert eine Woche, wie Sie sicher bereits wissen. Am ersten Tag findet in den Versammlungsräumen ein Empfang statt, zu dem alle heiratswilligen Damen erscheinen. Auf diese Weise kann die Maikönigin ihren Hofstaat aus sieben würdigen Jungfrauen auswählen. Diese Ehrenjungfrauen werden die begehrtesten auf dem Fest sein.«

Ein Hofstaat? Würdige Jungfrauen? »Warum?«

Sie blinzelte ihn an. »Weil es einfach so ist.«

Er lehnte sich vor. »Wie wählt die Königin sie aus? Basiert dies auf ihrem Stand? Schönheit? Reichtum? Charme? Darf ich hoffen, dass sie geistreich sind?«

»Es ist jeder Königin selbst überlassen, wie sie ihren Hofstaat auswählt.«

»Nun, das ist überaus willkürlich. Was, wenn die Königin einfach ihre Familienmitglieder oder enge Freunde auswählt?«

»Das ist, ähm, gelegentlich schon passiert.«

Er lehnte sich vor. »Oder was, wenn jemand die Königin besticht, sie zu wählen?«

Ihre Augen flackerten vor Überraschung. »Davon habe ich noch nie gehört.«

»Ich würde wetten, dass es geschieht.« Er schnaubte. »Wenn es Ihnen nichts ausmacht, sehe ich keinen Vorteil darin, diesen jungen Frauen, die aus irgendeinem unbekannten Grund auserwählt wurden, irgendeine Bedeutung beizumessen.«

»Ich möchte Sie darauf hinweisen, dass Marrywells Bewohner das Fest und seine Traditionen sehr ernst nehmen. Sie sollten davon absehen, Ihre Meinung über die mögliche Absurdität des Hofstaats der Königin zu äußern.«

»Ich habe nicht gesagt, dass es absurd ist.«

Wieder einmal legte sie die Stirn in Falten. »Aber das haben Sie doch gedacht, oder?«

Er konnte sich ein Lächeln nicht verkneifen. »Sie lernen mich ja schon besser kennen.«

Sie nippte an ihrem Tee, ehe sie fortfuhr. »Der Hofstaat der Königin wird auf dem Eröffnungsball am ersten Tag des Festes bekannt gegeben. Die Krönungszeremonie findet im Botanischen Garten statt – dort gibt es ein Podium –, wenn das Wetter schön ist. Wenn nicht, wird sie in den Versammlungsräumen abgehalten.«

»Dieses Fest ist offenbar eine ernste Angelegenheit.«

»Ziemlich. Jeden Tag finden eine Reihe von Aktivitäten statt, von denen viele im Botanischen Garten abgehalten werden. Am beliebtesten ist das große Picknick. Es gibt Boote, mit denen man auf dem kleinen See rudern kann, und natürlich Picknickdecken und Essen.«

»Keine Getränke?«, fragte er ironisch.

»Das Brauereigelände ist die ganze Woche geöffnet.«

Er beugte sich noch einmal vor. »Was denn?« Während er

den Hof und die feierliche Krönung unsinnig fand, konnte er ein Brauereifeld durchaus befürworten.

»Brauer aus dem Bezirk kommen, um ihre Biere vorzustellen. Da kann es ganz schön laut zugehen.«

Nash war von ihrem Wissen beeindruckt, aber seine Cousine hatte ihm auch erzählt, dass die Heiratsvermittlerin aus dieser Stadt stammte. »Ich habe gehört, Sie sind hier geboren. Besuchen Sie das Fest jedes Jahr?«

Sie schnitt sich ein weiteres kleines Stück vom Sandwich ab. »Nicht mehr, seit ich meinen früheren Mann kennengelernt hatte. Das war vor neun Jahren.«

»Aber Sie waren doch schon zu Besuch?«, fragte er, während sie kaute. »Sie kennen einige der in Frage kommenden Bräute?«

Es dauerte einen Moment, bis sie antwortete: »Nein. Aber trotz meiner langen Abwesenheit werde ich mein Bestes tun, um eine geeignete Person zu finden. Sie müssen verstehen, dass es keine Garantien gibt. Nur weil eine Lady gut zu passen scheint, heißt das noch lange nicht, dass bei ihr auch der gewisse ... Funke überspringt, nach dem die Leute suchen. Ich fürchte, ich kann das perfekte Gegenstück nicht herbeizaubern.«

»Das erwarte ich auch nicht«, entgegnete er und schätzte ihre Offenheit. Er war es ihr schuldig, ebenso ehrlich zu sein. »Ein Funke wird nicht nötig sein. Deshalb habe ich beschlossen, eine Heiratsvermittlerin zu engagieren. Die wichtigste Voraussetzung für meine Ehe ist, dass es keine emotionale Bindung geben wird. Ich möchte eine körperliche Anziehungskraft teilen, aber das allein wird ausreichen.«

Sie starrte ihn einen langen Moment an. Dann flatterten ihre Wimpern, als sie ihn weiter ansah. »Ich möchte sichergehen, dass ich Sie verstehe. Sie wollen sich nicht verlieben?«

»Auf keinen Fall.« Es war zwar notwendig, ihr dies zu sagen, doch er betete, dass sie dies nicht etwa auf einen bestimmten Grund zurückführen würde. »Ich wünsche mir eine Marchioness, welche die körperlichen Aspekte der Ehe genießt und hoffentlich einen Erben hervorbringt. Sie muss verstehen, dass es sich um eine geschäftliche Vereinbarung handelt, die für beide Seiten von Vorteil ist. Sie wird ein Leben in Luxus und Privilegien führen. Ich glaube nicht, dass es schwierig sein wird, eine Frau zu finden, die das will.«

»Vielleicht nicht. Aber dieses Fest von Marrywell hat eine lange und legendäre Geschichte, was das Zustandekommen von Liebesbeziehungen angeht. Es könnte schwieriger sein, als Sie denken, eine Lady zu finden, die allein an einer ›geschäftlichen Vereinbarung‹ interessiert sein wird.« Sie schürzte den Mund ein wenig. »Hätte ich das gewusst, hätte ich Sie vielleicht woandershin beordert.«

Hieß das etwa, sie wollte ihm nicht helfen? »Möchten Sie Ihr Arbeitsverhältnis kündigen?«

Überraschung blitzte in ihren Augen auf. »Nein, das nicht.« Sie schüttelte den Kopf. »Ich muss meine Denkweise ändern. Dies ist ein Fest zur Partnerfindung, aber nicht *alle* Verbindungen beruhen auf Liebe. Ich bin zuversichtlich, dass wir finden können, wonach Sie suchen.«

»Ausgezeichnet. Ich denke, dass Ihre Verbindung zu Marrywell von Vorteil sein wird. Werden Sie Ihre Familie besuchen? Wenn sie noch hier leben?« Er hoffte, dass er nichts Schlimmes angesprochen hatte. Was wäre, wenn sie tot wären? Mein Gott, er konnte so leicht ins Rührselige abgleiten, wenn er nicht aufpasste.

»Sie sind noch hier«, antwortete sie langsam. »Aber ich habe keine enge Beziehung zu ihnen. Ich bin sicher, ich werde sie irgendwann wiedersehen.«

Sie aß ihr Sandwich auf, und Nash bediente sich an einem Kuchen. Als sie beide fertig waren, stieß sie sich vom Tisch ab. »Ich möchte mich vor dem Abendessen zurückziehen.«

»Essen wir hier zusammen?«, fragte er. Als sie nickte, fügte er hinzu: »So können wir uns kennenlernen.«

Er hatte hundert Fragen an sie, und nicht eine davon hatte etwas mit der Suche nach seiner zukünftigen Braut zu tun. Warum stand sie ihrer Familie nicht nahe? Gab es einen Grund dafür, dass sie Marrywell verlassen hatte? Was war mit ihrem Mann – dem Narren, der sich eine so leidenschaftliche Frau entgehen lassen hatte? Nash hatte nicht vergessen, dass der Mann sich nicht die Mühe gemacht hatte, sie zu befriedigen.

Die Hölle. Jetzt dachte er wieder daran, und sein Schaft zuckte.

»Das ist gut«, entgegnete sie mit einer Gelassenheit, die er im Augenblick ganz und gar nicht verspürte. Ihre Anwesenheit war überaus aufwühlend. Aber auf die wundersamste Weise.

Er stand schnell auf, um ihren Stuhl zu halten, während sie sich erhob. »Ich begleite Sie nach oben.«

»Das wird nicht nötig sein.«

»Vielleicht nicht, aber da mein Zimmer an Ihres angrenzt, werde ich Ihnen einfach folgen.«

Ihre Augen weiteten sich, und es war die heftigste Reaktion, die er an diesem Tag von ihr gesehen hatte. »Es *grenzt* an meines?«

»Offenbar handelt es sich um eine Suite mit zwei Schlafzimmern, aber da ich allein reise, hat der Gastwirt Sie im anderen Schlafzimmer untergebracht. Es ist nur eine verschlossene Tür zwischen uns.« Wie gefährlich und äußerst provokant das klang.

»Ich verstehe. Das ist ... praktisch.«

Nash grinste. »Das habe ich auch gesagt.« Allerdings hatte sich die Bedeutung dieser Bequemlichkeit geändert, da er jetzt wusste, wer seine Heiratsvermittlerin war.

Wie hatte er das nicht wissen können? Er kam sich wie

ein Narr vor. Hätte er sie trotzdem engagiert? Oder hätte er sie gebeten, sich auf eine unstatthafte und reizvolle Affäre einzulassen?

Das würde er nie erfahren, und vielleicht war das auch besser so.

KAPITEL 3

Rebecca hatte eigentlich vorgehabt, sich vor dem Abendessen auszuruhen, aber nach ihrem Treffen mit Creslow war sie viel zu aufgeregt. Stattdessen ertappte sie sich immer wieder dabei, dass sie auf die Tür starrte, die ihre Zimmer trennte, so wie jetzt gerade.

Sie atmete tief durch, drehte sich um und betrat das kleine Ankleidezimmer, das an ihr Gemach grenzte. Dort konnte sie so weit wie möglich von dem Marquess entfernt sein. Das fühlte sich weitaus sicherer an.

Denn er schien noch immer an ihre Begegnung im letzten September zu denken. Ganz eindeutig hatte er sich an sie erinnert. Sie musste zugeben, dass sein Gesichtsausdruck bei ihrem Anblick befriedigend gewesen war. Erst war er schockiert, dann hatte er sie wiedererkannt, und dann war eine Art Freude oder Enthusiasmus in seinem Ausdruck zu sehen gewesen, als wäre er froh, sie endlich wiederzusehen. Vielleicht hatte er sich gefragt, wer sie war, da er ihren Namen offensichtlich nicht kannte. Warum hatte er dann nicht seine Cousine gefragt?

Er hatte gar nicht an sie gedacht, war die logische

Antwort darauf, und bis zu diesem Nachmittag hatte er sie völlig vergessen. Rebecca presste ihre Hand an die Stirn. Sie war diejenige, die jene Nacht vergessen musste.

Sie blickte in den Spiegel auf dem Schminktisch. Ihre runden Augen starrten von ihrem blassen Antlitz zurück. Ihr Haar war kaum noch in seiner Frisur zu halten. Rebecca hatte einige Locken um ihre Schläfen und Ohren herum gelöst, weil es einfacher war, ihnen jetzt ihren Willen zu lassen, als sie aus den Nadeln und der Pomade zu befreien, die sie benutzt hatte. Zurückhaltung war ein Wort, das Rebecca gut kannte.

Und gegenüber dem Marquess würde sie sich absolut zurückhalten. Es würde keine Wiederholung dessen geben, was sie bei ihrer ersten Begegnung getan hatten!

Sie hatte damit gerechnet, dass ihr das Wiedersehen mit ihm ein bisschen peinlich sein würde. Stattdessen hatte sich eine überwältigende Hitze und Begierde über sie gestohlen. Die Tatsache, dass er sich durch ihre unmittelbare und einzige Liaison nicht gestört zu fühlen schien, hatte wahrscheinlich dazu beigetragen. Das und das Gefühl, dass er vielleicht mit ihr flirten wollte, sich dann aber dagegen zu entscheiden schien.

Letztendlich war sich Rebecca überhaupt nicht sicher, was der Mann dachte. Vielleicht war das auch besser so.

Wenn er sie auch nur im Geringsten ermutigte ... nun, sie war sich nicht sicher, ob sie ihm widerstehen konnte. Auch wenn sie das *müsste*. Dieser Auftrag war eine ausgezeichnete Gelegenheit für sie. Wenn sie einem Marquess erfolgreich zu einer Heirat verhalf, würde sie wahrscheinlich mehr Kunden haben, als sie bewältigen konnte.

Das galt allerdings nur, wenn sie erfolgreich war, und nach ihrem ersten Treffen mit dem Marquess hatte sie einige Zweifel daran. Er wollte die Art von Ehe, die sie selbst geführt hatte – ein für beide Seiten vorteilhaftes Arrangement ohne emotionale Bindung, aber mit körperlicher Befriedigung. An Letzterem hatte es in ihrer Ehe gemangelt, aber genau das hatte Horatio gewollt: genau so, wie Creslow es beschrieben hatte. Wollte sie bei der Förderung einer solchen Verbindung mitwirken?

Nicht, wenn die Sache so ausging wie bei ihr selbst.

Zugegeben, Horatio hatte Rebecca geheiratet, ohne seine Absichten preiszugeben. Creslow musste sich bei potenziellen Bräuten klar ausdrücken. Wenn nicht, konnte Rebecca ihm nicht helfen.

Ein Klopfen ertönte an der Tür – der Tür zu ihrem Zimmer vom Flur aus, *nicht* der, die sie mit dem Marquess teilte. Rebecca warf einen Blick auf die Handschuhe, die sie bereitgelegt hatte, beschloss aber schließlich, sich nicht darum zu kümmern, da sie nur zum Essen nach unten gehen würden.

Sie drehte sich vom Schminktisch weg und eilte in das Schlafgemach. Sie hielt inne und holte tief Luft, bevor sie die Tür öffnete. Er stand in seiner tadellosen Abendgarderobe im Korridor, sein Mund zu einem herzzerreißenden Lächeln geformt. Rebecca musste sich auf die Innenseite ihrer Wange beißen, um nicht zu reagieren. Dann ließ er seinen Blick über sie gleiten, und sie war froh, dass er die Gänsehaut nicht sehen konnte, die sich in ihrem Nacken und auf ihren Oberarmen bildete.

»Sie sehen reizend aus, Mrs. Sweet. Wie ich sehe, sind Sie nicht mehr in Halbtrauer. Ich war mir nicht ganz sicher, da Ihr Reisekostüm grau war.«

Sie hatte ein paar ihrer Trauerkleider geändert und mit Verzierungen versehen, damit sie weniger wie Trauerkleider aussahen. Eigentlich war das Tante Jennets Idee gewesen, denn Rebecca hatte sich dagegen gesträubt, dass sie noch mehr Geld für Kleidung für die Witwe ihres verkommenen Neffen ausgab. Aber Tante Jennet hatte immer darauf bestanden, sich um Rebecca zu kümmern, ob es nun darum ging, sie mit einer Trauerkleidung auszustatten, ihr ein Dach über dem Kopf zu bieten oder ihr zu helfen, einen neuen Lebensweg zu finden.

»Mein Trauerjahr war im Januar zu Ende.« Rebecca trat in den Korridor und schloss die Tür hinter sich.

»Es freut mich, das zu hören.« Er bot ihr seinen Arm an.

Rebecca zögerte. Wie würde es sein, ihn wieder zu berühren? Es war wahrscheinlich besser, wenn sie es nicht tat. Stattdessen sagte sie: »Es gibt keinen Grund, so förmlich zu sein. Wir sind Geschäftspartner.« Mit zurückgenommenen Schultern ging sie auf die Treppe zu.

Er trat neben sie. »Ich nehme an, das ist wahr. Ich habe mich nur wie ein Gentleman verhalten, so wie es mir beigebracht wurde.«

Natürlich war er das. Bei ihrem letzten Treffen hatte er Eton erwähnt. Wahrscheinlich war er in Oxford oder vielleicht in Cambridge gewesen. Ein Adliger würde in allen Belangen sehr gebildet sein.

Rebecca hatte plötzlich das Gefühl, mit der falschen Person am falschen Ort zu sein. Wer war sie schon, die Heiratsvermittlerin für einen *Marquess* zu spielen? Sie war eine Bauerntochter, die keine Ahnung von der Lebensart des Adels hatte, einmal abgesehen von der einen Hausparty, an der sie im Haus eines Barons teilgenommen hatte. Das Wort *Hochstaplerin* schoss ihr durch den Kopf.

Die Gaststube war, wie auch das Gasthaus, nicht sehr groß. Es gab sechs gedeckte Tische und eine Sitzecke in der Nähe der großen Feuerstelle. An den Raum schloss sich ein Wohnzimmer an, das durch eine Tür an derselben Wand wie die Treppe zugänglich war.

Anders als an diesem Nachmittag befanden sich außer ihnen noch andere Personen in der Gaststube. Drei der Tische waren besetzt – einer von zwei Gentlemen, ein anderer von einer Mutter und ihrer Tochter im heiratsfähigen Alter und der letzte von einer vierköpfigen Familie, die Eltern, eine weitere Tochter im heiratsfähigen Alter und ein jüngerer Sohn, der vielleicht neun oder zehn Jahre alt war und an seinem Halstuch zupfte.

Mrs. Thomason begrüßte sie und führte sie zu einem quadratischen Tisch für zwei Personen. »Möchten Sie Wein oder Bier?«

Creslow hielt Rebeccas Stuhl, während sie sich setzte, und nahm dann ihr gegenüber Platz. Er betrachtete sie mit einer hochgezogenen Augenbraue – sie erinnerte sich an seine wunderbaren, ausdrucksstarken Augenbrauen – und fragte: »Portwein?«

Sie versuchte, nicht zu lächeln, und gab sich wirklich Mühe, aber es war unmöglich. Ihre Lippen hoben sich. »Ich glaube, ich nehme stattdessen einen Sherry. Wenn der verfügbar ist.«

»Natürlich«, antwortete Mrs. Thomason. »Und Eure Lordschaft?«

»Ich werde dreist sein und den Port nehmen.«

Die Frau des Gastwirts warf ihm einen leicht verwirrten Blick zu, ehe sie sich vom Tisch entfernte.

Rebecca sah zu ihm hinüber. Sie war hin- und hergerissen zwischen dem Wunsch, er hätte nichts von ihrem letzten gemeinsamen Abend erwähnt, und der Freude über die gemeinsame Erinnerung. »Sie wird sich wundern, warum Sie den Port für eine kühne Wahl halten.«

»Vielleicht bin ich ein Dummkopf, der selten trinkt.«

»Sie sind gewiss kein Dummkopf.«

Er formte die Lippen zu einem schalkhaften Grinsen. »Es freut mich, dass Sie das sagen. Aber vielleicht ändern Sie Ihre Meinung, wenn wir uns näher kennengelernt haben.«

Sie würde ihr zukünftiges Einkommen darauf verwetten, dass sie ihre Meinung *nicht* ändern würde. »Ich fürchte, ich werde meine Arbeit aufgeben müssen, wenn ich zu diesem Schluss komme. Ich kann unmöglich eine Lady dazu überreden, einen Dummkopf zu heiraten.«

Er sah sie an und schob dabei eine Augenbraue hoch. »Sie besitzen eine charmante Moral, Mrs. Sweet.«

War er davon überrascht aufgrund ihres Verhaltens bei ihrem ersten Kennenlernen? Wenn ja, schien er sich nicht daran zu stören, denn er hatte deutlich gesagt, er hätte keine Vorbehalte, sie einzustellen.

Mrs. Thomason kehrte mit dem Wein zurück und informiert sie, dass die Gänge des Dinners in Kürze aufgetragen würden. Rebecca wollte dieses Gesprächsthema mit ihm nicht fortsetzen.

Und somit konzentrierte sie sich auf das Wichtigste: der Aufgabe nachzukommen, für die er sie engagiert hatte. »Wie es aussieht, gibt es hier in der Gaststube zwei heiratsfähige Frauen. Vielleicht finden Sie genau diejenige, nach der Sie suchen, noch vor dem Festauftakt.«

Er sah zu dem Tisch hinüber, an dem die Familie Platz genommen hatte. »Diese junge Lady sieht aus, als wäre sie gerade erst von ihrer Gouvernante entlassen worden.« Er schüttelte den Kopf.

»Sie können nicht wissen, ob das stimmt. Vielleicht *sieht* sie nur jung *aus*. Das sagen die Leute häufig über mich. Oder, falls sie tatsächlich noch so jung ist, dann ist sie vielleicht klüger, als ihr Alter es vermuten lässt. Sie können eine Person nicht einfach aufgrund Ihrer Vermutungen abservieren.«

Er stieß die Luft aus. »Ich würde Ihnen ja zustimmen, aber ich habe bereits gesagt, dass ich Wert auf eine körperliche Anziehung zu meiner zukünftigen Braut lege, und die fühle ich für keine dieser speziellen jungen Ladys. Ich meine das nicht böse. Entweder man fühlt sich zu jemandem hingezogen oder nicht.«

Rebecca hatte nicht erkannt, wie wahr seine Worte waren, bis sie ihn getroffen hatte. Noch nie hatte sie sich zu jemandem so hingezogen gefühlt wie zu ihm. Es war, als sei er die größte Blume im Garten mit dem meisten Nektar, und sie die anhänglichste Biene.

Sie musste aufhören, ihren Gedanken darüber nachzuhängen, wie sie sich bei ihm fühlte, und sich auf das Vorhaben konzentrieren, für das sie engagiert worden war. Er wollte eine geschäftliche Verbindung mit den Vorteilen einer sexuellen Beziehung und vermutlich einem Erben.

»Sie wollen, dass es funkt«, sagte sie. »Einen Funken, der nur physischer Natur ist.«

»So ist es vermutlich.« Sein Blick verweilte auf ihr, und sie fragte sich, ob er den gleichen Gedanken hatte wie sie: dass es zwischen ihnen gefunkt hatte. »Ich möchte, dass unsere Verbindung für beide Seiten zufriedenstellend ist.«

Es war schwer, bei seinen Worten nicht an ihre eigene Ehe zu denken. Genau das hatte Horatio gewollt – eine Frau, die ihn beglücken würde, auch wenn ihre Zufriedenheit dabei keine Rolle spielte. Und er hatte Söhne gewollt.

Relativ schnell hatte er festgestellt, dass Rebecca ihm im Bett nicht gefiel, doch er hatte ihr weiterhin beigelegen, in der Hoffnung, ein Kind mit ihr zu zeugen. Nachdem zwei Jahre ohne Schwangerschaft vergangen waren, hatte er sie in Ruhe gelassen. Damals hatte sich ihr Verdacht bestätigt, dass er sich eine Geliebte hielt. Und so war es auch – wenn es während der gesamten

Dauer ihrer Ehe auch nicht immer dieselbe Frau war. Soweit Rebecca bekannt war, hatte keine von ihnen ihm ein Kind geschenkt.

Würde Creslow eine ähnliche Situation anstreben? Er könnte seine eigene Marchioness haben, die seine Kinder gebären würde, und nebenbei eine Mätresse unterhalten. Das konnte Rebecca nicht unterstützen. »Da Sie in erster

Linie an einem geschäftlichen Arrangement interessiert sind, haben Sie dann vor, sich eine Mätresse zu nehmen, nachdem Ihre Frau Ihnen einen Erben geschenkt hat?«

Er hatte sein Weinglas angehoben, hielt aber inne, als er es halb zum Mund geführt hatte. Als er sie dann anstarrte, erschlaffte sein Unterkiefer dabei. »Das würde ich *nie* tun.«

Sie spürte die Wärme in ihre Wangen steigen, und wünschte, die Worte zurücknehmen zu können, auch wenn sie sich über seine Antwort freute. »Ich bitte um Verzeihung, Mylord. Ich wollte Sie nicht beleidigen.«

Er trank einen großen Schluck Portwein und betrachtete dann das Glas, ehe er den Blick wieder auf Rebecca richtete. »Sie haben mich nicht beleidigt«, entgegnete er schließlich, nachdem er sein Glas wieder hingestellt hatte. »Ich finde an Ihrem Gedankengang nichts zu bemängeln. Viele Männer meines Standes, und auch andere, dessen bin ich sicher, unterhalten Mätressen. Ich bin schlichtweg nicht diese Art von Mann. Meine bevorstehende Ehe mag auf einer für beide Seiten vorteilhaften Vereinbarung beruhen und nicht auf Gefühlen, aber ich werde meiner Frau dennoch treu sein. Ebenso wie ich erwarte, dass sie sich mir gegenüber loyal verhält.«

»Daran liegt Ihnen sehr viel«, meinte sie, denn sie konnte die Überzeugung in seinem Tonfall heraushören.

»Ja. Was diese Dinge anbelangt, war mein Vater kein leuchtendes Beispiel. Oder vielleicht doch, denn ich habe mir geschworen, meiner Frau niemals anzutun, was er meiner Mutter angetan hat.«

Rebecca empfand das emotionale Äquivalent einer Ohnmacht. »Das ist wundervoll.« Auch ohne Liebe zwischen ihnen, würde seine zukünftige Frau sehr viel Glück haben.

Ohne Liebe? Vielleicht wollte Creslow das nicht, doch Rebecca nahm an, dass es seiner Frau in spe nicht schwerfallen würde, sich in ihn zu verlieben. Wie würde er sich verhalten, wenn sie einfach nicht anders konnte? Und würde er sich tatsächlich davor hüten können, seinen Gefühlen nicht zu erliegen?

Das vorhin aufgekommene Unbehagen kehrte zurück. »Wir werden mit den potenziellen Bräuten sehr eingehend sprechen müssen. Das ist von äußerster Wichtigkeit. Eine Frau sollte wissen, worauf sie sich einlässt.«

Sein Blick wurde weicher. »Sie sprechen aus Erfahrung.«

»Ja«, antwortete sie einfach, denn sie wollte nicht näher darauf eingehen und hoffte, dass er sie nicht dazu auffordern würde.

»Ich stimme zu. Wir müssen bei diesem Unterfangen präzise kommunizieren. Ich vertraue darauf, dass Sie genau die richtige Frau finden werden.«

»Ich werde mein Bestes versuchen, Mylord.«

»Sie brauchen mich nicht ›Mylord‹ zu nennen«, meinte er zu ihr. »Ich möchte, dass Sie mich Creslow nennen. Wenn es Ihnen lieber ist, können Sie mich auch Nash nennen, so wie mich die meisten meiner Freunde ansprechen.«

Nash erschien ihr viel zu intim. Das waren sie allerdings schon gewesen, nicht wahr?

Mrs. Thomason brachte eine weiße Suppe, und Rebecca konzentrierte sich einen Moment lang auf das Essen, während sie versuchte, ihre Gedanken neu zu ordnen. Sie musste nach einer Frau suchen, die er attraktiv finden würde. Das bedeutete, dass sie ihn fragen sollte, welche Eigenschaften ihm gefielen.

Was wäre, wenn er sie beschreiben würde?

Das wird er nicht. Er ist dein Kunde. Hör auf, ihn als deinen Liebhaber zu betrachten!

»Stimmt etwas nicht, Mrs. Sweet?«, fragte er mit gerunzelter Stirn.

»Nein. Ich denke nur darüber nach, wie wir herausfinden können, welche Lady für das empfänglich sein könnte, was

Sie suchen, und wann wir Ihre Wünsche offenlegen werden. Es sei denn ... wir könnten Ihre Anforderungen einfach bekanntgeben. Dann würden nur interessierte Ladys Ihre Aufmerksamkeit auf sich ziehen.«

Er verengte seine Augen. »Was meinen Sie damit, dass Sie meine Anforderungen bekanntgeben wollen? Haben Sie vor, eine Annonce in der örtlichen Zeitung aufzugeben?« Er lächelte, und sie erkannte, dass er dies als Scherz gemeint hatte.

»Ich kenne genügend Leute in Marrywell.« Ihr fielen mehrere Ladys ein. »Ich könnte die Botschaft einfach auf mündlichem Wege weitergeben.«

»Klatsch und Tratsch, meinen Sie?«

Rebecca rümpfte die Nase. »Das klingt geschmacklos, aber genau das meine ich. Es wäre zweckmäßig.«

»Lassen Sie mich darüber nachdenken.«

»Wie Sie wünschen. Wir haben Zeit, uns zu entscheiden.« Sie wollte ihn unbedingt fragen, warum er sich nicht verlieben wollte, doch sie konnte den Grund dafür erahnen. Seine Frau war gestorben, und im Gegensatz zu Rebecca hatte er den Tod seiner Gattin betrauert. Es bestand die Möglichkeit, dass er einfach nicht mehr lieben wollte. Objektiv betrachtet konnte Rebecca das verstehen, aber realistisch war das ihrer Ansicht nach nicht. Als jemand, der in einer lieblosen Umgebung aufgewachsen war und ohne Liebe geheiratet hatte, wünschte sie sich Liebe mehr als alles andere. Und wenn sie diese für sich selbst nicht haben konnte, würde sie anderen helfen, sie zu finden.

Was machte sie dann mit Creslow?

Wenn du eine Heiratsvermittlerin sein willst, musst du die Verbindung herstellen, für die du engagiert wurdest.

Das könnte sie tun. Das musste sie. Sie hoffte nur, es nicht zu bereuen.

KAPITEL 4

Am nächsten Morgen nahm Mrs. Sweet Nash auf einen Rundgang durch Marrywell mit. Er war begeistert, wie viele Leute sich an sie erinnerten, und er freute sich jedes Mal, wenn sie jemandem begegnete, mit dem sie bekannt war, worauf ihr Gesichtsausdruck sich erwärmte.

Was ihn nicht erfreute, war die Reaktion der Menschen, mit der sie *ihm* begegneten. Sobald sie hörten, dass er ein Marquess auf Brautschau war, erklärten sie einhellig, dass er der gefragteste Gentleman der Stadt sein würde, genau wie Mrs. Thomason es getan hatte.

Nash befürchtete, bei dem morgigen Empfang bestürmt zu werden. Er überlegte, was Mrs. Sweet vorgeschlagen hatte, nämlich publik zu machen, dass er nicht auf der Suche nach einer Liebesheirat war. Doch falls er das tat, würde die Nachricht sicher bis nach London getragen werden, und er war nicht begeistert, sein Privatleben so öffentlich zu machen, denn das würde Fragen aufwerfen, die er nicht hören, geschweige denn beantworten wollte.

Verdammt, dieses Vorhaben erwies sich als schwieriger, als erwartet.

Als sie die High Street in Richtung des Botanischen Gartens entlanggingen, nickte Mrs. Sweet in Richtung einer Bäckerei, an der sie vorbeikamen. »Hier gibt es das beste Ingwergebäck, falls Sie einmal Lust darauf verspüren sollten.«

»Das werde ich mir merken. Haben Sie darüber nachgedacht, wie wir vorgehen könnten, ohne die Anforderungen bekannt zu machen, die ich an eine Marchioness stelle?«

»Das habe ich«, entgegnete sie langsam. »Es wird eine größere Herausforderung sein, aber Sie könnten sich beim Tanzen zurückhalten und nur den Damen Aufmerksamkeit schenken, bei denen Sie eine eventuelle körperliche Kompatibilität verspüren. Sie müssen nur ... wählerisch sein.« Sie hob die Schulter zu einem leichten Achselzucken. »Ich denke noch über mögliche Strategien nach.«

Er konnte eine gewisse Nervosität bei ihr spüren. »Ich habe volles Vertrauen in Sie.« Dankbarkeit war in ihren Augen zu lesen, als sie zu ihm hinüberblickte. »Ich danke Ihnen. Ich werde mein Bestes tun, damit Sie sich beruhigt niederlassen können.«

Niederlassen. Er bezweifelte, jemals dieses Gefühl wiederzuerleben, nicht nach seiner tragischen, kurzen Ehe. Vermutlich betrachtete er alles als vorübergehend. Und das war beunruhigend.

Mrs. Sweet zeigte vor sie. »Das ist die Garden Street. An der gegenüberliegenden Ecke – dort drüben – befinden sich die Versammlungsräume.« Sie deutete auf ein großes Gebäude mit einer palladianischen Fassade, das zur Garden Street hin lag.

Nachdem die beiden die Straße überquert hatten, schritten sie durch das Tor in die Gärten und folgten dem Fußweg, der durch die gepflegte Rasenanlage und üppige

Blumenbeete führte. Nash deutete auf einen Pseudotempel vor ihnen. »Ist das ein Zierbau?«

»Ja, es gibt mehrere in den Gärten.«

»Das *ist* doch tatsächlich Rebecca Webster!« Eine weitere Bewohnerin eilte auf Mrs. Sweet zu und lächelte. Die Frau schien etwa so alt zu sein wie Mrs. Sweet, oder vielleicht ein oder zwei Jahre älter. »Verzeihen Sie, Sie sind jetzt natürlich Mrs. Sweet.«

Mrs. Sweet begrüßte die Frau mit einem breiten Lächeln. »Wie geht es dir, Daisy?«

»Nun, danke. Sie sehen *sehr* gut aus.« Daisy warf einen anzüglichen Blick in Richtung Nash.

»Ich muss Ihnen den Marquess of Creslow vorstellen«, meinte Mrs. Sweet. »Ich helfe ihm, während des Festes eine Ehefrau zu finden.«

Daisy schenkte ihm einen kurzen Knicks. »Erfreut, Sie kennenzulernen, Mylord.« Sie blickte zu Mrs. Sweet zurück. »Sind Sie jetzt eine Heiratsvermittlerin? Es tat mir leid, das mit Mr. Sweet zu hören. Wir haben Sie bei der Hochzeit von Leah und Phin letztes Jahr vermisst.« Daisys blaue Augen weiteten sich. »Können Sie glauben, dass sie die strahlende *Maikönigin* ist?« Sie lachte vergnügt.

Mrs. Sweet lachte nicht mit ihr. Sie sah sogar überrascht aus. »Ist sie das? Das war mir nicht bewusst.«

Nash wollte wissen, wer Leah und Phin waren.

»Mama! Mama!« Drei Kinder kamen hinter Daisy auf sie zugerannt.

Die Frau drehte sich um. »Ihr habt mich also endlich eingeholt, was?«

»Papa hat gesagt, das müssen wir«, meldete sich die Älteste, ein Mädchen, zu Wort. Sie hielt das jüngste Kind, einen Jungen, an der Hand.

Das mittlere Kind, ebenfalls ein Junge, ergriff die Hand

seiner Mutter. »Wir haben ihm geholfen, so gut wir konnten.«

Mit einem zärtlichen Lächeln streichelte Daisy dem Jungen über die Wange. »Ich bin sicher, dass ihr das getan habt.« Erneut drehte sie sich zu Nash und Mrs. Sweet um. »Das sind meine Kinder. Mein Mann ist Brauer. Er richtet sich auf dem Brauereigelände ein, und wir haben ihm etwas zu essen mitgebracht.«

»Ich bin gekommen, um zu helfen«, sagte der Junge und schwang stolz die Hand seiner Mutter.

Die Tochter nahm den jüngeren Jungen, der etwa drei Jahre alt zu sein schien, in ihre Arme. »James ist müde, Mama.«

»Ja, bringen wir ihn nach Hause.« Daisy schenkte Mrs. Sweet ein herzliches Lächeln. »Es ist wunderbar, Sie zu sehen. Ich hoffe, Sie bleiben länger als nur für die Dauer des Festes. Es ist so eine geschäftige Zeit, und ich hoffe, wir haben Zeit für einen Besuch.«

»Ich bin mir nicht sicher, aber ja, das wäre schön.« Mrs. Sweet ließ ihren Blick über die Kinder schweifen. »Ihre Familie ist prachtvoll.«

»Danke.« Daisy nahm den Jüngsten in den Arm und reichte die Hand des anderen Jungen an seine Schwester weiter. »Jetzt kommt schon, ihr alle.«

Sie setzten ihren Weg zum Tor fort.

Nash drehte sich zu Mrs. Sweet um. »Man hat Sie hier in Marrywell vermisst. Warum sind Sie gegangen?«

»Ich habe meinen Mann vor neun Jahren auf dem Fest kennengelernt. Er machte mir einen Antrag, und wir heirateten hier in Marrywell, nachdem das Aufgebot verlesen worden war. Danach zog ich zu ihm nach Leighton Buzzard.«

»So haben Sie Bekanntschaft mit meiner Cousine gemacht.«

Mrs. Sweet setzte sich wieder in Bewegung, und Nash schloss zu ihr auf. »Die Tante meines früheren Mannes ist eine gute Freundin von Lady Philpott.«

»Ah, ja, Mrs. St. James. Ich habe sie bei mehreren Gelegenheiten getroffen. Ich möchte sagen, dass ich überrascht bin, Sie vor letztem September nicht kennengelernt zu haben, aber ich besuche meine Cousine höchstens einmal im Jahr – zu ihrer jährlichen Hausparty. Sie können auf keiner der Partys gewesen sein, an denen ich teilgenommen habe, denn ich bin sicher, dass ich mich an Sie erinnert hätte.« Daran bestand kein Zweifel. Von ihrem leuchtend roten Haar über die Sommersprossen auf ihrem Nasenrücken bis hin zu ihrer prallen Unterlippe, hatte sich ihr Gesicht für immer in sein Gedächtnis eingeprägt.

»Vergangenes Jahr war ich zum ersten Mal eingeladen. Tante Jennet, die Tante meines Mannes, hat mir zu der Einladung verholfen.«

Sie schwiegen einige Schritte lang, ehe er dann fragte: »Vermissen Sie Marrywell?«

Sie hielt den Blick beim Gehen geradeaus gerichtet. »Nein.«

»Wer sind Leah und Phin? Sind das Menschen, die Sie vermisst haben?« Nash fragte sich, ob sie Familienangehörige waren.

Es dauerte einen langen Moment, ehe sie antwortete. Ihr Hals errötete über dem Rand ihres Spencers. »Phineas Radford ist der Besitzer der Botanischen Gärten. Seine Familie ist eine der ältesten in Marrywell. Leah ist meine Schwester.«

Ihre Schwester war die Maikönigin? Und das hatte sie nicht gewusst?

Seit fast einem Jahrzehnt war sie nicht mehr zu Besuch gewesen. Und sie hatte gerade gesagt, ihr Zuhause nicht vermisst zu haben.

Nash war sehr neugierig darauf, was Mrs. Sweet aus Marrywell vertrieben hatte. Denn genau das schien der Fall gewesen zu sein. Hatte sie geheiratet, um von hier fortzukommen? Oder war es einfach so, dass ihr Mann ein grausamer Kerl gewesen war, der ihr nicht erlaubt hatte, zu Besuch zu kommen? Wäre das der Fall gewesen, hätte sie ihre Rückkehr direkt nach seinem Tod planen können.

»Kommen Sie, ich zeige Ihnen das Brauereigelände«, forderte sie ihn mit einem überschwänglichen Lächeln auf, als wolle sie die Gedanken an ihre Schwester verdrängen. Nun, er würde ihr ihren Willen lassen. Für den Augenblick.

»Das wäre reizend.« Er erwiderte ihr Lächeln. »Gehen Sie voran.«

Es war kein langer Spaziergang, und als sie sich einer hohen Hecke näherten, wies sie darauf hin, dass diese das Gelände der Bierbrauer umgab. »Sie bietet einen gewissen Schutz, wenn es dort zu ausgelassen zugeht.«

Nash fragte sich, ob das einem Londoner Pub Konkurrenz machen konnte. Bevor er jedoch fragen konnte, kam ein Pärchen durch eine Lücke in der Hecke, vom Gelände der Brauer. Der Gentleman war großgewachsen, hatte kastanienbraunes Haar und trug einen Hut, der wie ein Bauernhut aussah, und war Mitte zwanzig. Sie war in einem ähnlichen Alter mit blonden Locken, die ihr Gesicht unter der Hutkrempe umrahmten. Die Rundung ihres Bauches war unverkennbar – die Frau war schwanger.

Von Mrs. Sweet war ein scharfes Einatmen zu hören. Nash drehte den Kopf und erkannte, dass ihr Gesicht ganz blass geworden war. Das *mussten* Leah und Phin sein.

Als Nash jedoch ein weiteres Mal zu der Frau zurückblickte, konnte er keine familiäre Ähnlichkeit zwischen Mrs. Sweet und ihr erkennen. Vielleicht hatte er sich geirrt.

»Guten Tag, Rebecca«, sagte die blonde Frau.

»Guten Tag, Leah«, antwortete Mrs. Sweet mit dünner Stimme.

Aus irgendeinem Grund rückte Nash näher an seine Heiratsvermittlerin heran, falls sie Unterstützung brauchte. Er hatte keine Ahnung, was sie so in Aufruhr versetzte, aber er wollte für sie da sein, ob sie es wollte oder nicht.

~

Rebecca schaffte es, Luft zu holen, als der Schock sie überkam, Leah nach so langer Zeit wiederzusehen. Und die Überraschung rührte nicht daher, dass Leah ganz anders aussah als bei ihrer letzten Begegnung. Sie waren beide viel jünger gewesen, und jetzt erwartete Leah offenbar ein Kind.

Leahs Anblick brachte Rebeccas Bedauern und Schuldgefühle an die Oberfläche, die allerdings schon seit ihrer Ankunft in Marrywell am Vortag in ihr schwelten. Einer der Gründe, warum sie Creslow vorgeschlagen hatte, auf dem Fest eine Partnerin zu suchen, bestand darin, damit die Möglichkeit zu haben, sich ihrer Vergangenheit zu stellen. Jetzt, wo es so weit war, fragte sich Rebecca, warum sie das überhaupt für eine gute Idee gehalten hatte.

Sie hatte nicht erwartet, ihren Familienmitgliedern einfach so über den Weg zu laufen. Sie hatte die Begegnung planen und sich vorbereiten wollen. Aber konnte sie das? Gab es wirklich eine Möglichkeit für sie, ihre Familie wiederzusehen, ohne eine Mischung aus Furcht und Angst dabei zu empfinden?

»Du siehst gut aus«, sagte Leah und schien von dieser überraschenden Begegnung nicht berührt zu sein. Oder vielleicht war sie einfach besser darin, solche Dinge zu verbergen.

»Danke«, sagte Rebecca und zwang sich, die Worte

auszusprechen. »Genau wie du. Herzlichen Glückwunsch.« Sie senkte ihren Blick auf Leahs schwangeren Bauch.

»Danke. Wir werden das Baby im Juni willkommen heißen.«

So bald. Rebecca verabscheute sich dafür, dass sie einen Anflug von Neid verspürte. Leah hatte jedes Glück verdient. Rebecca verdiente eigentlich das Gegenteil. Oft fragte sie sich, ob das der Grund war, warum ihre Ehe ein derartiger Reinfall gewesen war, und sie deshalb keine Kinder hatte. Das war der Preis, den sie dafür zahlte, wie sie Leah behandelt hatte, als sie noch jung waren.

Mit einem plötzlichen unbehaglichen Gefühl richtete Rebecca ihre Aufmerksamkeit auf Phin, da sie glaubte, es sei einfacher, ihn anzusprechen. Er sah jetzt wie ein rechter Mann aus, aber das würde er nach fast einem Jahrzehnt natürlich auch. »Du siehst auch gut aus, Phin.«

Phin schenkte ihr ein herzliches Lächeln. »Es ist schön, dich zu sehen, Rebecca.« Er blickte in Richtung Creslow, und Rebecca wurde klar, dass sie es versäumt hatte, ihn vorzustellen.

Sie drehte sich leicht zu ihm hin, und ihr Arm streifte den seinen. Er war näher gekommen, aber sie hatte es nicht bemerkt. Jetzt bemerkte sie es. Seine Nähe war eine überraschend willkommene Unterstützung. »Erlaubt mir, euch meinen Auftraggeber vorzustellen, den Marquess of Creslow.«

»Deinen Auftraggeber?«, fragte Leah.

»Mrs. Sweet ist meine Heiratsvermittlerin«, sagte Creslow mit einem besonders entwaffnenden Lächeln.

»Wie herrlich.« Leahs Blick traf erneut auf Rebeccas. »Ich wusste weder, dass du eine neue Beschäftigung angenommen hast, noch dass du Marrywell besuchen würdest.«

»Es ging ziemlich schnell.«

Leahs Blick wurde weicher, und Rebecca wünschte, sie

könnte fliehen. Sie wollte weder die Freundlichkeit ihrer Schwester noch ihr Verständnis. Es gab zu viele Dinge, die Rebecca zuerst sagen musste. Aber Rebecca wusste nicht einmal, wo sie anfangen sollte. Außerdem wollte sie vor dem Marquess auf keinen Fall überhaupt etwas sagen. Oder vor Phin. Das war eine Sache zwischen Rebecca und ihrer jüngeren Schwester.

»Ich bin froh, dass du gekommen bist«, bemerkte Leah. »Wir haben dich letztes Jahr bei der Hochzeit vermisst, obwohl wir verstanden haben, warum du nicht kommen konntest.«

»Weil ich in Trauer war«, murmelte Rebecca. Sie hatte einen kurzen Brief mit Glückwünschen geschickt.

Es herrschte ein kurzes Schweigen, das Rebecca unangenehm war. Aber dann brachte diese ganze Begegnung sie dazu, am liebsten von Marrywell weglaufen und nie wieder zurückkehren zu wollen.

Sie hatte sich das nicht gut überlegt. Ein Teil von ihr wollte sich mit Leah und dem Rest ihrer Familie aussöhnen, insbesondere jetzt, wo ihre Mutter nicht mehr da war. Aber ein Teil von ihr wollte sich diesem Schmerz nicht stellen.

Sie war so ein Feigling.

Creslow, Gott sei Dank, machte dem Schweigen ein Ende. »Ich habe gehört, Sie sind die Maikönigin«, sagte er jovial zu Leah.

»Ja, und Phin ist natürlich der Maikönig.«

Phin winkte mit der Hand und lächelte. »Ach, die Aufmerksamkeit gilt immer den Ladys – der Königin und ihrem Hofstaat. Freuen Sie sich auf unser Fest, Mylord?«

»Creslow, wenn ich bitten darf. Ich bin wirklich fasziniert. Vor allem von dem Brauereigelände.« Er schaute an Leah und Phin vorbei.

»Ah, ja. Das ist ein beliebtes Ziel«, entgegnete Phin. Er beugte sich vor und nickte Creslow verschwörerisch zu.

»Wenn Sie heute Abend wiederkommen, werden sich die Brauer gegenseitig Bier einschenken. Ehrlich gesagt, ist dies normalerweise der unterhaltsamste Abend, an dem man sich am besten in der Nähe der Brauer aufhält, denn man kann ihnen zuhören, wie sie über ihr Handwerk reden. Bis sie dann zu betrunken dazu sind.« Er lachte. »Leider bin ich oft so sehr mit kurzfristigen Verpflichtungen ausgelastet, dass ich nicht lange dabei sein kann.«

»Heute Abend ist es jedoch anders«, sagte Leah mit einem Anflug von Stolz. »Dieses Jahr haben wir mehr Helfer, und die Gärten sind vorbereitet, um morgen Abend alle Festteilnehmer für die Krönungszeremonie und die Eröffnung des Labyrinths willkommen zu heißen.« Sie blickte zu Rebecca. »Eigentlich solltest du heute Abend mit uns essen. So haben wir Zeit für einen Besuch, bevor das Fest uns überwältigt.«

Leah konnte Rebecca unmöglich unter ihrem Dach haben wollen. Warum war sie so nett?

Weil sie glücklich war. Sie hatte den Mann geheiratet, in den sie seit ihrer Kindheit vernarrt war – das war ein Geheimnis gewesen, von dem die meisten Menschen nichts wussten, dass Rebecca aber ein Jahr vor ihrer Hochzeit mit Horatio herausgefunden hatte.

Rebecca lächelte schwach. »So gern ich das auch tun würde, ich fürchte, ich muss den Abend mit dem Marquess verbringen. Wir haben viel zu tun, um uns auf die kommende Woche vorzubereiten.«

»Er sollte sich uns auch anschließen«, meinte Phin und blickte zu Creslow. »Es wäre uns eine Freude, Sie nach Radford Grange einzuladen.«

»Ich würde mich freuen«, sagte Nash. »Wenn Sie sicher sind, dass es keine Zumutung ist.«

»Ganz im Gegenteil«, versicherte ihm Leah.

Rebecca konnte jetzt nicht ablehnen, ohne die Neugierde aller zu wecken.

»Dann ist es abgemacht.« Leahs ganze Miene strahlte vor Vorfreude. »Wir sehen uns dann um sechs.«

»Wir sollten uns auf den Weg machen.« Phin legte eine Hand auf Leahs Rücken. »Es gibt noch viel zu tun vor morgen.«

Sie verabschiedeten sich. Rebecca spürte, wie ihr Körper zu zittern begann. Sie entfernte sich von Creslow, schlug die Hände zusammen und versteifte ihre Wirbelsäule, bis sie sich wieder unter Kontrolle hatte.

»Geht es Ihnen gut?«, fragte Nash besorgt und folgte ihr dorthin, wo sie aus dem Weg des Eingangs zum Brauereigelände getreten war.

Sie beschwor ein weiteres schwaches Lächeln herauf und wandte sich ihm zu. »Alles in Ordnung. Ich war nur überrascht, meine Schwester zu sehen. Ich freue mich schon auf später.« Das tat sie allerdings nicht. Sie konnte nicht einfach mit Leah zu Abend essen, ohne etwas über die Vergangenheit zu sagen. Aber wie sollte man sich für sein Schweigen entschuldigen, während ihre Mutter Leah so grausam behandelt hatte?

»Sind Sie sicher, dass es Ihnen nichts ausmacht, wenn ich mitkomme?« Er betrachtete sie mit tiefer Besorgnis. »Das muss ich nicht, wenn Sie etwas anderes wünschen.«

Er hatte Rebeccas Unbehagen gespürt. In seinem Blick lag sowohl Neugierde als auch Freundlichkeit. Mit beidem wollte sie nichts zu tun haben. »Macht es Ihnen etwas aus, wenn wir zum Gasthaus zurückkehren?«

»Keineswegs. Sollen wir den Weg zurückgehen, den wir gekommen sind?«

»Das wäre am einfachsten.« Sie begann, den Weg entlangzugehen, und er schlenderte neben ihr her.

Sie hatten das Tor fast erreicht, als er schließlich sagte: »Verzeihen Sie, wenn ich aufdringlich bin, aber Sie wirken beunruhigt. Ich würde Ihnen gerne helfen, wenn ich darf.«

So ging das nicht. Rebecca blieb abrupt stehen und drehte sich zu ihm um. »Sie *sind* aufdringlich, und ich möchte, dass Sie das nicht tun. Ich bedaure, dass mein Privatleben in unsere berufliche Verbindung eingedrungen ist.«

Er hatte sich ihr zugewandt, als sie stehen geblieben war. »Das ist unnötig«, entgegnete er schnell. »Ich würde mich freuen, wenn wir nicht nur Geschäftspartner, sondern auch Freunde sein könnten.«

Rebecca wollte verhindern, dass er sich Sorgen machte. Das hatte sie nicht *verdient*, schon gar nicht in dieser Sache. »Unsere Beziehung muss professionell bleiben.«

»Das steht in keiner Weise fest.« Der Marquess kam näher und hob seine Hand, als wolle er sie berühren. Rebecca schreckte zurück.

»Bitte nicht«, brachte sie scharf hervor. »Es darf sich nicht wiederholen, was auf Clipstone Hedge passiert ist. Dies hier ist ein geschäftliches Arrangement.«

Er stieß die Luft aus. »Nun gut. Ich möchte eine letzte Bemerkung zu jenem Abend machen, wenn ich darf. Nein, das werde ich ohnehin tun.« Sein Blick blieb an ihrem hängen, und er sprach in einem weichen, sinnlichen Ton, der ein heftiges Verlangen in ihr weckte. »Ich bedaure, dass ich jene Nacht nicht mit Ihnen verbringen konnte. Ich hoffe, sie werden einen anderen finden, der das beendet, was wir angefangen hatten – das haben Sie nach dem Mann, den Sie hatten, verdient.«

»Sie sollten nicht so etwas sagen.« Jetzt wollte sie anständig sein? Nach dem, was sie sich von ihm in der Bibliothek hatte gefallen lassen? Ihr Körper wurde ganz heiß.

»Ich hoffe immer noch, wir können Freunde sein«, meinte er. »Wenn Sie eine Braut für mich finden, kann ich mich vielleicht für den Gefallen revanchieren, indem ich einen Liebhaber für Sie finde.«

Ihr stockte der Atem, als er das letzte Wort hervorbrachte. Sie reckte ihr Kinn und versuchte, ihre Empörung zu zügeln. »Sie haben mich angeheuert, um eine Braut für Sie zu finden. Das ist kein *Gefallen*.«

Er neigte den Kopf, seine Augen funkelten in der Nachmittagssonne. »Na gut. Aber ich wollte nicht andeuten, Sie nicht trotzdem bezahlen zu wollen. Ich wäre dennoch froh, Ihnen zu helfen – auf jede Weise, die Sie für nötig erachten. Denn sehen Sie, Mrs. Sweet, ob es Ihnen gefällt oder nicht, denke ich, dass wir Freunde sind. Nur ein Freund kann es bewerkstelligen, dass ich mich für eine ungeeignete Marchioness entscheide.«

Rebecca war sich nicht einmal sicher, ob sie angesichts seiner strengen Anforderungen überhaupt dazu in der Lage sein würde. Sie war allerdings entschlossen, ihr Bestes zu geben. »Solange Sie akzeptieren, dass wir nicht mehr sein werden. Einverstanden?«

Er nickte einmal. »Einverstanden.«

»Lächeln Sie mich nicht mehr charmant an. Verstanden?«

Er begann zu lächeln, unterdrückte den Ausdruck aber schnell wieder und presste seine Lippen zusammen, damit der Ausdruck verschwand. »Wie Sie wünschen.«

Das war ganz bestimmt nicht, was sie sich wünschte. Doch es musste so sein.

KAPITEL 5

Als sie neben Creslow in seiner eleganten Kutsche auf dem Weg nach Radford Grange saß, überlegte Rebecca zum wahrscheinlich hundertsten Mal, ob sie am Dinner teilnehmen sollte. Sie hatte überlegt, den Marquess zu bitten, nicht zu mitzukommen, aber schließlich war sie feige, weil sie sich der Situation nicht allein stellen wollte.

Machte das Creslow zu dem, was zu sein er vorgab – zu ihrem Freund? Ihrer Vermutung nach machte ihn das zu etwas. Wie auch immer ihre Beziehung aussehen mochte, musste sie dafür sorgen, dass sie das Hauptziel, eine Marchioness für ihn zu finden, nicht beeinträchtigte.

Obwohl seine Kutsche geräumig war, konnte sie seine Körperwärme neben sich auf der gemeinsamen Sitzbank spüren. Er berührte sie nicht, doch der Gedanke, er könnte es tun, wenn die Kutsche in eine Spurrille geriet und sie zusammenstießen, reichte aus, um die Luft mit einem erwartungsfreudigen Knistern zu erfüllen.

Radford Grange lag etwa drei Meilen von der Stadt entfernt und grenzte an den Botanischen Garten. Rebecca konnte einen Blick aus dem Fenster auf ihrer Seite der Kutsche auf das Herrenhaus erhaschen. »Da ist es.«

Creslow beugte sich ein wenig über sie, um es besser zu sehen. Sein Sandelholzduft erfüllte ihre Nasenlöcher, und sie spürte einen sofortigen Impuls der Erregung. Mit dem Rücken drückte sie sich an die Rückenlehne, damit sie einander nicht berührten.

Er setzte sich zurück und zog seinen Frack zurecht. »Sieht aus, als wäre es im siebzehnten Jahrhundert gebaut worden. Oder ist das eine neue Fassade?«

»Ich bin mir nicht sicher, aber ich vermute, Letzteres ist der Fall. Ich glaube, das ursprüngliche Gebäude stammt aus dem fünfzehnten Jahrhundert. Meines Wissens ist es seither mehrmals erweitert und renoviert worden.«

»Das kann ich mir vorstellen. Ich gestehe, mich von Architektur faszinieren zu lassen. Das Haus meiner Familie wurde 1690 gebaut und vor etwa fünfzig Jahren renoviert. Gerne würde ich einen Wintergarten anbauen.«

Rebecca war für das Gesprächsthema dankbar, das nicht persönlich war, und griff es auf. »Verbringen Sie viel Zeit dort?«

»Nein. Nicht seit ... Normalerweise bin ich in London oder auf Reisen.«

»Nicht mehr, seit Ihre Frau gestorben ist?« Rebecca hoffte, er würde ihr antworten, aber er sah nicht einmal in ihre Richtung. »Vielleicht werden Sie das tun, wenn Sie einen Wintergarten anbauen«, setze sie hinzu, während die Kutsche die Auffahrt zum Herrenhaus hinauffuhr.

Als die Kutsche zum Stehen gekommen und der Marquess ausgestiegen war, half er Rebecca beim Aussteigen. Sie ignorierte den freudigen Schauder, der ihren Arm hinaufschoss, als sie ihre Hand in seine legte, und so schnell wie möglich entwand sie sich seinem Griff.

Der ältere Butler, der sich im Schneckentempo bewegte,

ließ sie ein und führte sie in den Salon. Rebecca hatte Radford Grange in ihrer Jugend nicht öfter besucht, als man an einer Hand abzählen könnte, und sie erinnerte sich vage daran, dass der Butler schon damals alt gewesen war.

Bei ihrem Eintreten erhob sich Leah von einem Sessel. »Willkommen in Radford Grange.«

Rebecca blickte zum Marquess, um zu sehen, wie er reagieren würde. Seit sie den Tod seiner Frau in der Kutsche erwähnt hatte, war er steif und schweigsam gewesen.

Creslow lächelte herzlich, verneigte sich und alle Anzeichen seiner Verstimmung schienen verschwunden zu sein. »Ich danke Ihnen. Bitte, setzen Sie sich wieder.«

»Ja, tu das«, meinte Phin, der Leah einen beredeten Blick zuwarf. Er wandte sich an Rebecca und Creslow. »Sie war heute sehr beschäftigt, und obwohl das Baby erst in einigen Wochen erwartet wird, sage ich ihr immer wieder, dass sie sich jetzt ausruhen sollte.«

Rebecca konnte kaum glauben, dass ihre Schwester in diesem großen Haus lebte, mit einem Mann verheiratet war, den sie anbetete, und ein Baby erwartete. All das hatte sie verdient, und doch war es ganz anders als das, was alle von Leah erwartet hatten, als sie Marrywell verlassen hatte, um Gesellschafterin zu werden. Zu diesem Zeitpunkt war Rebecca bereits fortgezogen, aber die Frau ihres Bruders hatte ihr geschrieben, um ihr davon zu berichten.

»Du siehst sehr glücklich aus«, meinte Rebecca zaghaft. »Ich freue mich so für dich.« Jetzt hatte sie wenigstens etwas gesagt. Es war allerdings nicht die Entschuldigung, die Leah verdient hatte. Als ob eine einfache Entschuldigung jemals für die Grausamkeiten entschädigen könnte, die Leah ertragen hatte und die Rebecca und ihre Geschwister schweigend mit angesehen hatten.

Leah schenkte ihr ein warmes Lächeln. »Das bin ich, danke.«

»Erzählen Sie mir von Ihrem Haus«, sagte Creslow und lenkte das Gespräch unbewusst auf ein … sicheres Terrain. »Mrs. Sweet sagte mir, es stamme aus dem fünfzehnten Jahrhundert, aber die Fassade ist eindeutig neueren Datums.«

Phin trat auf ihn zu, seine blassen Gesichtszüge wurden lebhaft. »Dieses Haus ist öfters erweitert worden, als ich zählen kann. Die Treppenhalle ist wirklich alles, was von dem ursprünglichen Gebäude noch übrig geblieben ist, und auch die Treppe wurde neu gebaut. Trotzdem vermittelt dieser Raum ein deutlich mittelalterliches Gefühl.«

Creslow nickte interessiert. »Vielleicht könnte ich bei einem anderen Mal eine Führung bekommen. Was ist mit den Botanischen Gärten? Wie ich höre, besitzen und beaufsichtigen Sie diese ebenfalls.«

»In der Tat. Mein Großvater hat sie den Einwohnern von Marrywell zur Nutzung überlassen. Der Teil, der der Stadt am nächsten liegt, entlang der Garden Street, mit dem Podium, wird seit über hundert Jahren für das Fest zur Partnerfindung genutzt. Großvater wollte eine Stätte schaffen, an der das Fest wachsen und weitere Aktivitäten gefördert werden können, die auch über das Finden des richtigen Partners hinausgingen.«

»Was meinen Sie?«, fragte Creslow. »Ich dachte, in der nächsten Woche geht es in Marrywell nur darum, Verbindungen herzustellen.«

Phin kicherte, aber es war Leah, die antwortete. »Das ist das Hauptziel, aber mit dem zusätzlichen Brauereigelände und einer Vielzahl von Wettbewerben und Vergnügungen zieht das Fest nun auch viele Leute an, die nicht auf der Suche nach einem Partner sind. Der Puddingwettbewerb zieht Köche aus dem ganzen Bezirk an.«

Rebecca blinzelte ihre Schwester an. »Vor zehn Jahren war das weniger ein Wettbewerb als vielmehr ein Vorwand, um sich mit exzellenten Puddings zu verwöhnen.«

»Das ist es immer noch«, meinte Phin und grinste.

»Klingt reizvoll für mich.« Creslow drehte den Kopf zu Rebecca. »Ich hoffe, das ist Teil Ihres Aktivitätenplans.«

Hatte er erwartet, dass sie einen Plan für die Aktivitäten hatte? Die bessere Frage wäre vielleicht, warum sie nicht schon einen hatte. »Ja. Wir können die konkreten Ereignisse später besprechen. Oder morgen früh.«

»Wie schön, dass Rebecca Ihre Heiratsvermittlerin ist«, freute sich Leah. »Ich bin sicher, dass sie die perfekte Braut für Sie finden wird.«

Rebecca spannte sich an. Sie hatte Leahs Freundlichkeit nicht verdient. Aber vielleicht hatte Leah einfach beschlossen, die Vergangenheit zu begraben. Warum auch nicht, angesichts der nahezu perfekten Situation, in der sie sich jetzt befand? Oder vielleicht brauchte sie Rebeccas Entschuldigung gar nicht. Wie auch immer, wäre nicht alles, was Rebecca vorbrachte, zu wenig und käme es nicht auch viel zu spät?

Der alte Butler schlurfte herein, um das Dinner anzukündigen, worauf Rebecca eine weitere Gnadenfrist hinnahm. Aber war es wirklich eine Gnadenfrist? Allein Leahs Anwesenheit erinnerte sie auf schreckliche Weise an eine Vergangenheit, für die sie sich schämte. Sie musste entweder selbst einen Weg finden, diese zu überwinden – oder sich endlich dazu bekennen.

~

Nach dem Essen blieben sie nicht lange. Rebecca konnte sehen, wie müde Leah war. Sie war schon immer müder gewesen als die anderen, denn ihre Mutter hatte sie spätabends und frühmorgens mit Aufgaben belastet und sie vor allen anderen im Haushalt aus dem Bett gerissen.

Natürlich war das jetzt nicht der Grund – sie trug ein Baby unter dem Herzen.

Rebecca hatte versucht, sich beim Essen zu unterhalten, aber es fiel ihr schwer, über den scheinbar permanent vorhandenen Kloß in ihrem Hals hinwegzusprechen. Zum Glück hatten die Männer viel zu besprechen. Rebecca war sogar der Meinung, dass zwischen ihrem Auftraggeber und Phin eine dauerhafte Freundschaft entstanden sein könnte.

»Sie waren heute Abend so still«, meinte Creslow neben ihr.

»War ich das?« Sie verflocht die Hände im Schoß, anstatt zu erwähnen, dass er verstummt war, nachdem sie nach seiner Frau gefragt hatte.

»Ich hatte wohl erwartet, dass Ihre Schwester und Sie Geschichten aus Kindertagen in Marrywell erzählen würden oder Sie beide sich im Gespräch verlieren würden, da Sie schon so lange von Ihrer Schwester getrennt waren.«

»Wir standen uns nicht besonders nahe.« Das war nicht unbedingt eine Lüge. Rebecca wäre das gerne gewesen, aber das hätte eine Bestrafung durch ihre Mutter zur Folge gehabt.

»Das finde ich überraschend. Ihre Schwester ist sehr einnehmend, ebenso wie Sie.« Er drehte sich zu ihr um, als würde er eine intimere Ausführung erwarten.

Rebecca versteifte sich und schob sich so weit wie möglich in die Wagenecke, weit weg von ihm. »Sie sind zu neugierig auf meine Familie.« Wenn er seine Vergangenheit nicht mit ihr teilen wollte, warum sollte sie dann ihre mit ihm teilen?

»Ich bin neugierig auf *Sie*. Und bevor Sie mir sagen, dass ich nicht neugierig sein sollte und dass mich solche Dinge nichts angehen, möchte ich Sie daran erinnern, dass Sie meine Angestellte sind. Ich muss sicherstellen, dass Sie annehmbar sind.«

Sie runzelte die Stirn und warf ihm einen abwehrenden Blick zu. »Sie sind schamlos.«

»Ich könnte einfach mit Ihrer Schwester reden.«

Rebecca warf die Hände hoch und drehte ihren Kopf zu ihm. »Was wollen Sie von mir?«

»Ich will nichts *von* Ihnen. Ich möchte nur die dunkle Gewitterwolke vertreiben, die über Ihrem Kopf schwebt, sobald Sie Ihre Schwester sehen oder Ihre Familie erwähnt wird.«

Sie wollte sich von ihm abwenden und sich in der Schande der Vergangenheit verkriechen. Am liebsten hätte sie ihn nach der dunklen Wolke gefragt, die über ihm schwebte, wenn Rebecca sich nach seiner Frau erkundigte.

Wenn sie etwas von sich preisgab, würde er das vielleicht auch tun. Selbst wenn er das nicht tat, konnte sie sich der Verlockung nicht entziehen, sich zu erleichtern. Kurz schloss sie die Augen und sagte: »Ich hatte Angst, hierher zurückzukehren. Nach Marrywell.«

»Warum hatten Sie Angst?« Er klang so teilnahmsvoll, so aufrichtig besorgt. Es war kein Wunder, dass er sie zermürbt hatte.

Sie knetete ihre Finger zusammen und drückte die Fingerspitze der einen Hand mit dem Daumen und Zeigefinger der anderen. »Meine Kindheit war nicht glücklich.«

»Warum erzählen Sie mir nicht von Ihrer Familie?«, ermutigte er sie sanft.

Sie nahm ihren Mut zusammen und holte tief Luft, ehe sie zu Sprechen anfing. »Sie haben vielleicht bemerkt, dass Leah und ich uns nicht ähnlichsehen. Ich komme nach meiner Mutter. Leah kommt nach unserem Vater – und auch nach ihrer Mutter, die nicht dieselbe wie meine war, oder unserer anderen Geschwister. Wir haben einen älteren Bruder, Barnabas, und eine ältere Schwester, Meg.«

»Ich verstehe«, murmelte er.

»Wir durften nie über Leahs Abstammung sprechen, aber wir wussten es natürlich alle. Leah wurde von uns getrennt untergebracht. Ich teilte eine Kammer mit Meg, aber Mutter ließ Leah in einer kleinen Kammer auf einer Pritsche schlafen. Es war eigentlich ein Schrank, denn es gab kein Fenster.«

Rebeccas Inneres krampfte sich zusammen. Es war lange her, dass sie sich erlaubt hatte, in diesem Ausmaß über die Vergangenheit nachzudenken. Und sie hatte schon gar nicht mehr darüber gesprochen. Jetzt sprudelten die Worte heraus, als wäre ein Damm gebrochen.

»Wurde Leah wegen ihrer Herkunft anders behandelt als Sie?«, fragte er.

Rebecca nickte und legte die Hände auf ihrem Schoß ab. »Als ich alt genug war, um die Ungerechtigkeit zu erkennen – dieses Wort ist überaus unzureichend, um den Unterschied in unserer Behandlung wirklich zu beschreiben –, versuchte ich einzugreifen. Es war Winter, und in Leahs Zimmer war es so kalt. Ich brachte sie in mein Bett, damit sie bei mir schlief, denn Meg und ich hatten eine Feuerstelle. Als meine Mutter uns am Morgen entdeckte, bestrafte sie uns beide. Ich durfte eine Woche lang nicht zu Abend essen, und sie ... na ja, sie war grausam.« Rebecca drückte ihre Finger noch einmal zusammen.

»Hat sie Ihnen wehgetan?«

»Ja. Das war genug, um sicherzustellen, dass ich nie wieder versuchen würde, Leah zu helfen. Wir waren alle unglücklich, aber niemand von uns so sehr wie Leah. Wenn ich sie jetzt sehe ... sie ist so glücklich.« Ein tiefer Schluchzer entrang sich Rebeccas Lippen, und sie schlug sich die Hand vor den Mund.

Creslow nahm ihre freie Hand in seine. Die Wärme und der Trost halfen, die Anspannung in Rebeccas Körper zu lösen. Sie bemühte sich, Luft zu holen und sich zu beruhigen, bevor sie vor Tränen verging.

Sein Griff war sanft, sein Blick teilnahmsvoll. »Ich bin mir nicht ganz sicher, ob das Freudentränen oder Kummertränen sind. Ich würde Letzteres sagen, aber Sie haben das Glück Ihrer Schwester erwähnt, also bin ich mir nicht ganz sicher.«

Rebecca schniefte. »Ich freue mich für sie, so sehr. Aber ich bin traurig, dass ich keine gute Schwester zu ihr war. Sie hat etwas Besseres verdient.«

»Sie schien nicht so zu denken«, meinte er leise. »Ich sah eine Frau, die sich freute, ihre Schwester zu sehen, die ihre Gesellschaft an diesem Abend genoss und sich auf das nächste Mal freute, wenn sie beide zusammen sein würden.«

Als sie gegangen waren, hatte Leah ihre Hoffnung ausgedrückt, sie morgen beim Empfang und der Krönungszeremonie zu sehen. »Sie wollte nur höflich sein«, wiegelte Rebecca ab.

»Das war nicht mein Eindruck.« Er holte tief Luft, und seine Hand umklammerte noch immer die ihre. Rebecca war für seine Berührung dankbar. »Verzeihen Sie mir meine Meinung, aber ich glaube nicht, dass Ihre Schwester Ihnen weder etwas übelnimmt noch hegt sie einen Groll. Sie scheint sehr glücklich zu sein. Vielleicht müssen Sie einfach die Vergangenheit ruhen lassen und in die Zukunft blicken.«

»Ich muss ihr etwas sagen – zumindest muss ich anerkennen, was passiert ist.« Rebecca schüttelte den Kopf. Sie wusste nicht, was sie mit einer Schwester anfangen sollte, die sie nicht hasste oder ihr zumindest die Schuld für ihre trostlose Kindheit gab. »Sie wurde aus Marrywell vertrieben. Trotz des Mannes, den sie liebte. Aber wenigstens hat sie ihn wiedergefunden, und alles ist so gekommen, wie es kommen musste.«

»Es scheint, als ob auch Sie von Marrywell vertrieben

wurden«, bemerkte er leise. »Sie waren sehr jung, als Sie heirateten, nicht wahr?«

»Neunzehn.«

»Und hatten Sie sich unsterblich in ihn verliebt? Nach dem, was Sie über Ihre Ehe erzählten, habe ich diesen Eindruck nicht, aber vielleicht hat die Verbindung besser begonnen, als sie geendet hat.«

»Das war nicht der Fall, und ich habe mich nicht in ihn verliebt, weder unsterblich noch sonst wie. Es war mein erstes Fest als heiratsfähige junge Lady, und ich wollte unbedingt heiraten und von hier wegkommen. Dass Horatio weit weg von Marrywell wohnte, war ein Vorteil, den ich sofort nutzte.«

»Dann *wurden* auch Sie vertrieben.«

Rebecca holte tief Luft. Sie *war* vertrieben worden. Von ihrer Mutter. Und von ihrer Schuld. »Ich musste einfach weg von der Black Sheep Farm«, flüsterte sie. »Aber ich *brauchte* nicht wegzugehen, nicht so wie Leah.«

»Ich möchte Sie dringend bitten, nicht auf die Vergangenheit zurückzublicken und darüber nachzudenken, was Sie hätten tun sollen. Sie sind jetzt viel weiser als damals. Ich bin sicher, dass Sie eine Möglichkeit finden werden, diese Klugheit zu nutzen, um zu tun, was Sie für notwendig erachten. Die Schuldgefühle, die Sie in sich tragen, sind jedoch die Ihren, und Ihre Schwester scheint nicht dergleichen von Ihnen zu erwarten.«

Rebecca wischte sich mit der freien Hand über die Augen und blickte ihn an. »Warum bin ich in dieser Sache solch eine Memme?«

Er lächelte. »Das sind Sie nicht. Sie besitzen ein Herz voller Liebe und einen Verstand voller Reue. Ich finde, es ist das Beste, Letzteren zu entleeren, denn er wird Sie nur beschweren.«

Rebecca wusste, dass er recht hatte. Es war an der Zeit für

ein Gespräch mit Leah, um ihr all das zu sagen. Das hätte sie schon vor mehr als zehn Jahren tun sollen. »Wie sind Sie so weise geworden?«

Er lachte leise und zuckte mit den Schultern. »Ich glaube nicht, dass ich das bin, aber ich habe zwei jüngere Schwestern, und meiner Ansicht nach lohnt es sich, für Geschwister zu kämpfen. Ich weiß auch einiges über Schmerz und wie man ihn überwindet.« Er hob ihre Hand an seine Lippen und drückte ihr einen Kuss auf den Handrücken. Obwohl sie Handschuhe trug, spürte sie seinen Druck, als ob ihre Hand nackt wäre.

»Das sollten Sie nicht tun.« Ihre Stimme klang leise und heiser und ihrer jüngsten Erschütterung zum Trotz kribbelte ihr Körper vor Erregung. Oder vielleicht war es auch gerade deswegen. Sie fühlte sich verletzlich. Ausgeliefert. Sie sehnte sich nach einer Verbindung mit jemandem.

Mit ihm.

»Alles, was in der Kutsche passiert, wird auch in der Kutsche bleiben, das schwöre ich.« Seine Augen schimmerten verheißungsvoll.

»Wir könnten einfach so tun, als wäre es nie passiert?«

»Das könnten wir.«

Dann könnten sie sich jetzt einfach küssen und so tun, als wäre nie etwas geschehen. Er könnte sie auch liebkosen, wie er es in der Bibliothek getan hatte. Oder sie könnte ihn streicheln, wie sie es sich seither erhofft und erträumt hatte.

Die Kutsche hielt vor dem Gasthaus an. Ein Gefühl der Enttäuschung breitete sich in ihr aus. Sie zog ihre Hand aus seinem Griff zurück. »Das werde ich mir merken. Ich danke Ihnen für Ihren Rat. Vermutlich werde ich mich jetzt Ihrer Freundschaft unterwerfen müssen.«

Nun lachte er noch lauter als zuvor. »Dann war dies ein äußerst ertragreicher Ausflug.« Er entstieg der Kutsche und half ihr dann beim Aussteigen. »Ich freue mich schon auf unsere nächste Kutschfahrt. Wer weiß, was dann alles passieren wird?«

Rebecca setzte ihre Hoffnung darauf, dass er dann, wie sie, etwas von sich preisgeben würde. Vielleicht würde er eingehender erläutern, was er damit meinte, sich aus dem Schmerz zu erheben.

Möglicherweise bezog er sich auf etwas Körperliches zwischen ihnen, aber sie wussten beide, dass das nicht passieren konnte. Sie konnten sich gegenseitig Vertrauen schenken und ihre Freundschaft ausbauen.

Und das war auch alles.

KAPITEL 6

Mrs. Sweet hatte darum gebeten, dass sie heute Morgen gemeinsam frühstückten, damit sie die Ereignisse des Tages planen konnten. Nash war es einerlei, aus welchem Grund sie zusammen aßen, denn ihm lag in der Hauptsache nur daran, mehr Zeit mit der faszinierenden und zutiefst verführerischen Heiratsvermittlerin zu verbringen.

Ihre Offenbarungen von gestern Abend in der Kutsche hatten ihm erlaubt, eine ihrer Facetten zu erkennen, von der er vermutete, dass sie sie nur selten, wenn überhaupt, preisgab. Er fühlte sich gedemütigt und privilegiert, aber auch neugieriger denn je. Zudem verspürte er ein stetig zunehmendes Verlangen, das über die bloße körperliche Erregung hinausging. Je mehr er über sie erfuhr, desto mehr wollte er wissen – und ihr eine Hilfe sein.

Der Schmerz ihrer Kindheit und das frühere Los ihrer Schwester waren so realistisch für ihn. Nash wusste, wie es war, sich die Schuld zuzuweisen. Das hatte er lange Zeit getan, nachdem seine Frau nur wenige Monate nach ihrer Hochzeit erkrankt war. Auch wenn er das nächste Jahr damit verbracht hatte, sich um sie zu kümmern, als der Krebs ihren Körper zerstörte, fragte er sich noch immer, was er für sie hätte besser machen können. Nicht unbedingt zur Verlängerung ihres Lebens – obwohl er manchmal auch daran dachte –, sondern um ihr, insbesondere zum Ende hin, ihre Situation angenehmer zu machen.

»Guten Morgen«, sagte Mrs. Sweet, als sie an ihrem Tisch in der Gaststube ankam.

Froh, dass ihre Ankunft seinen rührseligen Gedanken ein Ende bereiten würde, stand Nash auf und rückte ihr den Stuhl zurecht. Er war bestrebt, diese Grübeleien in Schach zu halten. »Guten Morgen. Ich hoffe, Sie haben gut geschlafen.«

»Sehr gut, vielen Dank.«

Leider konnte er nicht dasselbe sagen, denn er war wach geblieben und hatte an sie gedacht. An ihre Sorgen und die zukünftigen Fahrten in seiner Kutsche. Er fragte sich, wohin sie beide wohl fahren könnten, wenn alles mit dem Fest in Zusammenhang Stehende zu Fuß erreichbar war.

»Sind Sie bereit, unseren Plan zu besprechen, wie wir eine Marchioness für Sie finden?«, fragte sie.

»Vermutlich muss ich das wohl, da dies unser Ziel für diese Woche ist. Haben Sie genügend Informationen über mich, um das Notwendige in die Wege zu leiten?«

»Ich denke schon. Bevor wir fortfahren, möchte ich Sie fragen, wie sie sich entschieden haben, Ihre Anforderungen mitzuteilen? Wollen Sie sie allgemein publik machen oder sie den Ladys mitteilen, wenn Sie es für richtig erachten?«

Jedes Mal, wenn er darüber nachdachte, stellte er sich vor, wie die Leute ihn fragen würden, warum er nicht aus Liebe heiratete. Ihm wurde klar, dass seine Forderung einigermaßen seltsam war, doch er konnte nicht mit der Wahrheit antworten. Auf keinen Fall würde er über seine Frau oder seinen Kummer sprechen. Das war ja gerade der Sinn seiner Anforderungen. Er wollte die Liebe meiden, damit der

Schmerz dort bliebe, wo er hingehörte – in der Vergangenheit.

»Mit dem letzteren Vorschlag fühle ich mich am wohlsten. Wenn die Sache zu einem Gerücht wird, werden die Leute neugierig werden, warum ich diese Anforderungen habe, und ich weigere mich, solche Fragen zu beantworten.«

»Selbst wenn Ihre Heiratsvermittlerin das fragt«, murmelte sie.

Nash richtete seinen Blick auf sie, als ihn Gereiztheit durchzuckte. Aber es war ihr gutes Recht, neugierig zu sein und eine Erklärung zu erwarten. Das würde ihr allerdings nicht helfen, eine Frau für ihn zu finden. »Das ist nicht von Belang.«

»Ich bezweifle, dass Ihre zukünftige Frau damit einverstanden wäre. Was ist mit Ehrlichkeit und Vertrauen in einer Ehe? Sollte Ihre Braut nicht Kenntnis darüber haben, wen sie heiratet?«

Er vernahm die Schärfe in ihrem Ton und erkannte, dass sie von ihrem Schmarotzer von einem Ehemann betrogen worden war. »Ich habe schon einmal geliebt und glaube nicht, noch einmal dazu imstande zu sein«, entgegnete er rasch.

»Dann ist es vielleicht besser zu sagen, dass Sie Ihre Braut *vielleicht* nicht lieben werden, anstatt zu fordern, dass dieses Gefühl keinen Platz in dieser Verbindung haben darf.«

»Nein.« Plötzlich fühlte er sich, als würde er ertrinken. Das Atmen fiel ihm schwer. Er krampfte seinen Kiefer zusammen und zwang sich, die panischen Gedanken zu verdrängen. Nach einem Augenblick brachte er einen halbwegs tiefen Atemzug zustande und sah ihr direkt in die Augen. »Ich werde mich nicht verlieben, und ich werde niemanden heiraten, der das von mir erwartet. Sind wir uns da einig?«

Sie presste ihre Lippen aufeinander, sodass sie fast verschwanden. »Perfekt.«

Glücklicherweise wurden sie von Mrs. Thomason unterbrochen, die ihnen das Frühstück brachte, das aus Schinken und Brötchen sowie Tee bestand. Sie schenkte ihnen die Tassen ein und entfernte sich wieder.

Einen Moment lang aßen sie schweigend, und Nash kam sich wie ein Rüpel vor. Allerdings konnte er nichts an seiner Persönlichkeit oder seinen Wünschen ändern. Oder daran, was er *nicht* wünschte. Hoffentlich hatte er sie nicht vergrault.

Mrs. Sweet rührte in ihrem Tee, während sie ihm einen unsicheren Blick zuwarf. »Heute möchte ich Sie mit so vielen in Frage kommenden Bräuten wie möglich beobachten. Und ich möchte, dass Sie mir sagen, welche von ihnen Ihren ... Anforderungen an die Anziehungskraft entsprechen.«

»An welchem Punkt werden wir feststellen, ob sie an dem, was ich anbiete, interessiert sind?«

Eine leichte Grimasse zeichnete sich auf ihren schönen Zügen ab. »Ich bin mir noch nicht sicher, aber irgendwo müssen wir ja anfangen. Ich hoffe, dass wir heute auf dem Empfang und heute Abend auf dem Willkommensball beide eine Einschätzung vornehmen können. Sie werden feststellen, welche Damen für Sie von Interesse sind, und ich werde herausfinden, ob sie für das von Ihnen begehrte Arrangement empfänglich sind.«

Begehren. Im Moment empfand er genau für *eine* Frau Begehren, und sie saß ihm direkt gegenüber.

Er nahm sich einen Moment Zeit, um etwas Schinken zu essen und ihn mit Tee runterzuspülen. »Und was ist mit der Magie?«

Auch sie war damit beschäftigt, ein Brötchen zu verzehren, und jetzt schossen ihre Augenbrauen nach oben. »Magie?«

»Was auch immer Sie zwischen zwei Menschen entdecken, das Sie glauben lässt, sie würden zusammenpassen.«

»Nun, dies ist eine andere Sache«, entgegnete sie langsam. »Ich glaube nicht, dass meine Expertise – wenn Sie es so nennen wollen – sehr hilfreich sein wird.«

Er griff nach einem der kleinen Brötchen auf seinem Teller und dachte, dass er sie mit einer äußerst schwierigen Aufgabe betraut hatte. »Wie wollen Sie feststellen, ob eine Dame überhaupt an meinem Arrangement interessiert ist?«

»Überlassen Sie das mir.« Sie nahm einen Bissen von ihrem Schinken.

Er beobachtete sie, während er auf seinem Brötchen kaute. Wusste sie das überhaupt? »Ich könnte mich fragen, ob Sie das schon herausgefunden haben. Sagen Sie mir Bescheid, wenn ich Ihnen behilflich sein kann.«

»Ich habe mir überlegt, wie Sie helfen können, und ich habe eine Idee. Allerdings bin ich mir nicht sicher, ob Sie das tun wollen.« Sie holte tief Luft, bevor sie fortfuhr, und ihr Blick traf seinen. »Sie sollten vielleicht weniger ... charmant sein als gewöhnlich.«

Nash schluckte gerade einen Bissen des süßen Brötchens hinunter, als ihm das Lachen im Hals stecken blieb. Er hustete und trank einen Schluck Tee. »Warum?«

Sie hob eine Schulter. »Sie wollen doch nicht, dass sich jemand in Sie verliebt. Vielleicht sollten Sie auch Ihr Haar durcheinanderbringen oder Ihre Stiefel abwetzen.«

»Ich bin zu charmant und zu attraktiv?«

Nickend fügte sie hinzu: »Sie könnten auch aufhören zu lächeln. Ja, das könnte helfen.«

Es war ihm unmöglich, den Lachanfall zu unterdrücken, der ihn überkam. Oder diese Hitze, die ihre Worte in ihm entfachten. Sie musste ihn charmant und attraktiv finden. Und das machte ihn ein wenig schwindlig.

Es dauerte einige Minuten, bis Nash seine Gesichtszüge zu einem finsteren Ausdruck geformt hatte und sein Kinn vorstreckte. »Wie ist das?«

»Versuchen Sie zu grunzen.«

Er stieß einen gutturalen Laut aus seiner Kehle aus.

Sie kicherte. »Das ist vielleicht ein bisschen zu viel.«

»Ich wage zu behaupten, dass ich alle verwirren werde. Wenn sie von meinem Ruf gehört haben, werden sie einen verwegenen Kavalier erwarten. Stattdessen werden sie einen grüblerischen Stoiker vorfinden.«

Sie schüttelte den Kopf. »Grübeln Sie nicht. Zu viele junge Frauen finden das attraktiv. Schuld sind gotische Liebesgeschichten. Und Lord Byron.«

Nash grinste. »Da haben Sie wahrscheinlich recht. Dann werde ich einfach finster dreinblicken und den Diener bitten, meine Stiefel nicht mehr zu polieren.«

»Ich nehme nicht an, dass Sie eine hässliche Weste besitzen? Irgendetwas in Violett oder Braun?« Ein verruchtes Lächeln umspielte ihre Lippen, und Nash war völlig hingerissen. Er würde alles tun, was sie als Nächstes vorschlug. Unverzüglich. »Vielleicht könnten Sie den Kammerdiener bitten, Ihren Frack so zurechtzurücken, dass er nicht mehr richtig sitzt.«

»Ich möchte, dass mich *jemand* attraktiv findet«, sagte er lachend.

»Nun, ob wir alle davon überzeugen können, dass Sie das nicht sind, bezweifele ich stark. Und das sind diejenigen, die wahrscheinlich für Ihr Arrangement empfänglich sein werden.«

Sie aßen noch ein paar Minuten weiter. Er lehnte sich zurück, als er den letzten Rest seines Schinkens verspeist hatte. »Es scheint, als hätten wir einen Plan.«

»In der Tat. Ich bin sehr optimistisch.«

Dann wollte er sie nach dem gestrigen Abend fragen, insbesondere weil er erfahren wollte, ob sie sich wegen ihrer Schwester besser fühlte. »Ich bin froh, das zu hören. Hoffentlich bezieht sich das auf alle Aspekte Ihres Aufenthalts in Marrywell.«

Sie wandte den Blick von ihrem Teller ab. »Wenn Sie meine Familie meinen, möchte ich das jetzt nicht diskutieren. Ich konzentriere mich auf meinen Auftrag. Auf *Sie*.«

Dagegen konnte Nash nichts vorbringen. Er würde sich sogar freuen, wenn sie sich ganz und gar auf ihn konzentrieren würde. Und zwar nicht als seine Heiratsvermittlerin.

Wie zum Teufel sollte er feststellen, ob eine der Frauen auf dem Fest für ihn attraktiv war, wenn er bereits eine gefunden hatte, die in seinen Augen in jeder Hinsicht verführerisch war?

Vielleicht sollte er diese verdammten Heiratspläne auf die lange Bank schieben und sich stattdessen genau dem zuwenden, was er im Moment wirklich wollte – eine Liebesaffäre mit seiner Heiratsvermittlerin. Die kommende Woche im »Buck and Maiden« mit Mrs. Sweet zu verbringen, klang ideal.

Sie setzte ihre Teetasse ab, und das Klacken unterbrach seine abschweifenden Gedanken. »Wir werden um drei Uhr zum Empfang aufbrechen. Wir treffen uns hier unten.« Sie war schon auf den Beinen, bevor er es schaffte, sich vom Stuhl zu erheben.

»Ausgezeichnet. Ich freue mich schon darauf.«

Und seine Vorfreude hatte absolut nichts mit der Suche nach einer Braut zu tun.

Rebecca stand in der Gaststube und wartete auf Creslows Ankunft. Sie hatte ihn vorhin angelogen, als sie ihm versicherte, gut geschlafen zu haben. In Wirklichkeit hatte sie geraume Zeit keinen Schlaf gefunden, was für sie nicht ungewöhnlich war. In diesem Fall lag es aber nur daran, dass sie ständig an den Abend mit Leah denken musste. Es war schwierig, die Freude über das Glück ihrer Schwester mit den Schuldgefühlen in Einklang zu bringen, die Rebecca aus ihrer Vergangenheit bis heute verfolgten. Schließlich war sie eingeschlafen, nachdem sie erkannt hatte, dass die Schuldgefühle *ihr* Problem waren, und wenn es Leah gelungen war, darüber hinwegzukommen, musste Rebecca das ebenfalls schaffen.

Beim nächsten Treffen mit ihrer Schwester würde Rebecca ihr sagen, wie leid es ihr tat und wie sehr sie sie liebte. Und wie stolz sie war, sie ihre Schwester nennen zu dürfen.

Als sie Schritte auf der Treppe hörte, drehte sich Rebecca um. Der Marquess erschien und trug seinen Hut, als er hinabstieg. Er sah ... verändert aus. Sie hatten dies zwar besprochen, aber sie hatte nicht erwartet, dass er tatsächlich etwas unternehmen würde.

Sein zobelfarbenes Haar war streng zur Seite gekämmt und mit einem Übermaß an Pomade bestrichen. Er sah aus wie ein Jugendlicher, der versucht, den Stil seines Vaters nachzueifern. Seine sehr simpel gebundene Krawatte hatte eine sonderbare Farbe – ein mattes Gelb –, die nicht besonders mit seiner bernsteinfarbenen Weste harmonierte. Und er trug eine dunkelblaue Jacke zu einer braunen Hose. Das ganze Ensemble sah einfach ... unpassend aus. Zu guter Letzt waren seine Stiefel nicht geputzt worden.

»Lächeln Sie«, sagte sie.

»Sie haben gesagt, ich sollte das nicht tun.«

»Ich will sehen, ob Sie Ihre Zähne geschwärzt haben.«

Ein lautes Gelächter brach aus ihm heraus, und er grinste. »Das habe ich nicht, wie Sie sehen, aber ich bin sicher, dass ich etwas Ruß aus dem Kamin dort drüben stibitzen kann ...«

»Nein!« Sie musste ihn am Ärmel packen, denn er drehte sich bereits in diese Richtung. »Sie haben genug getan. Sie sehen gar nicht so schneidig aus.«

Natürlich, für sie schon. Denn er roch immer noch nach Sandelholz, und sie würde ihn niemals anschauen können, ohne daran zu denken, wie er sie küsste, sie berührte, sie über alle Maßen erregte. Sie ließ ihn los, bevor sie etwas völlig Dummes tat, wie ihn an sich heranzuziehen.

»Sind Sie sicher, dass der Ruß nicht helfen würde? Ich habe auch überlegt, ob ich Martin, den großartigen Diener, bitten soll, mir Tee auf die Krawatte zu schütten, aber wir hatten keine Zeit mehr.«

»Sie sind zureichend weniger attraktiv. Lassen Sie uns aufbrechen. Es sieht aus, als ob es regnen könnte.«

»Sollen wir die Kutsche nehmen?«, fragte er und klang hoffnungsvoll. Dachte er an letzte Nacht? Daran, wie er gesagt hatte, dass alles, was in der Kutsche passierte, in der Kutsche blieb?

»Wir haben keine Zeit.« Sie ging zur Tür, und er beeilte sich, diese für sie zu öffnen.

Sie traten auf die Straße hinaus und bogen dann in die High Street ein. Sie sah ihn aus den Augenwinkeln an und blieb kurz stehen.

Sie wandte sich ihm zu. »Fehlen an Ihrer Jacke Knöpfe?«

»Ja«, antwortete er stolz.

»Ich hätte nicht gedacht, dass Sie diesen Plan so ... ernst nehmen würden.«

»Das ist eine ernste Angelegenheit. Ich kann nicht zulassen, dass die Ladys bei meinem Anblick in Ohnmacht fallen.«

Seine Lippen bebten, und sie vermutete, dass er versuchte, nicht zu lachen.

»Ich glaube nicht, dass wir über die Möglichkeit eines solchen Ereignisses gesprochen haben.«

»Das nicht gerade, aber Sie hatten recht, dass ich die Damen davon abhalten sollte, sich in mich zu verlieben. Es ist besser, wenn sie mich als ein Geschäftsangebot sehen. Ein Austausch gleicher Interessen.«

»In Ihrem jetzigen Zustand werden Sie jemanden anziehen, dessen Interessen aus exzentrischer Kleidung und übertriebenen Frisuren bestehen. Nicht, dass an diesen Dingen etwas falsch wäre, aber ich glaube nicht, dass Sie so sind. Oder zumindest ist es nicht das, was darzustellen Ihr Diener Ihnen erlauben würde.«

»Sie haben recht«, antwortete Creslow, als sie in die High Street einbogen. »Ich wüsste nicht, was exzentrische Kleidung ist, wenn das alles wäre, was ich in meiner Garderobe habe. Ich habe Martin angewiesen, ein unpassendes Ensemble zusammenzustellen.«

»Und die Haare?«, fragte Rebecca.

»Auch Martins Werk. Es schaudert mich, wenn ich daran denke, was mein Kammerdiener sagen würde, wenn er mich heute zu Gesicht bekäme.«

Rebecca lächelte. »Wo ist Ihr Kammerdiener?«

»In London, um seine Mutter zu pflegen. Sie wurde kurz vor unserer Abreise krank, und ich wusste, dass er sich Sorgen um sie machen würde.«

»Sie haben ihm erlaubt, bei ihr zu bleiben?« Sie kannte die Antwort natürlich schon, und es wärmte ihr das Herz. Wie ein Mann diejenigen behandelte, die für ihn arbeiteten, sagte sehr viel über seinen Charakter aus. »Das war nett von Ihnen. Vor allem, da Sie bereitwillig zugeben, dass Sie selbst nicht wissen, wie Sie sich ankleiden sollen.«

Er stieß ein Lachen aus. »Das habe ich überhaupt nicht gesagt. Aber Sie könnten recht haben.«

Rebecca blickte zum dunkler werdenden Himmel hinauf. »Wir sollten uns beeilen, ehe wir in einen Wolkenbruch geraten.«

Glücklicherweise kamen sie in den Versammlungsräumen so trocken an, wie sie das Gasthaus verlassen hatten. Ein Page nahm ihnen die Hüte und Rebecca den Umhang ab.

Sie sah zu Creslow hinüber. »Sind Sie bereit, unseren Plan in die Tat umzusetzen?«

»So bereit, wie ich immer sein werde.« Er begleitete sie in den Ballsaal, wo sich die Leute tummelten. »Wozu dient dieser Empfang noch einmal? Insbesondere, da sich heute Abend alle zum Ball versammeln werden?«

»Es ist die Gelegenheit für die Maikönigin, ihren Hofstaat vor der Krönungszeremonie heute Abend auszuwählen. Vor Jahren, als es noch keinen Empfang gab, musste sie ihre Auswahl kurz nach ihrem Erscheinen unter den anwesenden jungen Damen treffen. Oft war es ihr nicht einmal möglich, alle zu treffen. Der Rat empfand das als ungerecht.«

»Der Rat?«

»Die Marryweller, die das Fest jedes Jahr organisieren und überwachen.«

»Sind diese Leute gewählt?«

Rebecca dachte an die Frauen, die sich Jahr für Jahr an ihre Machtpositionen klammerten, und lachte. »Wohl kaum. Wenn sich jemand einmal in den Rat manövriert hat, verlässt er ihn selten wieder.«

»Ich verstehe. Wollten Sie jemals in diesem Rat mitarbeiten?«

»Ich habe nie darüber nachgedacht, ehrlich gesagt. Meine Schwester und ich waren viel zu sehr damit beschäftigt, ob wir als Ehrenjungfrauen ausgewählt würden. Und wenn ja, ob wir es dann schaffen würden, zur Maikönigin gewählt zu werden.«

»Und sehen Sie sich jetzt Ihre Schwester an«, meinte er mit einem leisen Lachen. »Sie *ist* die Maikönigin.«

»Oh, nicht diese Schwester.« Rebeccas Plan, die Vergangenheit hinter sich zu lassen, war bislang gut gediehen, doch immer wieder gab es schmerzhafte Erinnerungen daran, wie sie Leah übergangen hatten. »Das waren Meg, meine ältere Schwester, und ich«, verbesserte sie leise. »Sie wohnt nicht in Marrywell. Sie hat geheiratet und die Stadt ein Jahr vor mir verlassen.«

»Ich wollte nicht an Dingen rühren, die Sie lieber vergessen würden. Ich bitte um Entschuldigung.«

Rebecca holte tief Luft und straffte die Schultern. »Es ist in Ordnung. In der Tat ist mir nach gestern Abend klar, dass ich so schnell wie möglich mit Leah sprechen muss. Vielleicht kann ich dann so weitermachen, wie sie es getan zu haben scheint. Aber es fällt mir auch schwer, sie zu beunruhigen, wo sie doch offenkundig so glücklich ist. Das ist mein Problem, nicht ihres.«

»Ich weiß, dass ich nur einen Abend mit Ihnen beiden verbracht habe, aber ich denke, sie würde wollen, dass auch Sie glücklich sind.« Das hatte er ihr zwar schon gestern Abend gesagt, aber sie war froh, es noch einmal von ihm zu hören. Es stärkte ihr Selbstvertrauen.

»Ich danke Ihnen. Jetzt sollten wir uns auf das Wesentliche konzentrieren – so viele in Frage kommende Bräute wie möglich kennenzulernen.«

Er sah sie mit einem schiefen Lächeln an, bei dem sie weiche Knie bekam. »Nach Ihnen.«

»Tun Sie das nicht«, erinnerte sie ihn.

»Ich soll nicht höflich sein?«

»Höflich ist gut. Attraktives Lächeln allerdings nicht.«

Sofort verzog er den Mund zu einem Flunsch. »Ja, Ma'am.«

Die nächste Stunde verbrachten sie damit, sich mit so vielen Menschen wie möglich zu unterhalten. Rebecca entdeckte viele bekannte Gesichter, darunter auch ihre Schwester, die sich ebenfalls durch den Raum bewegte, was natürlich ihre Pflicht als Maikönigin war. Dieser Empfang war nicht der richtige Ort für Rebecca, um ihrer Schwester zu sagen, was sie loswerden wollte, und darüber war sie eher enttäuscht als erleichtert.

Irgendwann wurde sie von Creslow getrennt, doch nach etwa fünf Minuten fand er den Weg zu ihr zurück. Er legte die Stirn in leichte Falten, als er sie betrachtete. »Brauchen Sie eine Atempause? Ich hatte eine nötig. Ich fürchte, ich musste mich zurückziehen, um neue Kraft zu schöpfen.«

Sie fühlte sich tatsächlich ein wenig erschöpft. »Daran hätte ich denken sollen.«

Er winkte ab. »Machen Sie sich keine Mühe. Vielleicht möchten Sie in den Skulpturengarten gehen. Er ist sehr angenehm.«

»Regnet es nicht?«, fragte sie.

»Noch nicht. Sie sollten sich beeilen.«

»Danke.« Rebecca hastete in den Garten und tat mehrere tiefe Atemzüge der frischen Frühlingsluft. Sofort fühlte sie sich erholt.

Ehe sie in den Ballsaal zurückkehrte, ging sie zu einer Skulptur, die sie aus ihrer Jugendzeit kannte. Es war die Göttin Aphrodite, aber sie trug einen weiten Reifrock, als wäre sie eine Londoner Hofdame. Als Rebecca jung gewesen war, war sie ihr so elegant und schön vorgekommen. Sie hatte die Statue angestarrt und davon geträumt, wie sie zu sein und an einem anderen Ort zu leben, der weit weg von Marrywell war. Nein, das war nicht richtig – weit weg von der Black Sheep Farm.

»Das war immer meine Lieblingsstatue.«

Rebecca drehte sich um und sah ihre Schwester Leah ein paar Meter entfernt stehen. Ihr blondes Haar war mit Blumen geschmückt, was sie als Maikönigin auswies, da sie ihre Krone noch nicht erhalten hatte.

»Meine auch«, sagte Rebecca, deren Herz plötzlich gegen ihre Rippen pochte.

Leah ging auf sie zu. »Es scheint, als hätten wir das voneinander wissen sollen.«

Ja, so war es. Hundert Antworten schossen Rebecca durch den Kopf. Ohne nachzudenken, sagte sie: »Ich wünschte, wir wären uns näher gewesen.«

»Ich verstehe, warum wir das nicht waren.« Leah stand neben Rebecca und hielt ihren Blick auf die Statue gerichtet.

Rebecca drehte sich zu ihrer Schwester um. »Wie kannst du nur so verständnisvoll sein?«

»Weil ich weiß, wie furchtbar sie war.« Leah warf Rebecca einen Blick zu und fuhr fort: »Und das ist sie immer noch, aber zum Glück lässt sie ihre Boshaftigkeit an anderen aus.« Es war nicht nötig zu sagen, wer »sie« war.

»Ich bin froh, dass sie weg ist. Ich weiß nicht, ob ich nach Marrywell zurückgekommen wäre, wenn sie noch da gewesen wäre«, gab Rebecca zu. »Ich bin überrascht, dass du es getan hast. Als du letztes Jahr zurückgekommen bist, hattest du da keine Angst, dass du sie wiedersehen würdest?«

Leah wandte sich an Rebecca. »Ja, aber mein Wunsch, zurückzukommen und Phin zu sehen, war noch größer als meine Angst.«

»Ich bin so froh, dass du zurückgekehrt bist und du und Phin euer Glück gefunden habt. Ich weiß, wie sehr du ihn immer gemocht hast. Das hatte ich jedenfalls vermutet.«

»Hattest du das?«, fragte Leah leise. Sie lächelte. »Dann waren wir uns vielleicht näher, als uns bewusst war.«

»Tu das nicht«, flüsterte Rebecca, während sich ihr

Inneres zu schmerzhaften Knoten verdrehte. »Ich habe es nicht verdient, mich wegen der Vergangenheit besser zu fühlen.«

»Warum nicht? Ich mache dir keine Vorwürfe. Wie könnte ich, wenn ich weiß, wie schrecklich deine Mutter sein konnte?«

»*Ich* gebe mir die Schuld.« Rebeccas Emotionen wallten in auf und es war eine stürmische Mischung aus Bedauern und Traurigkeit, aber auch ein Anflug von Liebe. »Es tut mir so leid, Leah. Ich gebe zu, dass ich mir Sorgen gemacht habe, was passieren würde, wenn wir uns sehen.« Sie rang die Hände.

»Ich habe euch allen verziehen – nicht, dass ihr meine Vergebung gebraucht hättet.«

Rebecca erstarrte und starrte sie an. »Sogar Mutter?«

Leah nickte. »Sogar ihr.« Sie nahm Rebeccas Hände und drückte sie. »Das heißt aber nicht, dass ich Zeit mit ihr verbringen möchte«, fügte sie mit einem kurzen Lachen hinzu. »Ich würde das aber gerne mit dir tun. Wenn du einverstanden bist.«

Konnte das wirklich passieren? Rebecca hatte sich von ihrer Familie abgekapselt und nie damit gerechnet, einmal hierher zurückzukehren. »Das habe ich nicht verdient.«

»Unsinn. Wir alle verdienen es, glücklich zu sein. Es tut mir leid, dass dein Mann gestorben ist«, meinte Leah leise, ehe sie Rebeccas Hände losließ.

»Es ist schrecklich, das zu sagen, aber mir tut es nicht leid. Er war egoistisch, überheblich und ein Schürzenjäger. Ohne ihn bin ich glücklicher.« Ebenso, wie sie ohne ihre Mutter glücklicher war. Und deshalb arbeitete sie auf eine Zukunft hin, in der sie sich nicht anhören musste, wie sie von anderen Leuten verunglimpft wurde. Eine Zukunft, in der sie ein Zuhause und vielleicht Liebe haben würde, und sei es nur von ihrer Familie.

Leah betrachtete sie voller Mitgefühl. »Ich hatte keine Ahnung. Ich glaube, das wussten die anderen auch nicht. Ich meine Barn oder Meg. Und Vater ganz sicher nicht.«

»Weil ich ihnen nichts gesagt habe.« Rebecca hatte weder ihre eheliche Situation noch die Umstände von Horatios Tod offenbart, weil dies alles einfach zu demütigend war. Ebenso wie sie keine enge Verbindung zu Leah verspürt hatte, war sie auch keinem anderen von ihnen wirklich nahe gewesen. Es war, als sei ihre Familie eine riesige Last, die sie einschränkte und jede Art von enger Verbindung verhütete. Es war kein Wunder, dass drei der vier Kinder fortgezogen waren.

»Jetzt scheint es dir aber gut zu gehen?« fragte Leah hoffnungsvoll. »Eine Heiratsvermittlung für einen Marquess ist keine kleine Leistung.«

»Du musst es wissen. Ich war so glücklich und stolz, als ich hörte, dass die verwitwete Frau eines Baronets dich als ihre Begleiterin eingestellt hatte, was dir ermöglichte, Marrywell zu verlassen.«

»Ich hatte großes Glück.« Leah formte den Mund zu einem nostalgischen Lächeln. »Sie war mir in vielerlei Hinsicht die Mutter, die ich nie hatte. Sie hat sich sehr gut um mich gekümmert und mir Dinge gezeigt, die ich sonst nie zu Gesicht bekommen oder gelernt hätte.«

»Sie klingt ähnlich wie die Tante meines Mannes, Jennet. Sie hat mich seit Horatios Tod unter ihre Fittiche genommen.«

»Oh!« Leah strich mit der Hand über ihre Wange. »Das war ein ziemlich dicker Regentropfen. Sollen wir wieder reingehen?«

Rebecca schaute auf. »Wir scheinen die extreme Verdunkelung des Himmels übersehen zu haben. Wir sollten uns beeilen. Wir wissen ja, wie schnell und heftig es um diese Jahreszeit regnen kann.«

Leah hakte sich bei Rebecca unter, als die Regentropfen zu fallen anfingen. Rebecca zögerte einen Moment und ihr Körper spannte sich unter der Berührung ihrer Schwester an. Doch dann landete ein Regentropfen auf ihrer Nase, und sie fing an, sich mit Leah in Richtung der Versammlungsräume zu wenden.

Als sie die Tür erreichten, waren sie schon feucht. Bei ihrem Eintreten lachten sie noch dazu.

»Versprich mir, dass du nicht mehr zurückschaust«, bat Leah, ehe sie ihren Arm von Rebeccas Arm löste. »Ich möchte, dass wir Freundinnen sind.«

Rebecca warf ihr einen zaudernden Blick zu. »Könnten wir vielleicht Schwestern sein?«

»Ja, bitte.« Leah trat auf sie zu und blieb dann abrupt stehen. Ihr Blick war unsicher. »Darf ich dich umarmen?«

Die Frage ließ Rebecca kalt erstarren. Seit Horatios Tod war sie ein paar Mal von Tante Jennet umarmt worden, aber noch nie von jemandem sonst. »Ich ...«, sie rang nach Worten und gab zu bedenken: »Das haben wir nie getan.«

»Nein. Wir sind nicht so erzogen worden. Aber Phin war schon immer ein großer Verfechter von Umarmungen und seine Familie auch.« Leah hielt kurz inne, bevor sie hinzufügte: »Ich verstehe, wenn du lieber davon absehen möchtest, doch falls du dich entschließt, es dennoch zu versuchen, bin ich immer dafür zu haben.«

Rebecca dachte an ihre Ehe zurück und daran, wie sehr sie sich auf die Berührungen in der Ehe gefreut hatte – nicht auf den Liebesakt, sondern auf die zärtlichen Berührungen, die man bei manchen Ehepaaren beobachten konnte. Allerdings nicht bei Rebeccas Eltern. Aber wenn man in Marrywell lebte, konnte man viele Beispiele von Menschen sehen, die sich liebten und füreinander sorgten.

»Ich würde gerne umarmt werden«, gab Rebecca zu.

Leah lächelte, ehe sie Rebecca fest in die Arme schloss.

Rebecca schloss die Augen und konnte beinahe nicht annehmen, was hier geschah. Sie hatte auf Vergebung gehofft und vielleicht von Versöhnung geträumt. Es schien, als könnte sie endlich die Familie haben, die sie sich wünschte, oder zumindest eine Schwester. Zu der auch ein Schwager und bald eine Nichte oder ein Neffe gehörte.

Rebecca wurde von einem Gefühl der Wärme erfasste, als sie daran dachte, ein Kind in ihrem Leben zu haben. Er oder sie würde zwar nicht ihr eigenes sein, aber sie würden das Nächstbeste sein: eine Familie.

Plötzlich wollte sie herausfinden, ob sie dies ausweiten konnte, um ihre anderen Geschwister und vielleicht sogar ihren Vater wieder in ihr Leben zurückzuholen. Das schien sie im Moment zu überfordern, und so beschloss sie, eins nach dem anderen anzugehen.

Rebecca bemerkte, dass sie am Rande des Ballsaals standen. Vielleicht würden sie Aufmerksamkeit erregen. Das würde ... merkwürdig aussehen. »Sollen wir aufhören?«, flüsterte sie.

»Ich sollte mich wohl wieder meinen Verpflichtungen widmen«, meinte Leah seufzend.

Sie trennten sich und kicherten gleichzeitig.

»Ich kann nicht glauben, dass du Maikönigin bist«, meinte Rebecca. »Warst du letztes Jahr eine Ehrenjungfrau?«

»Meine Güte, nein. Ich war die Anstandsdame einer jungen Lady aus London, und sie war eine Ehrenjungfrau. Ich werde dir irgendwann alles darüber erzählen.« Leah sah sich im Ballsaal um. »Wo ist dein Auftraggeber?«

»Ich weiß es nicht, aber ich sollte mich auf die Suche nach ihm machen. Hoffentlich hat ihm meine lange Abwesenheit nichts ausgemacht.« Rebecca würde sich entschuldigen. Als er sie ermutigt hatte, sich eine Pause zu gönnen, hatte er sicher nicht damit gemeint, dass sie sich so lange aus dem Staub machen sollte.

Leah lachte leise. »Das bezweifle ich stark, denn er war es, der mir gesagt hat, wo ich dich finden kann.«

Er hatte was? Wie unerwartet. Oder? Gestern Abend hatte er sie ungemein unterstützt und er schien ihr helfen zu wollen, die Sache mit Leah zu klären.

»Dort ist er«, meinte Leah. »Man kann ihn inmitten dieser Schar junger Frauen kaum ausmachen.«

Rebecca folgte dem Nicken ihrer Schwester quer durch den Raum und konnte tatsächlich gerade noch seinen dunklen Schopf mit der extremen, pomadigen Frisur ausmachen. »Ich muss ihn retten gehen.«

»Er mag die Aufmerksamkeit nicht?«, fragte Leah. »Ich fürchte, er ist dem Untergang geweiht, denn er ist ein Marquess auf einem Fest zur Partnerfindung mit einer Heiratsvermittlerin. Er ist mit Abstand der begehrteste Mann hier – ein Adliger mit Heiratsabsichten.«

»Allerdings hat er … Anforderungen. Ich bezweifle, dass die meisten dieser jungen Frauen sie erfüllen werden.« Rebecca war bestrebt, ihm zur Hilfe zu kommen. »Bitte entschuldige mich. Ich muss mich um ihn kümmern.«

»Natürlich. Sag mir Bescheid, wenn ich helfen kann. Ich bin ja schließlich die Maikönigin.« Leah zwinkerte ihr zu.

Rebecca zog sich schnell zurück. Creslow war dringend auf Hilfe angewiesen.

KAPITEL 7

Der Schwarm junger Ladys strapazierte sogar Nashs Geduld. Normalerweise konnte er die ganze Nacht lang charmant sein und flirten. Er war sogar bekannt dafür. Aber diese uneingeschränkte und unverschämte Aufmerksamkeit von so vielen, die sich ausschließlich auf ihn richtete, war mit nichts zu vergleichen, was er je erlebt hatte.

Offenbar fiel sein Versuch, sich weniger attraktiv zu machen, überhaupt nicht ins Gewicht. Er hatte es sich auch nicht leichter gemacht, indem er anfangs gesellig war, doch jetzt stand er mit verschränkten Armen da und versuchte, die Massen fernzuhalten. Es reichte immer noch nicht. Er formte die Lippen zu einem grimmigen Flunsch.

»Was stimmt nicht, Mylord?«, fragte eine junge Frau mit frischem Gesicht und runden braunen Augen.

Noch ehe er etwas erwidern konnte, erschien Mrs. Sweet außerhalb der Menge. Ihre Blicke trafen sich, und er sandte ihr eine stumme Bitte. Sie bahnte sich ihren Weg zwischen den jungen Ladys hindurch und neigte den Kopf hin und her, während sie Dinge murmelte, die er nicht verstehen konnte.

Er konnte nur sehen, wie ihre Lippen sich bewegten. Und was für schöne Lippen das waren.

Als sie endlich bei ihm angekommen war, schenkte sie den jungen Ladys ein strahlendes Lächeln. »Verzeihen Sie uns, aber Lord Creslow muss mit jemandem sprechen.« Sie ergriff seinen Arm und führte ihn durch das Gedränge.

»Danke«, flüsterte er. »Ich war schon ganz verzweifelt.«

Sie führte ihn aus dem Ballsaal in ein Vorzimmer, in dem Erfrischungen auf Tischen bereitstanden. »Das konnte ich sehen.«

»Es waren einfach so viele. Das war mir etwas peinlich. Normalerweise kann ich gut mithalten. Aber noch nie bin ich *so* bedrängt worden. Ich bin ein gewisses Maß an Zurückhaltung in London gewöhnt.«

»Sie sind *nicht* in London, wie Sie gerade erlebt haben. Die Ladys haben das nicht böse gemeint. Haben Sie sich bedroht gefühlt?«

»Das habe ich nicht. Wie Sie vorausgesagt haben, war es überwältigend. Sie fragten mich, wie es mir in Marrywell gefällt, ob ich zum Ball kommen und dort auch tanzen würde. Eine junge Lady fragte dreist, ob ich ihr Partner sein könnte.«

»Sie runzelte die Stirn. »Das hat Sie doch nicht verärgert, oder?«

»Nein, ganz und gar nicht. Mir war allerdings nicht klar, was ich *tun* sollte.« Kapitulierend hob er die Hände »Mein üblicher Charme hat mich vollkommen im Stich gelassen.«

Sie lächelte. »Es fällt mir schwer, das zu glauben, aber ich zweifle nicht an Ihnen. Ich entschuldige mich dafür, Sie so lange im Stich gelassen zu haben. Das werde ich nicht noch einmal tun.«

»Es hat mir nichts ausgemacht. Ich hoffe, Sie haben sich um wichtige Belange gekümmert.«

»Haben Sie sich schon immer gern eingemischt?«, fragte sie trocken zurück.

»Ganz und gar nicht.« Er schnitt eine Grimasse. »Sind Sie verärgert über mich?«

»Nein«, meinte sie leise und ihr Blick erwärmte sich. »Ich hätte Ihnen gesagt, Sie sollen es nicht tun, aber ich bin froh, dass Sie es getan haben.«

»Es ist also alles gut ausgegangen?«

»Besser als ich es mir je hätte vorstellen können. Ich danke Ihnen.« Sie nahm eine eher geschäftsmäßige Haltung ein. »Ich wage zu behaupten, dass Sie den Plan, so viele potenzielle Bräute wie möglich kennenzulernen, außerordentlich gut in die Tat umsetzen. Lassen Sie uns versuchen, einige Kandidatinnen zu finden, die ein wenig ... reifer sind. Wenn das für Sie akzeptabel ist?«

»Gewähren Sie mir etwas Zeit für einen Kuchen und ein Glas Sherry, und dann wird mir alles recht sein.«

Nachdem er sich gestärkt hatte, kehrten sie in den Ballsaal zurück. Mrs. Sweet traf die Auswahl, mit wem sie sprachen, und dirigierte ihn in eine Richtung, um eine Frau Ende zwanzig kennenzulernen und dann in eine andere, um ein paar weitere Ladys zu treffen, die zurückhaltender waren als die von vorhin.

Als sie sich von einer der Frauen entfernten, beugte sich Mrs. Sweet dicht zu ihm heran und fragte: »Haben Sie heute irgendwelche Damen kennengelernt, die Ihren Anforderungen entsprechen könnten?«

»Wie könnte ich?«, antwortete er in einem ebenso leisen Ton. »Wir haben keiner darunter meine Bedingungen unterbreitet.«

»Ich meinte den Aspekt der körperlichen Anziehung. Motiviert eine darunter Sie ... über Ihre Anforderungen zu sprechen?«

Keine einzige. Doch er zauderte, das zu sagen. Mrs. Sweet

gab sich schreckliche Mühe, und es war wahrhaftig nicht ihre Schuld, dass die einzige Frau, der er heute begegnet war und die ihn erregte, sie selbst war.

Sie sah ihn stirnrunzelnd an. »Wie ich sehe, lautet die Antwort nein. Sollen wir weitermachen, oder wollen Sie lieber die weiße Fahne schwenken und zum Gasthaus zurückkehren?«

Unter dem äußerlich angenehmen Verhalten, das sie den ganzen Nachmittag über an den Tag gelegt hatte, um eine Frau für ihn zu finden, konnte er eine gewisse Frustration spüren, die in ihr brodelte. »Lassen Sie uns zum Gasthaus zurückkehren. Ich denke, uns beiden wird eine Pause vor dem heutigen Ball guttun.«

Sie holten ihre Hüte und den Umhang, ehe sie gingen. Es regnete nicht mehr, und so schlenderten sie über die High Street zum Buck and Maiden zurück. Ihr Stirnrunzeln schien sich zu vertiefen, und je weiter sie voranschritten, kamen zwei weitere Falten dazu.

»Sind Sie verärgert?«, fragte er.

»Ich hatte gehofft, dass es heute besser laufen würde und Sie sich für eine oder zwei Frauen interessieren würden.« Sie warf ihm einen entschuldigenden Blick zu. »Es tut mir leid, dass nicht mehr reife Frauen aus Ihrer Gesellschaftsschicht hier zugegen sind.«

»Meine Braut muss nicht aus einer Adelsfamilie stammen.«

»Sie sollte wenigstens aus Ihrer Klasse sein. Sie sollte nicht ...«, sie zögerte einen Moment, bevor sie endete, »wie ich sein.«

Sie bogen in die Straße ein, in der sich das Buck and Maiden befand.

»Eine Braut, die so ist wie Sie, würde mich nicht stören«, entgegnete er und bewunderte ihr Profil mit der kecken Nase und den vollen Lippen.

Sie wandte den Kopf. »Sie würden die Tochter eines Bauern heiraten?«

»Warum nicht? Wenn wir gemeinsame Interessen und eine gegenseitige Anziehungskraft haben, sollte ich mich glücklich schätzen.«

»Ich kann mir nicht vorstellen, dass das stimmt. Was ist, wenn sie keine Ahnung von Mode hat? Oder sich mit Ihren wichtigen Freunden und Bekannten nicht zu verhalten versteht? Oder den Unterschied zwischen einem Herzog und einem Ritter nicht kennt?«

»Titel sind schrecklich verwirrend«, entgegnete er. »Machen Sie sich keine Sorgen. Das Fest hat gerade erst begonnen. Ich bin sicher, dass wir noch jemanden finden, der zu meinen Vorstellungen passt.«

»Ich teile Ihre Zuversicht nicht, fürchte ich. Ich fürchte, Sie werden sich die ganze Woche über mit Scharen junger Ladys herumschlagen müssen, an denen Sie nicht interessiert sind.« Sie hielt inne, als sie den Weg zum Gasthaus beschritten. »Ich muss gestehen, dass ich allmählich Zweifel bekomme, ob ich Ihnen helfen kann.«

»Wie haben Sie die anderen Verbindungen zustande gebracht?«

»Ich habe nach gemeinsamen Interessen zwischen den beiden Parteien gesucht, und eine gegenseitige … Affinität. Oder Neugierde.« Sie lenkte den Blick gen Himmel und schüttelte leicht den Kopf. »Ich weiß es nicht. Ich habe einfach gespürt, dass es eine Verbindung zwischen ihnen gibt.« Sie senkte den Blick, bis sie seinen traf, und er erkannte etwas darin, das ihn verzauberte: Staunen.

»Was war das?«, fragte er, leicht atemlos.

»Liebe, nehme ich an?« Sie hob eine Schulter. »Ich bin mir nicht sicher, da ich wenig bis keine Erfahrung mit diesem Gefühl habe.«

Sie war noch nie verliebt gewesen. Ein Schmerz wollte

sich in ihm ausbreiten, aber es war nicht der bekannte Schmerz einer verlorenen Liebe. Nein, es war der Gedanke, dass sie noch nie wirklich eine erlebt hatte. Manchmal dachte er, das wäre auch für ihn besser gewesen, aber in diesem Moment wusste er, dass er seine Liebe zu Louisa gegen nichts eintauschen wollte, selbst wenn er vorher gewusst hätte, dass er sie verlieren würde.

»Aber Sie sind offensichtlich in der Lage, sie bei anderen zu erkennen«, sagte er leise. Vielleicht würde sie ihm doch nicht helfen können. Sie sah die Liebe, wie sie aufblühte, und er weigerte sich, das zuzulassen.

»Die Wolken verdunkeln den Himmel wieder«, meinte sie und unterbrach seine Gedanken. »Wir sollten reingehen.«

Nash öffnete ihr die Tür, und sie traten ein. Nachdem sie mit dem Gastwirt ein paar Worte gewechselt hatten, gingen sie nach oben. Vor ihrem Zimmer blieb er stehen. »Um wie viel Uhr sollen wir heute Abend aufbrechen?«

»Um acht. Ich werde in meinem Zimmer essen, falls Sie ein gemeinsames Dinner geplant hatten. Ich habe keine Zeit, unten zu essen.«

»Das ist verständlich«, entgegnete er, obwohl er ihre Gesellschaft vermissen würde.

»Wir werden sehen, wie sich der Ball heute Abend entwickelt. Vielleicht sind Sie einfach noch nicht der richtigen Frau begegnet. Ich werde Sie und die Ladys, mit denen Sie Bekanntschaft schließen, genau im Auge behalten. Ich bin zuversichtlich, dass ich gegebenenfalls imstande sein werde, ein beiderseitiges Interesse zu entdecken, das sich genau dazu entwickeln könnte, was Sie sich wünschen. Es wird nur ein wenig Zeit brauchen. Zum Glück haben wir eine ganze Woche.« Sie schenkte ihm ein ermutigendes Lächeln.

Eine Woche, um eine Frau zu suchen, deren Gesellschaft ihn in einem ausreichenden Maße erfreuen könnte, um sie zwar zu heiraten, aber nicht zu lieben. Allmählich glaubte er, dass seine Anforderungen unmöglich zu erfüllen sein würden.

»Wenn es jemand schaffen kann, dann Sie.« Er wandte sich zum Gehen, doch sie berührte ihn kurz an seinem Ärmel und brachte ihn dazu, sich erneut zu ihm zurückzudrehen.

»Nochmals vielen Dank, dass Sie Leah zu mir nach draußen geschickt haben.« Sie legte den Kopf schief. »Warum haben Sie das getan?«

»Ich hatte gehofft, Sie würden sich besser fühlen. Tun Sie das?« Er hielt den Atem an.

Sie lächelte, und er verspürte ein nicht unbedeutendes Flattern in seiner Brust. »Ja.«

Erleichtert stieß er die Luft aus. »Gut.«

Er sah zu, wie sie in ihr Zimmer ging, ehe er sich dem seinem zuwandte. Drinnen angekommen, ließ er seinen Hut auf einen Stuhl fallen, streifte seinen Frack ab und hängte ihn über die Lehne desselben Stuhls.

Was hatte er auf diesem Fest zur Partnerfindung zu suchen? Glaubte er wirklich, er würde eine Frau finden, die sich damit zufrieden gäbe, seine Marchioness zu sein? Er war sich nicht sicher, ob diese Frau existierte.

Warum nicht *hier?* antwortete ihm eine Stimme in seinem Hinterkopf. *Du musst nur einer Frau begegnen und sie kennenlernen, um herauszufinden, ob sie für deine Bedingungen zugänglich ist.*

Allerdings war seine Heiratsvermittlerin bislang die einzige Frau, die er kennengelernt hatte und besser kennenlernen wollte. Sein Blick wanderte zu der Tür, die sein Zimmer von Mrs. Sweets trennte.

Stöhnend wandte er sich ab und begab sich in sein Schlafgemach. Das war ein hoffnungsloses Unterfangen. Er brauchte eine Marchioness, aber eigentlich wollte er gar keine. Ein Erbe war es, was er eigentlich brauchte. Das war doch die wichtigste Aufgabe, nicht wahr? Die Familienlinie zu sichern? Zu welchem Zweck? War irgendetwas davon wirklich wichtig?

Mit der Hand wischte er sich über das Gesicht. Diese Art von Fragen hatten ihn nach Louisas Tod geplagt. Sie zu lieben und dann so früh zu verlieren, ließ alles so sinnlos erscheinen. Warum jemanden lieben, wenn nichts von Dauer sein konnte?

Doch es war von Dauer. Und daraus war sein Schmerz entstanden. Jemanden zu lieben und nicht mit ihm zusammen sein zu können, mit ihm zu sprechen, ihn zu halten … Es gab keinen größeren Schmerz.

Nash griff nach der Flasche Portwein, die er am Abend zuvor bestellt hatte, und schenkte sich ein Glas ein. Er trank die Hälfte davon und freute sich über den lieblichen Balsam. In den Tagen und Monaten nach Louisas Tod war er ein häufiger Freund des Alkohols gewesen, denn er hatte sich immer wieder an sie erinnert.

Jetzt musste er aber auch an seine Heiratsvermittlerin denken und an den Abend, an dem sie sich kennengelernt hatten. Damals hatte er ihren Namen noch nicht gekannt. Rebecca Sweet.

Rebecca.

Er wünschte, er könnte sie so nennen, denn das würde bedeuten, dass sie vertrauter miteinander wären. Intimer. Was sie ja auch einmal gewesen waren. Damals.

Er nahm noch einen Schluck und versuchte, beide Frauen aus seinen Gedanken zu verbannen. Doch Mrs. Sweet – Rebecca – blieb ihm dennoch erhalten. Sie war direkt nebenan. Noch immer konnte er ihre samtige Zunge und die seidige Beschaffenheit ihres Geschlechts schmecken. Sein Schaft versteifte sich.

Dies wurde zu einer Obsession.

Lag es daran, dass sie ihre gemeinsame Nacht damals

nicht beendet hatten? Wenn sie dies nachholten, würde er sie dann vergessen können? Das konnte er beim besten Willen nicht sagen.

Er hob das Glas zum Mund und erstarrte. Würde Rebecca sein Arrangement akzeptieren? Sie teilten eine körperliche Anziehungskraft. Oder so war es zumindest gewesen.

Wollte sie überhaupt noch einmal heiraten? Sie hatte eine Karriere als Heiratsvermittlerin in die Wege geleitet, also hegte sie wahrscheinlich den Wunsch nach Unabhängigkeit.

Trotzdem konnte er ihr das – oder eine leicht abgeänderte Version davon – als seine Marchioness anbieten. Sie würde alles bekommen, was sie sich wünschte. Im Gegenzug verlangte er nichts weiter als ihre Loyalität. Nash hatte miterlebt, wie die Untreue seines Vaters seine Mutter zermürbt hatte und wie verschlossen sie in der Zeit vor seinem Tod gewesen war, der inzwischen sechs Jahre zurücklag.

Seitdem war sie wieder aus dem Schatten ins Licht getreten und hatte eine Renaissance erlebt. Sie hatte sich in Bath niedergelassen, pflegte einen Freundeskreis, mit dem sie ihre Liebe zur Kunst und Literatur teilte, und veranstaltete regelmäßig Salons. Mit einem Wort: Sie blühte auf, und Nash hätte nicht glücklicher sein können. Sie war der Beweis dafür, dass es keine romantische Liebe brauchte, um Freude und Erfüllung zu finden.

Er bezweifelte, dass Loyalität ein Problem für Rebecca darstellen würde, da es den Anschein hatte, als sei ihr früherer Ehemann untreu gewesen. Vielleicht wäre sie bereit, seine Marchioness zu werden. Das schien eine vernünftige Lösung zu sein. *Wenn* sie noch einmal heiraten wollte.

Angesichts ihrer Erfahrung war das vielleicht nicht der Fall. Insbesondere deshalb nicht, weil ihre Karriere als Heiratsvermittlerin von Erfolg gekrönt zu sein schien. Das wünschte er sich für sie – Erfolg und Zufriedenheit, wonach auch immer sie strebte. Das hatte sie sich verdient, und er hoffte, sie würde dies auch einsehen. Froh darüber, dass die Begegnung zwischen ihrer Schwester und ihr im Garten gut verlaufen war, lächelte er. Er war das Risiko eingegangen, Rebeccas Zorn auf sich zu ziehen, indem er seine Nase in ihre Angelegenheiten gesteckt hatte, doch seiner Meinung nach war es das Risiko wert gewesen.

Er trank seinen Portwein aus und begab sich in das Ankleidezimmer, um nach Martin zu klingeln.

Ja, er würde herausfinden, ob Rebecca für eine Wiederverheiratung zugänglich war. Und wenn dem so war, konnte er diese Heiratsvermittlung vergessen. Am besten daran wäre allerdings, dass er Rebecca dann wieder in seine Arme schließen könne. Vielleicht sogar schon heute Abend.

~

Rebecca hatte eine Botschaft von ihrer Schwester erhalten, mit der sie sie informierte, dass die Krönungszeremonie und der Willkommensball wegen des Regens in den Versammlungsräumen stattfinden würden. Schade, denn es gab nichts Magischeres als die mit Laternen beleuchteten Botanischen Gärten und die spürbare, knisternde Vorfreude der Gäste auf die Benennung der Ehrenjungfrauen.

Vor Jahren, bei ihrem ersten Fest als heiratsfähige junge Lady, hatte Rebecca darum gebeten, als solche auserwählt zu werden, denn das hätte ihre Mutter sehr glücklich gemacht. Ehrenjungfrauen hatten normalerweise keine Schwierigkeiten, bis zum Ende des Festes wenigstens einen Heiratsantrag zu erhalten. Obwohl Rebecca keine Ehrenjungfrau geworden war, hatte sie einen Partner gefunden.

Als Rebecca die Treppe hinunterstieg und die Gaststube

betrat, wartete Creslow bereits auf sie. In anerkennender Präzision ließ er den Blick über ihren Körper wandern, bis sie unter ihm erbebte. Mit einem tiefen Atemzug war sie bestrebt, ihren rasenden Puls zu beruhigen.

Anders als an jenem Nachmittag, als er versucht hatte, seine Attraktivität herabzusetzen, war er nun tadellos in Schwarz gekleidet und trug einen kunstvoll geknüpften schneeweißen Krawattenschal. Sein Haar war tadellos frisiert und mit genau der richtigen Menge Pomade versehen. Vielleicht hatte er aber auch gar keine Pomade im Haar. Die dunklen Locken wirkten dicht und üppig, und am liebsten wollte sie mit ihren Händen durch den zobelfarbenen Schopf streichen.

Verflixt, sie hatte so gut daran getan, seine eleganten Qualitäten zu ignorieren.

»Sie sehen heute Abend umwerfend aus, Mrs. Sweet. Das Grün harmoniert hervorragend mit Ihrem Haar und Ihren Augen. Beinahe lässt es Ihre Augen wie das Meer aussehen.«

»Sie sind zu freundlich. Ich danke Ihnen.« Sie biss sich auf die Innenseite ihrer Lippe, um nicht darüber ins Schwärmen zu geraten, wie prachtvoll er aussah. »Sind Sie darüber im Bilde, dass die Abendveranstaltung heute in den Versammlungsräumen stattfinden wird?«

»Das bin ich. Angesichts des schlechten Wetters hielt ich es für das Beste, meine Kutsche zu nehmen.«

»Gilt Ihre Regel noch, dass alles, was in der Kutsche passiert, auch in der Kutsche bleibt?«

Er lächelte. »Jederzeit.«

»Haben Sie diesen Satz bei vielen Frauen gesagt, mit denen sie poussiert haben?«

Als er lachte, glitzerten seine dunklen Augen. »Bei keiner vor Ihnen.«

Ein alberner Freudenrausch erfasste sie.

»Bereit?«, fragte er.

»Ja.«

Ein Diener stand an der Tür und öffnete sie. Dann hielt er einen Regenschirm über Rebecca, als sie zur Kutsche eilte. Creslow war ihr beim Einsteigen behilflich und kletterte hinter ihr hinein. Rasch machten sie sich auf den Weg. Die Fahrt würde nur etwa fünf Minuten beanspruchen, und vielleicht etwas länger, wenn es vor dem Gebäude eine lange Schlange gab. Zumindest würden sie trocken bleiben.

Wieder einmal saßen sie zusammen auf derselben Sitzbank, und Rebecca war bestrebt, sich auf etwas anderes zu konzentrieren als auf seine Nähe. Weil es kühl war, wollte sie sich gern an ihn lehnen, um sich zu wärmen. Ja, es ging ihr eindeutig nur um seine Körperwärme.

Sie warf ihm einen Blick zu, wobei sie darauf achtete, sich nicht zu ihm zu drehen. »Ich dachte, wir sollten vielleicht nach den anwesenden Witwen Ausschau halten. Vielleicht haben wir bei ihnen mehr Glück.«

Er warf ihr einen Seitenblick zu und sein Mund formte sich zu einer leichten Grimasse. »Eine Witwe, die daran interessiert ist, wieder zu heiraten ... Würden Sie dies in Betracht ziehen?«

Hatte er sie gerade rundheraus gefragt? Würde sie in Betracht ziehen, ihn zu heiraten? Nein, natürlich war es so nicht gemeint. Er stellte ihr die Frage lediglich als Witwe. »Ich bin mir nicht sicher, ob ich das tun würde. Ich genieße meine Unabhängigkeit. Es müsste die richtige Grundlage dafür vorhanden sein, und ich müsste mir ganz sicher sein können.«

»Inwiefern?«

»Im Gegensatz zu Ihnen würde ich einzig und allein *nur* aus Liebe noch einmal heiraten.« Sie erkannte, dass sie nur deshalb bereit wäre, auf ihre Unabhängigkeit zu verzichten.

Er löste den Blick von ihr. »Ich kann verstehen, warum das für Sie wichtig ist.«

»Und ich erkenne, dass es Ihnen wichtig ist, nicht aus Liebe zu heiraten, auch wenn ich das nicht ganz verstehe.«

»Als sie geheiratet haben, haben Sie damals gedacht, Sie wären verliebt?« Er blickte noch einmal zu ihr.

»Damals hielt ich das für möglich. Ich war hingerissen. Aber ich habe auch nach einer Möglichkeit gesucht, um aus Marrywell fortzukommen, wie Sie scharfsinnig erkannt haben. Während Horatio mir den Hof machte, war er sehr aufmerksam und freundlich. Ich sehnte mich nach einer eigenen Familie, und er teilte meinen Wunsch nach Kindern. Ich hegte die Hoffnung, dass wir zusammen glücklich werden könnten.«

»Aber es kamen keine Kinder, und der Horatio, der um Sie geworben hatte, war nicht der Horatio mit dem Sie eine Ehe geführt haben.«

»Genau so war es.« Als sie ihr deprimierendes Elternhaus verlassen hatte, war sie nicht darauf gefasst gewesen, dass sie in einer ebenso miserablen Situation landen würde. »Ich war einsam.«

Erneut ergriff er ihre Hand, wie er dies auch schon in der letzten Nacht getan hatte. »Ich verabscheue diesen Gedanken. Sie sollten jeden einzelnen Tag Ihres Lebens Freude empfinden. Was macht Sie glücklich, Mrs. Sweet?«

Sie sammelte sich einen Moment, um eine Antwort darauf zu geben, als die Kutsche genau in diesem Augenblick zum Stehen kam. »Ich bin mir nicht sicher, ob ich das weiß.« Sie blickte zu ihm hinüber. »Was macht *Sie* glücklich?«

»In Kutschen sitzen und mit einer schönen Frau Geheimnisse austauschen.« Er schenkte ihr ein beinahe verschmitztes Lächeln. »Ich gehe auch gerne ins Theater, besuche Museen, studiere Architektur und lese Bücher, was Sie natürlich schon wissen. Mögen Sie irgendetwas von diesen Dingen?«

»Ich war noch nie im Theater. Oder in einem Museum. Und Sie wissen von meiner Passion für Bücher.«

»Wie wäre es mit Gesellschaft?«, fragte er. »Würde Sie das glücklich machen?«

»Welche Art von Gesellschaft?« Plötzlich hatte sich die Atmosphäre in der Kutsche verändert. Die Luft war dicker geworden, wenn das überhaupt möglich war. Ihr Atem wurde ein wenig flacher.

»Männliche Gesellschaft. Nicht alle Männer sind wie Ihr Mann. Ich schlage vor, dass Sie sich einen Liebhaber nehmen.«

»Ich wüsste nicht, wie man das anstellt«, entgegnete sie und ihr wurde warm. Die Kutsche fuhr im Schneckentempo weiter. Sie warf einen Blick aus dem Fenster, um sich zu vergewissern, dass sie sich in der Schlange zu den Versammlungsräumen befanden. »Und offerieren Sie bitte nicht noch einmal Ihre Hilfe. Das möchte ich nicht.«

»Was wäre, wenn ich mich stattdessen anbieten würde?«

Sie riss den Kopf zu ihm herum und presste den Kiefer zusammen, um nichts Unbedachtes zu sagen. »Das können Sie nicht tun, nicht solange Sie auf Brautschau sind.«

»Das stimmt, aber ich habe mir überlegt, ob ich dieses Unterfangen vielleicht verschieben sollte.«

Hatte er das Interesse daran verloren, sich auf dem Fest nach einer Partnerin umzuschauen? »Ist das Ihr Ernst?«

Er nickte. »So ist es wohl, denn es scheint in dieser Umgebung eine ziemliche Herausforderung zu sein.«

»Wir könnten das Fest verlassen«, bot sie an, obwohl sie nicht sicher war, wohin sie gehen sollten.

»Nein, es ist nicht nur das.« Er zögerte, ehe er fortfuhr, wobei er den Blick auf ihre Augen richtete. »Es geht um Sie. Ich mag Sie. Ich fühle mich zu Ihnen hingezogen. Ich habe das Gefühl, als hätten wir noch eine Rechnung offen.«

Ja, *genau so* war es.

Rebecca konnte ihr Herzklopfen bis in die Ohren spüren. »Es muss dabei bleiben. Sind Sie mit meinem Plan einverstanden, nach Witwen Ausschau zu halten?«

Als er blinzelte, schlossen sich seine Augen dabei. Dann wandte er den Kopf ganz von ihr ab. Die Verbindung, die noch vor einem Moment zwischen ihnen bestanden hatte, war verschwunden. »Das klingt mehr als vernünftig.«

Ein Diener aus den Versammlungsräumen öffnete die Tür der Kutsche, und der Marquess stieg aus. Als sie ihre Hand in seine legte und zum Bürgersteig hinabstieg, war sie bestrebt, sich in Gedanken nicht auszumalen, was hätte sein können. Wenn sie vor Jahren mit Creslow Bekanntschaft gemacht hätte – ehe er seine Frau kennengelernt und verloren hatte und ehe er sich geschworen hatte, nie wieder zu lieben. Dann hätten sie die Nacht auf der Hausparty gemeinsam verbracht.

Sie konnte nicht seine Frau werden, und sie sollte nicht seine Geliebte sein. Darüber hinaus kam ihr allmählich der Gedanke, dass sie auch nicht seine Heiratsvermittlerin sein sollte.

KAPITEL 8

Die Krönungszeremonie war überraschend herzerwärmend, was Nash allerdings dem Umstand zuschrieb, dass Rebecca mit ansehen durfte, wie ihre Schwester zur Maikönigin gekrönt wurde. Sie hatte die Tränen weggeblinzelt, ehe sie ihr aus den Augen treten konnten, aber Nash hatte sie wahrgenommen. Welches Ergebnis auch immer seine Brautschau am Ende aufweisen würde, wäre er jedenfalls immer froh darüber, dass seine Heiratsvermittlerin ihren Heimweg gefunden hatte.

Der erste Tanz wurde traditionell vom Maikönigspaar und den neu ernannten Ehrenjungfrauen und ihren Partnern eröffnet, die sie sich selbst ausgewählt hatten. Das bedeutete, dass Nash den ersten Tanz getanzt hatte, weil eine der Ehrenjungfrauen direkt zu ihm gekommen war. In Wahrheit hatten zwei andere so ausgesehen, als ob sie ihn ebenfalls hatten fragen wollen, aber sie waren nicht schnell genug gewesen.

Nach diesem Tanz hatte sich Nash hinter einer Topfpflanze versteckt. Dort wurde er Zeuge eines ziemlich amourösen Schauspiels, als der Earl of Gilbourne seine

Lippen auf die einer attraktiven jungen Lady gelegt hatte. Da der Earl normalerweise niemals etwas anderes als ein stocksteifer Spießer war, freute sich Nash, dass er sich etwas lockerer gab.

Nash war allerdings nicht gerade erfreut, von Rebecca zu hören, dass sie nur aus Liebe wieder heiraten würde. So viel zu seinem neuen und verbesserten Plan einer Marchioness.

Verdammt, er war am Grübeln. Und das würde die Frauen wahrscheinlich nur noch stärker zu ihm hinziehen. Er musste eine ausgelassenere Haltung an den Tag legen. Aber nicht *zu* ausgelassen, um die jungen Ladys nicht auch noch anzulocken. Verdammt noch mal, das war schwierig. Vielleicht sollte er einfach Feierabend machen und zum Buck and Maiden zurückkehren. Er würde die Kutsche zurückschicken, um Rebecca zu holen.

»Sie sehen heute Abend ein bisschen mürrisch aus, Nash.«

Nash drehte sich um und entdeckte Phin, den er nicht hatte herankommen hören. »Guten Abend, Phin.« Der Mann hatte darauf bestanden, dass er ihn so nannte, und so hatte auch Nash darauf bestanden, dass er sich der gleichen Vertraulichkeit bediente.

Phin legte den Kopf schief. »Normalerweise erteile ich keine Ratschläge, vor allem nicht in Herzensangelegenheiten, aber ich glaube nicht, dass Sie mit Ihrer sturmumwölkten Stirn eine Braut anlocken werden.«

Herzensangelegenheiten hatten nichts mit Nashs Suche nach einer Frau zu tun, aber das wollte er nicht extra herauskehren. »Ich bin mir nicht ganz sicher, ob ich eine will«, bemerkte Nash. »Eine Braut, meine ich.«

»Haben Sie das Gefühl, Sie bräuchten eine?«, erkundigte sich Phin. »Da Sie ein Marquess sind, nehme ich an, dass Sie diesbezüglich ein gewisses Pflichtgefühl haben.«

»So ist es, aber ich bin nicht überzeugt, dass die Ehe das Richtige für mich ist.«

»Ach, ja. Wie ich höre, waren Sie schon einmal verheiratet. Es tut mir leid für Ihren Verlust.«

Heute Abend fühlte sich der Schmerz anders an. Nicht so akut. »Danke.«

»Ich finde, die Ehe ist wunderbar.« Phin strahlte förmlich. Sein Glück war wie etwas Greifbares, ein leuchtender Umhang, in den er sich hüllte, damit alle Welt ihn sehen und bewundern konnte. Und vielleicht auch beneiden.

»Das ist großartig.« Nash fasste nicht in Worte, was er sonst noch dachte, nur, dass er betete, dass Phin und Leah nie so viel Liebeskummer auszuhalten hatten wie er.

»Sie werden schon herausfinden, was das Beste für Sie ist. Da bin ich sicher«, meinte Phin. »Selbst wenn man nicht auf Brautschau ist, erweist sich das Fest zur Partnerfindung als merkwürdig akkurat in solchen Dingen.«

»Sie wollten nicht heiraten?« fragte Nash.

»Im Gegenteil, ich hatte gehofft, eine Erbin an Land zu ziehen.« Er schnitt eine Grimasse. »Mein Vater hat einige schlechte Investitionsentscheidungen getroffen, und die Gärten sind ein großer Kostenfaktor. Aber ich habe mich in Leah verliebt. Zufälligerweise war sie eine Erbin, aber das wussten wir damals noch nicht. Und vor zwei Jahren beherbergte unsere Freundin Sadie einen Herzog, dessen Kutsche vor ihrer Farm ein Rad verlor. Das Letzte, was sie erwartet hatte, war, sich in ihn zu verlieben und Herzogin zu werden, aber genau das war geschehen.«

»Ah, Lawford. Ja, ich habe seine Herzogin in London getroffen. Sie ist reizend.« Nash hatte sich nicht daran erinnert, dass die beiden sich auf dem Fest zur Partnerfindung kennengelernt hatten.

»Sie sind hier irgendwo, falls Sie sie sehen wollen«, meinte Phin.

Das hätte Nash zwar gerne getan, aber er zog es vor, zum Buck und Maiden zurückzukehren. »Ich werde morgen nach ihnen Ausschau halten. Ich habe Kopfschmerzen, deshalb wirke ich wahrscheinlich mürrisch.« Er schenkte Phin ein kurzes Lächeln. »Ich glaube, ich muss zum Gasthaus zurückkehren. Würden Sie bitte Mrs. Sweet Bescheid sagen, dass ich gegangen bin? Ich werde ihr die Kutsche zurückschicken. Sie braucht nur einen der Pagen zu bitten, sie vorfahren zu lassen, wenn sie aufbrechen will.«

Phin legte die Stirn in Falten. »Sollten Sie ihr das nicht selbst sagen? Vielleicht möchte sie Sie begleiten.«

»Ich möchte ihren Abend nicht stören. Sie scheint sich prächtig zu amüsieren. Es freut mich zu sehen, dass Ihre Frau und Mrs. Sweet ihre Zeit miteinander genießen.«

»Mir geht es ebenso«, stimmte Phin mit einem Nicken zu. »Leah hat mir erzählt, was Sie heute Morgen getan haben. Ich kann Ihnen nicht genug danken. Sie ist so froh, ihre Schwester wiederzuhaben.«

»Familien sollten zusammen sein.« Denn, wenn sie durch den Tod auseinandergerissen wurden, war das nicht mehr möglich. »Gute Nacht, Phin.«

»Gute Nacht, Nash.«

Als Nash sich auf den Weg zur Eingangshalle machte, dachte er über sein Problem mit der Heiratsvermittlung nach. Zumindest für den Moment hatte er wirklich die Lust daran verloren. Er war geradezu besessen von Rebecca. Er war davon besessen, sie glücklich zu sehen, und davon, zu Ende zu bringen, was auch immer zwischen ihnen auf der Hausparty seiner Cousine erste Funken geschlagen hatte.

Ein Page erschien, und Nash wollte dem Burschen einen Schilling geben, damit dieser seine Kutsche holte.

»Wir dürfen kein Geld annehmen, Mylord«, sagte der Junge, der wohl etwa zwölf Jahre alt war.

»Ich verrate nichts, wenn du nichts verrätst.« Nash zwinkerte ihm zu. Der Page grinste, als er davon eilte.

Als Nash sich in der Kutsche niederließ, hatte er bereits eine mögliche Lösung gefunden. Er konnte wirklich nicht anders handeln. Es *wollte* nichts anderes tun.

Es stellte sich allerdings die Frage, was Rebecca wollte. Und hoffentlich würde er das herausfinden können.

~

Mehr als eine Stunde verbrachte Rebecca damit, sich nach Witwen umzuschauen und Ladys zu beobachten, um sich ein Bild zu machen, ob sie zum Marquess passen könnten. Irgendwann kam ihr diese Aufgabe immer unattraktiver vor. Lag es daran, dass es ihr unangenehm war, Menschen zusammenzubringen, ohne die Liebe zu berücksichtigen, oder lag es daran, dass ihre Gedanken immer wieder zu Creslows Worten zurückgekehrt waren, mit denen er ihr seine Hingezogenheit gestanden hatte, und es für sie beide eine »unerledigte Angelegenheit« zu vollenden galt?

Wie sie feststellte, war es beides. Bei jeder jungen Lady, die sie beobachtete, bemerkte sie ein Paar, das zu flirten oder sich gegenseitig anzuziehen schien. Ihre Augenlider flatterten und sie fixierten einander. Es kam zu flüchtigen Berührungen und heimlichem Lächeln. Es war herzerwärmend ihnen zuzuschauen und gleichzeitig war es deprimierend, denn Rebecca erinnerte sich daran, dass sie eine solche Verbindung nicht suchte – nicht für den Marquess. Für sich selbst würde sie sich freuen, das zu erleben. Diesmal in echt.

Wollte sie einen Partner für sich selbst finden? Sich verlieben und wieder heiraten, anstatt weiter als Heiratsvermittlerin zu arbeiten? Ein verlockender Gedanke, aber dann erinnerte sie sich daran, dass ihre Bemühungen um die

Liebe, ob romantisch oder nicht, fatal gescheitert waren. Es war besser, wenn sie den Plan im Auge behielt, den sie ausgeführt hatte: Erfolg als Heiratsvermittlerin zu haben und sich nur auf sich selbst zu verlassen.

Phin näherte sich ihr mit einem abwartenden Blick. »Ah, da bist du ja, Rebecca.«

»Guten Abend, Phin. Wie ich sehe, ist Leah sehr beschäftigt. Ich hoffe, sie wird nicht zu müde.«

»Ich habe vor, sie in Kürze zu retten und dann bestehe ich auf einer kurzen Pause.« Er schenkte ihr ein warmes Lächeln. »Es ist schön zu sehen, dass du dich um sie kümmerst.« Ein Ausdruck des Entsetzens huschte über seine Züge. »Ich wollte nicht andeuten, dass du das nicht tust. Es ist nur ... nun, du bist hier. Und ihr habt euch versöhnt. Und ich bin so froh darüber.« Er schüttelte den Kopf. »Ich bitte um Verzeihung.«

Rebecca berührte seinen Arm. »Du brauchst dich nicht zu entschuldigen. Ich weiß, was du meinst. Es ist wunderbar, und ich bin unglaublich dankbar, Leah wieder in meinem Leben zu haben. Sie liegt mir *am Herzen*, und ich werde dafür sorgen, dass sie nie daran zweifelt.«

»Ich glaube nicht, dass sie das jemals getan hat«, entgegnete Phin leise. »Aber sie ist so glücklich, dich hier zu haben. Ich hoffe, du bleibst länger als bis zum Fest. Sie würde sich freuen, dich in Radford Grange zu haben. Und ich auch. Unsere Tür steht immer für dich offen.«

»Ich habe darüber nachgedacht zu bleiben. Ich weiß deine freundliche Einladung zu schätzen. Und jetzt geh und rette meine arme Schwester.«

»Einen Moment. Ich bin eigentlich gekommen, um dir zu sagen, dass Nash mit Kopfschmerzen ins Gasthaus zurückgekehrt ist. Er hat dir die Kutsche zurückgeschickt, damit du sie nehmen kannst, wenn du aufbrechen willst.«

Er war gegangen, ohne sich von ihr zu verabschieden? Rebecca war sehr enttäuscht.

»Ich verstehe. Danke, dass du mir das ausgerichtet hast. Bitte grüße Leah von mir. Ich werde zum Gasthaus zurückkehren.« Es hatte keinen Sinn, noch länger zu bleiben, wenn der Marquess den Ball bereits verlassen hatte.

Kurze Zeit später betrat sie das Gasthaus und begab sich zu ihrem Zimmer im oberen Stock. Sie schaute den Korridor entlang zu Creslows Tür. Schlief er schon? Es war noch früh.

Der Drang, an seine Tür zu klopfen und zu fragen, warum er sie über seinen Aufbruch nicht persönlich informiert hatte, war stark, aber wenn es ihm nicht gut ging, konnte sie ihm das nicht verdenken. Vielleicht sollte sie sich seiner annehmen und ihm helfen, so wie er ihr mit Leah geholfen hatte.

Stattdessen begab sie sich in ihr Zimmer und zog ihren Mantel und die Handschuhe aus. Dann streifte sie ihre Schuhe ab, denn sie konnte es kaum erwarten, sich ihrer Abendgarderobe zu entledigen und ihr Haar von den vielen Haarnadeln zu befreien, die die Zofe des Gasthauses für ihre Frisur verwendet hatte, und ging in ihr Ankleidezimmer. Als sie kurze Zeit später wieder auftauchte, fühlte sie sich mit einem seitlich geflochtenen Haarzopf und in ihrem Nachtgewand, zu dem auch ein dicker Morgenmantel zum Schutz vor der Kälte gehörte, ungleich wohler. Bisher war das Wetter auf dem Fest enttäuschend gewesen. Hoffentlich würde sich das bald bessern.

Morgen stand ein ganzer Tag voller Aktivitäten an, und bislang hatten der Marquess und sie noch nicht entschieden, was sie unternehmen würden. Vielleicht wäre es das Beste, wenn sie sich nicht zu zwingend darauf konzentrierten, eine Braut zu finden. Zumindest für den morgigen Tag. Rebecca hoffte weiterhin, dass die perfekte Partnerin für ihn existierte, und er sie nur noch nicht getroffen hatte.

Sie warf einen Blick auf die Tür, die zu Creslows Zimmer führte. Sollte sie anklopfen und ihren Plan für morgen mit ihm besprechen? Nein, so dreist würde sie nicht sein, und sie wollte ihn auch nicht stören. Sie würde eine Nachricht schreiben und sie von einem Diener überbringen lassen.

Als sie zum Schreibtisch ging, entdeckte sie eine Notiz – einen Brief – und eine Bankanweisung. Mit gerunzelter Stirn hob sie zuerst die Geldanweisung auf. Sie war vom Marquess über den Betrag ihres Honorars ausgestellt. Als sie das Dokument in der Hand hielt, hob sie den Brief an und las den Inhalt. Ihre Augen weiteten sich mit jeder Zeile.

Er kündigte ihr Arbeitsverhältnis? Mit *sofortiger* Wirkung? Sie las ihn noch einmal.

Ich weiß Ihre Dienste zwar zu schätzen, aber ich habe beschlossen, dass dies weder die Zeit noch der Ort ist, an dem ich eine Braut finden möchte. Das ist kein Vorwurf an Sie oder Ihre Fähigkeiten. Sie sind über sich hinausgewachsen und haben versucht, meine besonderen Anforderungen zu erfüllen. Ich bin Ihnen dankbar für Ihre Zeit und Mühe.

Unter ihrer Verärgerung darüber, dass er ihr diese Entscheidung schriftlich und nicht persönlich mitgeteilt hatte, verbarg sich eine subtile, aber willkommene Erleichterung. Jetzt würde sie keine Frau finden müssen, die eine Ehe ohne Liebe akzeptieren würde.

Ob dies nun zu forsch war oder nicht und ohne Rücksicht auf seine Kopfschmerzen, falls er überhaupt welche hatte, schritt sie zu der Tür, die ihre Räumlichkeiten voneinander trennten. Sie schob den Brief in die Hand mit dem Honorar und schlug mit ihrer nun freien Handfläche auf das Holz. Sie schlug so lange, bis die Tür klapperte.

»Ich kann sie nicht öffnen«, rief er von der anderen Seite. »Sie müssen Ihre Seite entriegeln.«

Sie schob den Riegel zurück und stieß die Tür auf. Dort stand er in seinem Hausmantel – und es war derselbe grüne Samtfrack, den er auf jener verflixten Hausparty getragen hatte. Warum musste es ausgerechnet *dieser* sein?

Mit dem Brief und dem Geldschein wedelte sie ihm vor der Nase herum. »Was ist das?«

»Ich denke, das ist eindeutig.« Er klang verwirrt. Gut, das war sie auch.

»Erst lassen Sie mich auf dem Ball allein sitzen, und jetzt kündigen Sie mir mit einem Brief?« Sie starrte ihn an und ihr Puls raste. »Habe ich Sie irgendwie beleidigt?«

»Um Himmels willen, nein! Ich wollte Ihren festlichen Abend nicht stören. Und was den Brief angeht, so ist das typisch für eine Geschäftsbeziehung.«

Sie warf ihm einen bösen Blick zu. »Ach, *jetzt* sind wir nur noch Geschäftspartner, nach all Ihrem Gerede über die Freundschaft.«

Er schnitt eine Grimasse. »Ich hatte nicht verschwinden wollen, ohne mich von Ihnen zu verabschieden oder etwas in dieser Art.«

»Was für eine Beruhigung. Und was soll ich jetzt, nach meiner Entlassung durch einen Marquess tun? Sie hätten mir wenigstens anbieten können, ein Empfehlungsschreiben zu verfassen.«

»Ja, ja, natürlich. Das würde ich gerne. Mit Begeisterung. Ekstatisch. Ich schreibe so viele, wie Sie wollen, an wen auch immer Sie wünschen.« Er blickte sie besorgt an. »Ich werde alles in meiner Macht Stehende tun, damit Sie Ihren nächsten Kunden finden. Das ist mein Versagen, nicht Ihres.«

Ihr Puls beruhigte sich, und sie ließ den Arm sinken, sodass sie die Geldanweisung und den Brief an ihrer Seite festhielt. »Was werden Sie im Hinblick auf eine Eheschließung unternehmen?«

Er zuckte mit den Schultern, und sie bemerkte, dass er ein Glas mit einer Flüssigkeit in der Hand hielt, die ganz nach Portwein aussah. »Irgendwann muss ich etwas unternehmen, aber nicht hier und nicht jetzt. Das Fest, oder vielmehr seine Teilnehmer, haben mich überwältigt, das muss ich gestehen.«

»Ist das der einzige Grund, warum Sie Ihre Meinung geändert haben?« Kaum hatte sie die Frage gestellt, wünschte sie, es nicht getan zu haben. Es ging sie nichts an.

Eine lange und tiefe Stille breitete sich zwischen ihnen aus, ehe er antwortete. Ihr Puls beschleunigte sich erneut, denn sie war sich nur allzu bewusst, dass sie sich nur in ihrer Nachtkleidung in seinen Gemächern – oder zumindest in seinem Wohnzimmer – befanden. Und hier gab es keinen Diener, der sie stören würde. Zudem bestand auch kein Risiko, dass sie zusammen erwischt würden.

»Nein«, meinte er mit tiefer und fester Stimme. »Das ist nicht der einzige Grund.« Er stellte sein Glas auf einem kleinen Tisch ab und kam auf sie zu, sein Gang war langsam und gemessen. »Ich finde es vollkommen unmöglich, mir klar darüber zu werden, ob irgendeine der Frauen auf diesem Fest für mich von Interesse sein könnte, weil meine ganze Aufmerksamkeit, ja fast schon Besessenheit, einzig und allein auf *Sie* gerichtet ist.«

Rebecca schluckte. Seine Worte besaßen eine ebenso erregende Wirkung wie jede Liebkosung. Noch nie hatte jemand so zu ihr gesprochen.

»Ich musste den Ball verlassen, denn als ich zu dem Schluss kam, dass ich mir sehnlichst eine Affäre mit Ihnen wünschte, wusste ich sogleich, dass Sie nicht mehr für mich arbeiten können.«

Ihr wurde ganz heiß vor Verlangen. »Sie hatten keine Kopfschmerzen?«

»Nein.«

In Verbindung mit seinem verführerischen Blick ließ Rebecca diese Antwort auf sich wirken. »Wenn ich mich nicht auf eine … Affäre einlassen würde, würden Sie mich dann wieder als Heiratsvermittlerin einstellen?«

»Nein. Mir geht es nicht um eine Übereinkunft. Zumindest nicht im Moment. Ich weiß nicht, ob ich dazu imstande bin, solange diese Verbindung zwischen uns besteht. Ich würde zu Ende bringen, was wir damals auf der Hausparty angefangen haben. Falls Sie jedoch meine Sehnsucht nicht teilen, sagen Sie es mir bitte, und ich werde Sie nicht mehr belästigen.«

Die Versuchung war zu stark und es drängte sie zu ihm hin. Sie teilte seine Sehnsucht durchaus, aber sie wusste nicht, ob sie sich eine Affäre wünschte. Welche Konsequenzen würde das überhaupt haben?

Es schien, als böten sich ihr zwei Möglichkeiten. Sie konnte ihn abweisen, in ihr Zimmer zurückkehren, und ihn vielleicht nie wiedersehen. Oder sie konnte der Versuchung nachgeben. Eine Affäre wäre gar nicht vonnöten. Sie brauchten nicht mehr als eine Nacht – die Nacht, die sie damals zusammen verbracht hätten.

Rebecca holte tief Luft und ihre Stimme klang bedächtig. »Ich würde jene Nacht gerne beenden. Eine Nacht.« Sie beobachtete, wie er die Nasenflügel blähte und ein Glitzern in seine Augen trat. »Heute Nacht.«

Er verringerte den Abstand zwischen ihnen, aber er berührte sie noch nicht. »Heute Nacht.« Er hob seine Hand zu ihrem Gesicht und sanft strich er mit den Fingerknöcheln über ihre Wange. »Rebecca. Kannst du dir vorstellen, wie viele Nächte ich von dir geträumt habe, während ich keinen Namen für dein schönes Gesicht kannte?«

»Du hast von mir geträumt?«

»Ungezählte Male.« Er strich ihr eine Haarsträhne hinters Ohr und streichelte sie, ehe er sanft an ihrem Ohrläppchen zupfte. »Hast du nicht auch an mich gedacht?«

»Wie könnte ich nicht? Du hast mir etwas geschenkt, das ich nie zuvor hatte. Und so wie du es damals bereut hast, war ich maßlos enttäuscht.«

Er lachte, doch dann ernüchterte er rasch. »Ich sollte mich darüber nicht lustig machen.«

»Das ist schon in Ordnung. Es war humorvoll gemeint. Ich habe daran gearbeitet, meine Verbitterung loszulassen. Es ist nicht immer leicht, aber dich kennenzulernen, war mir eine große Hilfe«, setzte sie leise hinzu.

Er formte seine Lippen zu einem herzzerreißenden Lächeln. »Dann erlaube mir, dir noch besser zu helfen, wenn ich darf.«

Die Vorfreude raubte Rebecca den Atem. Sie ließ die Papiere fallen, die sie in der Hand hielt, und umklammerte das Revers seines Hausmantels. »Das darfst du. Jetzt.«

Er neigte den Kopf und küsste sie. Ihre Lippen trafen sich, und augenblicklich wurde sie in ein dekadentes Glücksgefühl versetzt. Da war nichts Sanftes oder Zögerliches, nur eine feurige Vereinigung ihrer Münder, worauf sie ein unvergleichliches Bedürfnis überkam.

Rebecca drückte sich an ihn und schlang ihre Arme um seinen Hals, während er ihre Taille umklammerte. Mit einer Hand wanderte er ihr Rückgrat hinauf, während er mit der anderen ihren Hintern umfasste und ihre Hüften an seine drückte. Sie spürte seinen Schaft und kippte ihr Becken auf der verzweifelten Suche nach seiner Berührung, ganz gleich wie sie diese am besten erlangen konnte.

Sie küssten sich und dann küssten sie sich noch einmal, um einander mit Lippen und Zungen zu erkunden, während ihre Hände den Körper des anderen auf eigene Faust erkundeten. Er löste den Gürtel ihres Morgenmantels und schob ihn ihr langsam von den Schultern. Sie half mit, indem sie die Schultern schüttelte, bis das Kleidungsstück auf den Boden fiel. Dann tat sie dasselbe für ihn.

Erst als sein Hausmantel von ihm abglitt, wurde sie von der Wärme seines nackten Körpers umfangen. Als sie ihren Blick an seinem Körper hinunterwandern ließ, fand sie ihn völlig nackt. Dann verharrte sie bei seinem Schaft. »Du trägst kein Nachtgewand?«

Er grinste. »Nur wenn es furchtbar kalt ist. Ich finde, dass mir fast immer zu heiß ist, seit ich dich neulich wiedergetroffen habe.«

»Es ist nur ... ich habe noch nie einen vollkommen unbekleideten Mann zu Gesicht bekommen. Allerdings bin ich mir nicht sicher, ob ich meinen Mann überhaupt so hatte sehen wollen.« Sie schauderte.

»Er trug Kleidung, als er zu dir ins Bett kam?«

»Er hat sogar Sorge dafür getragen, dass es dunkel war.«

»Ich habe keinen solchen Plan.« Er schloss sie in seine Arme.

Sie keuchte. »Was tust du da?«

»Ich trage dich zu meinem Bett, auf das ich dich dann legen werde. Dann will ich noch mehr Kerzen anzünden.«

Rebecca kicherte. Als er sie über die Schwelle in sein Schlafgemach trug, stellte sie fest, dass es hell genug war, um ihn zu sehen. »Das brauchst du nicht. Ich glaube, ich kann dich ganz gut betrachten.«

Er setzte sie auf das Bett und zog fragend eine Augenbraue hoch. »Mich betrachten? Soll ich später eine Prüfung bestehen?«

»Ich habe keine Ahnung, was das bedeuten würde, aber das überlasse ich dir.» Sie kniete sich auf das Bett und ließ den Blick über seine Gestalt gleiten. Groß und aufrecht stand er da – seine Schultern, sein Rückgrat und sein Schaft.

Die Muskeln seiner Brust und seines Unterleibs waren ebenso ausgeprägt wie die Züge seines Gesichts, was sie zu der Frage veranlasste, ob er aus Ton bestand. Oder vielleicht aus Marmor.

Lachend verneinte er. »Ich boxe ein paar Mal in der Woche.«

»Das würde ich mir gerne ansehen.« Sie streckte ihre Hand aus, um ihn zu berühren, dann hielt sie inne.

»Mach schon«, drängte er. »Bitte.«

Daraufhin legte sie ihre Handfläche an seinen Schaft. »Du bist bemerkenswert warm«, murmelte sie. »Und so exquisit.«

Sie legte ihre andere Hand auch auf ihn und ließ ihre Hände erst über seine Brust und Schultern gleiten, und dann über seinen Bauch, wo eine dunkle Spur von Haaren zu seinem Geschlecht führte. »Ist es ... gestattet, dich dort zu berühren?«

»Natürlich.« Das sagte er, als hätte sie das wissen müssen.

Sie errötete. »Das wusste ich nicht. Es wird vieles geben, was ich nicht weiß, wie ich fürchte.«

»Ich bin ein Schurke«, flüsterte er, bevor er sie küsste. Er stützte ihren Hinterkopf mit seiner Hand und hielt sie fest, während er sie mit trägen, bedächtigen Zungenschlägen verwöhnte. Als er sich zurückzog, war sie vollkommen außer Atem. Dann blickte er ihr in die Augen. »Frag mich alles. Bitte mich *um* alles. Diese Nacht ist für dich.«

Sie richtete ihren Blick auf das dunkle Schokoladenbraun seiner Iris. »Diese Nacht ist für *uns*. Du warst derjenige, der letztes Mal *völlig* abwesend war.« Zart legte sie die Fingerspitzen an die Eichel seines Geschlechts. »Was soll ich tun?«

Scharf sog er die Luft ein und lächelte halb. »Leg deine Hand um mich und gleite vom Ansatz bis zur Spitze.«

»Wie der Akt, wenn der Schaft in mir drinnen ist.« Zumindest darüber wusste sie Bescheid.

»Genau.«

Sie fing an, ihn genauso zu streicheln, wie er es gesagt hatte. Er schloss die Augen, sein Kopf fiel zurück, und seine Lippen teilten sich. Rebecca lächelte, beugte sich vor und küsste die Mulde an seinem Halsansatz. Noch immer hielt er ihren Kopf, und jetzt grub er seine Finger sanft in ihre Kopfhaut.

Davon ermutigt leckte sie über seine Haut, bevor sie sein Schlüsselbein küsste. Sie fuhr damit fort, ihre Hand an seinem Körper entlang zu bewegen, während sie seinen Oberkörper mit ihrem Mund erkundete. Sein Atem wurde flacher und er stöhnte leise auf.

»Rebecca.« Er murmelte ihren Namen, während sich seine Hüften wie von selbst zu bewegen begannen. »Schneller. Bitte.«

Ihr eigenes Geschlecht fühlte sich schwer und feucht vor Verlangen an. Es war die gleiche Erregung wie beim ersten Mal, als sie ihm begegnet war. Wie konnte sie so bereit für ihn sein, wenn er sie kaum berührt hatte? Das war bei Horatio nie der Fall gewesen.

Denn ihr Körper schien den Marquess schon von dieser einen Begegnung zu kennen.

Allerdings konnte sie ihn nicht länger Marquess nennen. »Nash«, versuchte sie es.

Er hob den Kopf und schlug die Augen auf. »Ja?«

»Ich glaube, ich möchte, dass du mich berührst.«

»Wie ich schon sagte, stehe ich dir ganz zur Verfügung.« Er bekam den Saum ihres Nachthemdes zu fassen und zog ihr das Kleidungsstück über den Kopf, was bedeutete, dass sie von seinem Schaft ablassen musste. »Leg dich auf das Bett zurück. Spreize deine Beine und zeige mir, wie sehr du dich danach verzehrst, von mir berührt zu werden.«

Seine Worte fachten ihr ohnehin schon verzweifeltes Verlangen noch weiter an. Sie lehnte sich auf dem Bett zurück und tat, was er ihr sagte, obwohl es sich seltsam anfühlte, sich auf diese Weise zu entblößen.

»Du bist so schön.« Er kletterte auf das Bett und kniete sich zwischen ihre Beine. »Deine Brustwarzen sind schon ganz steif.« Langsam ließ er sich nach vorn fallen und leckte über eine ihrer Brüste, ehe er seinen Mund über ihr schloss und daran saugte.

Sie umklammerte seinen Kopf, als sie von einem Gefühl der Wonne erfasst wurde. Ihr Geschlecht pulsierte und ihre Hüften hoben sich wie von selbst vom Bett.

Er schien genau zu wissen, was sie sich ersehnte, denn er glitt mit seiner Hand über ihren Innenschenkel und strich über ihre Schamlippen ihres Geschlechts, ehe er ihre Knospe fand, die bis zu jener Nacht in der Bibliothek von Clipstone Hedge offenkundig nicht existiert hatte. Er drückte und reizte ihr hungriges Fleisch, bis sie sich krümmte.

»Bitte. Nash. Ich brauche dich.«

»Auf welche Weise brauchst du mich, Liebes?« Er strich ihr über eine Brustwarze, ehe er sie zwischen ihren Brüsten küsste und dann zu der anderen überging.

»In mir. Ich will dich spüren. Ich möchte ... mit dir in mir kommen. Das habe ich noch nie getan.«

»Dann wird es mir eine Ehre sein, wenn du das das erste Mal mit mir tust.« Er führte einen Finger in ihre Scheide ein. »Du bist ganz schön feucht. Zieh jetzt deine Beine hoch und beuge deine Knie.«

Das tat sie, obwohl ihre Oberschenkel dabei bebten. Er rutschte näher und nahm seine Hand von ihrem Geschlecht. Sie wimmerte, weil der Verlust der Berührung sie quälte, doch sehr bald schon war er wieder zurück. Er drückte sich mit der Spitze seines Schaftes an sie. Dann drang er mit langsamen Bewegungen in sie ein.

Ihre Hüften hoben sich ihm entgegen, und sie umklammerte seinen Rücken und seine Taille, denn sie war begierig darauf, ganz mit ihm vereint zu sein. Er beugte sich zu ihr hinunter, um sie zu küssen, und sein Körper bedeckte den ihren, als er in sie sank.

Sie erwiderte seinen Kuss und schlang dabei die Beine um seine Taille. Langsam fing er an, sich zu bewegen, zunächst behutsam, doch dann drang er immer tiefer in sie ein. Sie hatte das Gefühl, als würde sie wie ein Bogen gespannt, und ihr Körper sehnte sich nach Erlösung. Dann wurde er schneller. Immer wieder stieß er in sie hinein, um sich dann wieder zurückzuziehen, wobei er die Reibung immer weiter steigerte, sodass sie vor Lust wimmerte und stöhnte.

Mit ihren Beinen klammerte sie sich fester an ihn und hielt sich an seinem Rücken fest, um ihren Körper im Einklang mit seinem zu bewegen. *Ja, schneller, fester.*

Er küsste sie auf die Schläfe. »Was immer du dir wünschst.«

Hatte sie das laut gesagt? So musste es wohl gewesen sein, denn er erhöhte sein Tempo, bis er mit harten, schnellen Stößen in sie drang. Ihr Körper erzitterte, und ihre Muskeln spannten sich an. Eine Woge überwältigender Lust rollte über sie hinweg und hob sie hoch. Sie wurde vollkommen starr.

Dann sackte sie in sich zusammen.

Er bewegte sich noch schneller, und irgendwie steigerte sich ihre Wonne noch weiter. Sie klammerte sich an ihn, während ihre Ekstase sie in einem Rausch davonzutragen drohte. Plötzlich war er fort. Wenn dies für sie auch eine weitere neue Erfahrung war, wusste sie, warum er das tat – um die Zeugung eines Kindes zu verhindern.

Er sank neben sie, als sich ihr Körper allmählich beruhigte. Eine tiefe Zufriedenheit breitete sich in ihr aus, die bis in ihre Knochen drang. Doch da war auch ein Anflug von

Traurigkeit. Dessentwegen, was er getan hatte. Oder nicht getan hatte, um genau zu sein.

Da sie mit Horatio nie ein Kind gezeugt hatte, bestand die Möglichkeit, dass sie nicht schwanger werden konnte. Aber da er nie ein Kind mit einer seiner Geliebten gezeugt hatte, hegte sie weiterhin die Hoffnung, dass sie Mutter werden könnte.

Dazu musste sie jedoch Ehefrau sein, und sie wollte Nash nicht heiraten. War das der wahre Grund für ihr Gefühl von Traurigkeit?

KAPITEL 9

Kurz stieg Nash aus dem Bett, um sich zu säubern. Als er zurückkehrte, hatte sich Rebecca unter die Bettdecke gekuschelt. Er schlüpfte zu ihr.

Sie lag auf dem Rücken und hatte den Blick zur Decke gerichtet. Ihr Gesichtsausdruck spiegelte nicht gerade den Grad der Glückseligkeit wider, den er erwartet hätte, bedachte man, welche Wonnen sie offenbar genossen zu haben schien.

»Alles in Ordnung?«, erkundigte er sich, trat an ihre Seite und schaute sie an.

»Oh, ja.« Sie schenkte ihm ein Lächeln. »Ich glaube, ich bin vielleicht ein bisschen überwältigt. Das war eine einzigartige Erfahrung.«

»Heißt das, es hat dir gefallen?«

Sie wandte sich ihm zu. »Sehr sogar. Hast du vor, morgen abzureisen?«

»Das muss ich nicht. Was sind deine Pläne?«

»Ich hatte für einen Rücktransport nach Leighton Buzzard nach Beendigung des Festes gesorgt, aber ich bleibe vielleicht länger, um Leah zu besuchen.«

»Hoffentlich tust du das.« Er konnte nicht aufhören, sie anzuschauen. Ein großer Teil ihres roten Haares hatte sich aus dem Zopf gelöst. Die Farbe war so leuchtend und schön. Auf diese Entfernung konnte er all die zarten Sommersprossen erkennen, die sich über ihren oberen Wangenbereich und ihre Nase zogen. Diese Sommersprossen waren so einzigartig und charmant, genau wie sie.

Sie war eine Frau mit einem unbeugsamen Geist, und sie war jemand, der für ein besseres Leben für sich selbst und für sein Glück gekämpft hatte. Und bislang hatte sie in dieser Hinsicht eher Pech gehabt. Er hoffte, sie wäre jetzt auf einem besseren Weg, und er war froh, einen kleinen Teil davon auszumachen.

»Willst du mehr als nur die heutige Nacht?«, fragte sie.

»Dafür wäre ich durchaus zu haben. Aber wenn ich in Marrywell bleibe, dann nur deinetwegen. Ich will nicht mehr an den Veranstaltungen zur Partnerfindung des Festes teilnehmen.« Was auch immer in dieser vor ihnen liegenden Woche mit Rebecca geschehen würde, wollte er sich ganz auf sie konzentrieren, auf die begrenzte Zeit, die sie gemeinsam verbringen würden. »Hast du Interesse daran? Wir haben nur über eine Nacht gesprochen, aber ob das wirklich ausreicht, bin ich mir nicht sicher. Das gilt jedenfalls für mich«, fügte er hinzu und hoffte, sie würde das Gleiche denken.

»Ich hätte nichts dagegen, weiterzumachen«, meinte sie, vielleicht ein wenig schüchtern. »Wir werden bekannt geben, dass du dich entschieden hast, nicht zu heiraten.« Sie formte ihren Mund zu einem halben Lächeln. »Oder wir verbringen die ganze Zeit auf dem Brauereigelände, denn das ist wahrscheinlich der einzige Ort, an dem du nicht von heiratswilligen Ladys und ihren Müttern belagert wirst.«

Nash lachte. »Du hast mich davon überzeugt, dass das Brauereigelände meine Rettung ist. Allerdings wäre es mir lieber, wenn wir nicht unsere *gesamte* Zeit dort verbringen würden.« Er rückte dichter zu ihr heran und legte einen Arm um ihre Taille.

»Morgen möchte ich die Black Sheep Farm besuchen.« Sie biss sich auf die Unterlippe, und während sie wahrscheinlich vollkommen ahnungslos war, wie verführerisch sie dabei aussah, war Nashs Körper sich dessen sehr wohl bewusst. »Dort bin ich aufgewachsen. Mein Vater und mein Bruder – und seine Familie – leben noch immer dort.«

»Möchtest du dabei meine Begleitung? Wir können meine Kutsche nehmen – wenn es weit genug ist, um eine Kutsche zu benutzen. Ich kann auch in der Kutsche warten, wenn du sie lieber allein besuchen willst.«

»Ich bin mir nicht sicher, ob ich erklären will, warum mein Kunde meine Familie mit mir besucht«, entgegnete sie. »Das erscheint mir merkwürdig. Also ja, es wäre wohl das Beste, wenn du in der Kutsche warten würdest. Es sei denn ...« Sie warf ihm einen strengen Blick zu. »Versuchst du gerade, mich in die Kutsche zu locken?«

Lachend küsste er sie auf die Wange. »Nein, aber das ist kein dummer Einfall.« Er wanderte mit seinen Küssen zu ihrem Ohr und dann ihren Hals entlang. »Ich bin mir allerdings nicht sicher, ob das notwendig ist, wenn dieses Bett so wunderbar tauglich erscheint.«

Sie nahm seinen Kopf zwischen ihre Hände, während er ihr den Nacken leckte und saugte. Er umfasste ihre Brust und drückte mit Daumen und Zeigefinger auf ihre Brustwarze.

Keuchend grub sie ihre Finger in seine Kopfhaut. »Ist es nicht zu früh, es schon wieder zu tun?«

»Nicht für mich. Ich bin mehr als bereit.« Er hob den Kopf und blickte ihr in die blauen Augen. »Doch falls du das nicht bist, ist das auch in Ordnung.«

»Bitte mach noch einmal das, was du mit meiner Brust gemacht hast.«

Er kniff sie – nicht fest – und zupfte an der Brustwarze. »Das?«

»Ja.« Das Wort kam ihr mit einem Zischen über die Lippen, während sich ihre Augen zu Schlitzen verengten. »Jetzt bin ich auch bereit.«

»Es besteht kein Grund für uns zur Eile.« Er beugte seinen Kopf zu ihrer Brust und legte seinen Mund genau an die Stelle, wo sich sein Daumen und sein Finger befunden hatten. Er leckte und saugte, was ihr ein leises, erregtes Wimmern entlockte.

Plötzlich stieß sie ihn auf den Rücken und setzte sich auf ihn. Ihre hellen Brüste schwangen vor seinem Blick und neckten ihn mit ihren rosigen und prallen Spitzen.

»Wir haben die ganze Nacht Zeit«, raunte sie heiser. »Ich möchte so viele Dinge wie möglich ausprobieren. Damals in der Nacht in der Bibliothek hast du deinen Mund auf mein Geschlecht gelegt. Ich möchte bei dir das Gleiche machen.«

Er war bereits erregt, doch jetzt durchfuhr ihn eine weißglühende Lust. Das Blut strömte zu seinem Schaft und ließ ihn noch weiter anschwellen. »Aber nur kurz«, willigte er ein und seine Stimme klang gepresst. »Ich glaube nicht, noch viel mehr aushalten zu können.«

Sie legte die Stirn in Falten. »Ist es schmerzhaft? Ich hätte gedacht, es würde sich genauso gut anfühlen wie damals, als du das bei mir gemacht hast?«

»Oh, so ist es«, versicherte er ihr. »Das Problem besteht eher darin, dass es sich zu gut anfühlt, und dann verausgabe ich mich schneller, als mir lieb ist. Jedes Mal, wenn ich mich verausgabe, brauche ich dann ein bisschen länger, um mich zu erholen.«

»Ich verstehe. Nun, du musst mir sagen, was ich tun soll und wann ich aufhören soll.« Sie schob die Bettdecke hinter sich zurück und legte ihre Hände auf seine Brust, um mit ihren Fingern und Handflächen jeden Zentimeter seiner bloßen Haut zu erkunden. Als sie seine Taille erreicht hatte, keuchte er schon fast.

Sie wiederholte, was sie zuvor getan hatte, indem sie ihre Hand um ihn legte und seinen Schaft streichelte. Doch nach ein paar Augenblicken wagte sie sich tiefer und schloss eine Hand um seine Hoden. »Soll ich sie anfassen?«

»Das kannst du tun«, krächzte er, weil er befürchtete, dass er sich in Kürze blamieren würde, und sie hatte ihn noch nicht einmal in den Mund genommen. »Sei sanft«, riet er ihr. »Sie sind nicht so ausdauernd wie mein Schaft.«

»Das ist sehr gut zu wissen.« Sie zog ihre Hand bis zur Spitze hoch, und als sie wieder herunterkam, senkte sie ihren Kopf. Der Zopf war nun fast völlig aufgelöst, und ihr dichtes, welliges rotes Haar streifte seine Oberschenkel.

Er hielt den Atem an, als sie seine Vorhaut zurückzog und ihre Lippen auf die Spitze presste. Sie öffnete ihren Mund und nahm ihn mit ihrer Zunge auf, dann schloss sie ihre Lippen um ihn.

Obwohl er sie beobachten wollte, fielen ihm die Augen zu, und er legte den Kopf in den Nacken zurück, als eine beispiellose Ekstase ihn überkam. »Ja, Rebecca. Genau so.« Er umfasste ihren Nacken, als sie sich zunächst nur langsam über ihm bewegte.

Mit großer Anstrengung zwang er sich durchzuhalten. Er wollte noch nicht kommen. Wenn er das nicht schon vorher einmal getan hätte, wäre es inzwischen wahrscheinlich schon um ihn geschehen gewesen.

Es gelang ihm, ein Auge zu öffnen und zuzuschauen, wie sie an ihm saugte. Es war das Erotischste, was er je erlebt hatte. Nun bewegte sie sich schneller und wirbelte ihre Zunge bei jedem Stoß um ihn herum.

»Genug«, röchelte er und zerrte an ihrem Kopf. »Reite mich.«

Mit ihren roten und feuchten Lippen schaute sie zu ihm auf. »Was soll ich tun?«

»Spreize deine Hüften. Diesmal wirst du oben sein und die Kontrolle übernehmen. Aber küss mich zuerst. Jetzt. Bitte.«

Als sie auf ihm saß und ihr Geschlecht an das seine drückte, beugte sie sich zu ihm herunter. Er zog sie zu sich heran, und seine Lippen trafen auf ihre. Ihre geteilten und offenen Lippen verschmolzen, und dann prallten ihre Zungen aufeinander. Er hob seine Hüften und kippte sein Becken gegen ihres. Sie stieß zu, und sein pulsierendes Verlangen strahlte von seinem Schaft zu jedem einzelnen Körperteil aus.

Er legte seine Hand zwischen sie, und sie tat dasselbe. An seinem Schaft trafen sie zusammen, und gemeinsam führten sie ihn in ihre Scheide ein. Sie war so feucht wie nie zuvor, mehr als bereit. Der Gedanke an all die einsamen Jahre ihrer Ehe, in denen ihr dummer Ehemann nicht begriffen hatte, dass er mit einer wahren Göttin verheiratet war, machte ihm zu schaffen. Nein, daran würde er nicht mehr denken. Nicht jetzt. Sie war die Seine. Zumindest für heute Nacht.

Er stemmte sich nach oben, während sie nach unten drückte. Ruckartig riss sie ihren Mund von seinem los, und sie schrie seinen Namen, während sie ihre Hände zu seinen Schultern schob. Dann streckte er die Hand nach ihrer herrlichen Brust aus, und hob seinen Kopf vom Bett, um an ihr zu saugen.

Ihre Muskeln spannten sich um seinen Schaft, als er an ihrer Brustwarze zog. Ihre Bewegungen wurden schneller, und mit jedem Stoß umklammerte sie ihn mehr mit ihrer Scheide. Ihm blieb nichts anderes übrig, als sich zurückzuhalten, damit sie ihren Rhythmus finden konnte. Sie kippte nach vorne, sodass sie ihre Knospe an ihm reiben konnte. Er sah ihr zu, wie sie ihn auf diese Weise ritt und ihre Bewegungen immer hektischer wurden, bis er wusste, dass sie kurz vor ihrem Höhepunkt war. Noch einmal ließ er seine Hand zwischen sie gleiten und streichelte sie heftig und schnell. Sie schraubte sich immer tiefer und ihre Scheide war wie ein köstlicher Schraubstock um seinen Schaft.

Das Zimmer wurde von ihren Schreien erfüllt, als ihr Körper sich versteifte und dann von ihrem Orgasmus geschüttelt wurde. Es war ein atemberaubender Anblick, wie sie ihren Kopf zurückgeworfen hatte und ihr Hals eine lange, blasse Fläche bot, die er küssen und lecken wollte. Er wollte jeden einzelnen Teil von ihr besitzen.

Der von ihm zurückgehaltenen Orgasmus, brach nun mit voller Wucht über ihn herein, und er musste sie mit den Händen fest um ihre Hüften fassen, um sie von sich herunterzuziehen. »Es tut mir leid«, murmelte er und konnte sich gerade noch von ihr trennen, ehe sein Samen aus ihm herausspritzte.

Er hielt seinen Schaft mit einer Hand umschlossen und brachte seine Erlösung selbst zu Ende. Dann legte sie ihre Hand um die seine und begleitete ihn auf diese Weise, als er sich dann gänzlich verausgabte.

Sie lag neben ihm, und es dauerte ein paar Minuten, bis sie wieder einigermaßen regelmäßig atmeten. Noch nie war er einer Frau begegnet, die so viel von sich gegeben hatte, insbesondere keiner Frau, die offensichtlich nur wenig Erfahrung auf diesem Gebiet besaß. Ihr Mann war der größte aller Narren gewesen.

Er drehte sich zu ihr hin und küsste sie sanft. »Du bist in jeder Hinsicht wunderschön. Danke für eine Nacht, die ich nie vergessen werde.«

»Sind wir fertig?« Sie klang ziemlich enttäuscht.

Nash gluckste. »Für den Augenblick. Wir brauchen beide ein bisschen Erholung.«

»Das ist vermutlich sinnvoll.« Gähnend kuschelte sie sich an ihn und ihr weicher, warmer Körper schmiegte sich an seinen, als wären sie als eine Einheit geschaffen. »Ich bin erschöpft.«

»Schlaf«, flüsterte er, strich ihr das Haar aus dem Gesicht, ehe er ihre Schläfe küsste. »Ich werde hier sein, wenn du erwachst.«

Sie blickte ihm in die Augen. »Ich verlasse mich darauf.«

Wie versprochen, war Nash noch da, als Rebecca vor dem Morgengrauen aufgewacht war. Es war albern, sich über so etwas zu freuen. Doch Horatio hatte von Beginn ihrer Ehe an, ihr Bett stets verlassen. Das hatte sie eigentlich nicht gestört, da sie in seinen Armen kein Vergnügen gefunden hatte, doch weil sie mit Nash außerordentliche Wonnen erlebt hatte, wollte sie nicht, dass er sie verließ.

Und das hatte er nicht getan. Mit seinem Mund auf ihrem Geschlecht hatte er sie aufgeweckt und sie an den Rand des Höhepunkts gebracht, bevor er sie umgedreht und von hinten genommen hatte. Das war ein wundersamer Orgasmus gewesen. Sogar noch einige Zeit danach hatten ihre Beine gezittert.

Zusammen hatten sie in seinem Wohnzimmer gefrühstückt, während es draußen noch immer geregnet hatte. Nash hatte ihr ein weiteres Mal angeboten, sie mit seiner Kutsche zur Black Sheep Farm zu fahren.

»Aber ich muss dich nicht begleiten«, schlug er vor. »Das werde ich, wenn du es möchtest, aber ich habe auch Verständnis dafür, dass du dies allein machen musst.«

Vielleicht lag es an der gemeinsam verbrachten Nacht, aber Rebecca fühlte sich ihm nahe und war für seine Unterstützung froh. »Ich würde mich freuen, wenn du mich begleitest.« Sie lenkte ihren Blick zum Fenster. »Insbesondere, weil ich reichlich sicher bin, dass ich deine Kutsche benötigen werde.«

»Und du sollst sie haben.« Er lächelte sie an, und irgendwie machte sein Lächeln sie noch schwindeliger als vor der letzten Nacht. Es war, als wäre alles zwischen ihnen intensiver geworden – auf die allerschönste Art.

Der Kutscher erwartete sie in der Gaststube, und Rebecca erklärte ihm den Weg zur Black Sheep Farm. Dann eilten sie zur Kutsche, denn es schüttete wie aus Kübeln.

Als der Regen auf das Dach der Kutsche trommelte und an den Fenstern hinunterfloss, rückte Rebecca dichter zu Nash heran. Anders als bei ihren vorigen Kutschfahrten machte sie sich nicht die Mühe, Abstand zu halten. Er drückte ihre Hand, und Rebecca konnte sich ein Lächeln nicht verkneifen. Genau das hatte sie sich von ihrer Ehe erhofft. Eine unbeschwerte Kameradschaft, ein gemeinsamer Trost.

»Ich freue mich, dass du mit mir kommst«, sagte sie.

»Du bist doch nicht nervös, oder?« Er streichelte mit dem Daumen über ihre Hand.

»Ein bisschen. Nicht mehr so sehr, seit ich Leah getroffen habe. Wenn meine Mutter noch auf dem Hof wäre, wäre ich mehr als nur nervös. Ich wäre entsetzt.«

»Es ist gut, dass sie nicht da sein wird, denn ich könnte mich mit meiner Meinung darüber, wie sie dich und deine Geschwister, insbesondere Leah behandelt hat, nicht zurückhalten.«

Sie betrachtete sein Gesicht. Seine Augenbrauen waren tief über die Augen gezogen und sein Mund zu einem grimmigen, fast knurrenden Gesicht geformt. »Du siehst wie ein wütender Dachs aus.«

Er blinzelte sie an. »Ein Dachs? Ich bin mir nicht sicher, was ich von diesem Vergleich halten soll. Sind sie nicht irgendwie ... possierlich? Als ich noch jung war habe ich einmal einen gesehen und ich erinnere mich, dass ich seine Streifen niedlich fand.«

Kichernd sagte sie: »Das würdest du nicht sagen, wenn du einem begegnet wärst, der wütend war. Einer hat sich einmal mit einer unserer Ziegen angelegt.«

»Wer hat gewonnen?«

»Keiner der beiden. Barn, mein Bruder, hat den Dachs mit einem Stock verjagt.«

»Du sagst, dein Bruder lebt noch auf dem Hof?«

Sie nickte. »Eines Tages wird er ihn von unserem Vater übernehmen. Er und seine Familie leben in einem Haus auf dem Hof, aber im letzten Brief, den ich von seiner Frau erhalten habe, klang es so, als würden sie in das größere Haus ziehen, während mein Vater ihr derzeitiges kleineres Haus übernimmt.«

Sie schwiegen ein paar Minuten, als die Kutsche die Stadt hinter sich ließ und durch ein ländliches Gebiet fuhr. Schließlich meinte Nash: »Wenn ich deine Dachsgeschichte höre, scheint es, als hätte deine Kindheit zumindest ein paar angenehme Erinnerungen enthalten.«

»Das stimmt. Ich schäme mich nur, sagen zu müssen, dass Leah nur in den wenigsten Fällen dabei war. Immer hatte sie viel mehr Aufgaben zu erledigen als wir, und wenn sie das Haus verlassen durfte, ging sie fast immer in den Botanischen Garten oder nach Radford Grange. Um bei Phin zu sein. Sobald sie sich mit ihm angefreundet hatte – sie war damals glaube ich sechs Jahre alt, wollte sie unbedingt Zeit mit ihm verbringen. Nicht nur mit ihm, sondern auch mit seiner Familie. Diese Menschen gaben ihr das

Gefühl, willkommen zu sein. Ich erinnere mich an eine Begebenheit, als Phins Großvater kam und fragte, ob sie Leah in ihren Haushalt aufnehmen könnten. Er machte ein freundliches Angebot und sagte, er wolle unserer Familie nur die Last abnehmen. Das hat unsere Mutter fuchsteufelswild gemacht. Sie ... verletzte Leah derart, dass sie mindestens zwei Wochen lang das Haus nicht verlassen konnte.«

Nashs dunkle Augen weiteten sich. »Was soll das heißen, sie hat sie verletzt?«

»Sie schlug Leah immer wieder, aber nie dort, wo es jemand sehen konnte. Dieses Mal schlug sie ihr ins Gesicht, sodass Leah den Hof nicht verlassen konnte.«

»Was für eine schlechte, kaltherzige Person«, murmelte er, ehe sein Blick weicher wurde. »Wie kann ein warmherziger Mensch wie du von ihr abstammen?«

»Du wähnst mich warmherzig? Wie kannst du das wissen?«

Er sah sie mit einem aufmunternden Lächeln an. »Wenn ich dich mit deiner Schwester zusammen beobachte und sehe, wie schlimm du so viele Jahre gelitten hast, ist es mir unmöglich, dich für etwas anderes zu halten.«

So hatte sie sich noch nie betrachtet. Doch als sie diese Worte aus seinem Mund hörte, fühlte sie sich ... leicht, als könne sie tatsächlich die Person sein, die sie sein wollte und zu sein hoffte. »Danke.«

Die Kutsche wurde allmählich langsamer, und Rebecca blickte aus dem Fenster, als sie in die Einfahrt zum Hof einbogen. Sie spannte sich an, und Nash verstärkte den Griff um ihre Hand. Er beugte sich vor und küsste sie auf die Wange. »Du hast das Schwerste schon hinter dir«, meinte er sanft.

Damit hatte er recht. Falls dies nur halb so gut lief wie mit Leah, hatte Rebecca keinen Grund, sich zu sorgen. Doch ihr Verstand hatte sein Eigenleben und der ihre wollte offenbar ängstlich sein.

Als die Kutsche zum Stehen kam, begegnete Nash ihrem Blick. »Möchtest du, dass ich dich begleite oder soll ich hier warten?«

»Begleite mich. Bitte.« Bevor sie zum Abendessen nach Radford Grange eingeladen gewesen waren, war ihr nicht klar gewesen, wie viel es ihr bedeutete, ihn an ihrer Seite zu haben, aber im Nachhinein war sie sich keineswegs sicher, ob sie dies allein geschafft hätte.

Der Regen war zu einem schwachen Nieselregen abgeflaut. Nash half ihr aus der Kutsche und eilig liefen sie zur Haustür. Als sie das Haus nach fast einem Jahrzehnt wiedersah, schnürte es ihr die Kehle zu. So viele Erinnerungen waren hiermit verbunden, und hierher zurückzukommen, ließ sie allesamt wieder lebendig werden – die guten und vor allem aber auch die schlechten.

Nash klopfte an die Tür, und sie vernahmen das Geräusch trippelnder Füße. Dann: »Jacob Webster, mach die Tür nicht auf! Kehre zu deiner Lektüre zurück!«

Einen Moment später wurde die Tür von einer Frau geöffnet. Sie war in den Vierzigern und trug eine strahlend weiße Schürze und dazu passende Haube, unter der die dunklen Locken kaum sichtbar waren. »Guten Morgen«, begrüßte sie die Ankömmlinge ein wenig misstrauisch.

Rebecca zwang sich zu einem Lächeln. »Guten Morgen. Ich bin Mrs. Sweet. Ich bin hier, um Mr. Webster zu besuchen.«

Ehe die Frau antworten konnte, trat eine andere Frau an die Tür. Sie lächelte breit, während sie sich die Hände an ihrer Schürze abwischte, die nicht ganz so schneeweiß wie die der älteren Frau war. »Rebecca!«, rief Dorothea Webster aus, die von allen nur Thea genannt wurde. »Ich habe gehört, dass du in der Stadt bist. Kommt herein.«

Die ältere Frau hielt die Tür auf, als Rebecca von Nash gefolgt über die Schwelle trat.

Rebecca zeigte auf ihn. »Erlaube mir, dir meinen Arbeitgeber vorzustellen, den Marquess of Creslow.« Allerdings war er gar nicht mehr ihr Arbeitgeber. Aber wie hätte sie ihn sonst vorstellen sollen? Als ihren Liebhaber? Ihren Freund? Ihren ehemaligen Arbeitgeber?

Es schien am einfachsten, es bei dem Arbeitgeber zu belassen.

Wenn Nash ihre Einführung auch seltsam fand, ließ er sich nichts anmerken. Er lächelte die beiden Frauen offen an, und Rebecca fragte sich, ob sie unter dem Ansturm seines Charmes genauso vergehen würden wie sie selbst. Meine Güte, das hoffte sie nicht. Es käme ihr nicht gelegen, wenn ihre eigene Familie ihn anhimmelte. Der Schwarm junger Ladys auf dem Fest war schon schlimm genug.

War sie eifersüchtig?

An so etwas hatte sie bis zu diesem Moment nicht gedacht, aber ja, anscheinend war sie das.

Die ältere Frau vollführte einen Knicks. »Guten Morgen, Mylord.«

Thea tat es ihr nach und stellte die fremde Frau, welche die Tür geöffnet hatte, dann vor. »Das ist unsere Haushälterin, Mrs. Perkins. Gott sei Dank ist sie uns auch mit den Kindern eine Hilfe.«

»Sie haben drei«, meinte Rebecca zu Nash. »Zwei Jungen und ein Mädchen.« Sie blickte zu ihrer Schwägerin. »Hoffentlich lerne ich sie kennen.« Sie *kennenlernen*. Warum hatte sie seit fast einem Jahrzehnt niemanden mehr von ihrer Familie zu Gesicht bekommen? War es diesen Verlust wert gewesen, nur um ihrer Mutter aus dem Weg zu gehen? Plötzlich fühlte sie sich wütend auf ihre Mutter, aber auch auf sich selbst.

»Mrs. Perkins kann sie gleich holen. Du willst auch Barn

sehen, nehme ich an. Und deinen Vater. Zufälligerweise habe ich beide auf das Haus zukommen sehen.«

Rebecca hörte das vertraute Knarren und Zuschlagen der Hintertür zur Küche. »Die Küchentür macht immer noch dieses Geräusch.«

»Ja«, meinte Thea mit einem Augenrollen. »Wir sind erst letzte Woche eingezogen, aber es steht auf meiner Liste der Dinge, die repariert gehören.«

»Ihr habt also mit Vater das Haus getauscht?«, fragte Rebecca.

»Mit unserer wachsenden Familie war das sinnvoll.«

Thea berührte ihren Bauch. »Zu Weihnachten bekomme ich noch eins. Und dein Vater ist jetzt auf sich allein gestellt, was ihm übrigens gefällt.« Sie senkte ihre Stimme. »Das gefällt uns allen – dass sie weg ist, meine ich.«

Auch hier war es unnötig, näher darauf einzugehen, wer *sie* war.

»Mit wem redest du, Mill?«

Rebecca erkannte die Stimme ihres Bruders. Sie stieß die Luft aus und blickte Nash an. Er nickte ihr aufmunternd zu und beruhigte damit ihr wild pochendes Herz.

»Du wirst nicht glauben, wer hier ist«, rief Thea ihm lächelnd zu.

Dann kam Barnabas, den Hut in der Hand haltend, aus dem Speisezimmer. Er sah wie immer aus, aber natürlich auch anders ... älter. Sein Haaransatz war an der Stirn ein bisschen zurückgewichen, doch sein dunkler Schopf war noch immer dicht. Er grinste, als er sie erblickte. »Becky Bex.«

So hatte ihr Vater sie genannt. Ihrem Bruder und einer Schwester hatte er ähnliche Spitznamen gegeben: Barney Barn und Maggie Meg. Aber nicht für Leah.

Montford Webster trat hinter Barn hervor, der einige Zentimeter größer als er war. Das blonde Haar ihres Vaters war inzwischen zu einem Großteil weiß geworden und die Wangen hingen tiefer herab. Zudem trug er eine Brille.

»Es *ist* Becky Bex!«, rief ihr Vater und strahlte, als er sie sah.

Das Ausmaß seiner Reaktion – die freudige Erregung, die sich in seinem Gesichtsausdruck zeigte –ließen sie innehalten. Sie wusste nicht, wie sie reagieren sollte. Zwar war er nie so grausam wie ihre Mutter gewesen, aber auch er hatte seine Gefühle nicht besonders demonstrativ gezeigt. Die Spitznamen, die er jedem von ihnen gegeben hatte, waren wenn auch nicht der einzige, so doch der deutlichste Hinweis auf die Zuneigung, die er seinen Kindern entgegenbrachte. Nun, zumindest dreien von ihnen. Es sei daran erinnert, dass er sie nie in Hörweite ihrer Mutter verwendet hatte.

»Vorsicht, Papa, du machst ihr Angst«, warnte Barn kichernd.

Ihr Vater nickte, seine Gesichtszüge wurden ernster. »Es ist schon so lange her.« Waren das Tränen in seinen Augen hinter der Brille? »Ich hoffe, ich erschrecke dich nicht, mein Mädchen. Ich freue mich einfach furchtbar, dich zu sehen.«

»Das sehe ich«, antwortete Rebecca leise. »Ich bin nur nicht daran gewöhnt.« Sie legte keinen großen Wert darauf, sich mit ihren Beobachtungen oder Bemerkungen zurückzuhalten. Diese Zeiten gehörten der Vergangenheit an.

»Nein, das bist du vermutlich nicht.« Ihr Vater schniefte. »Ich weiß nicht, ob du etwas von ... früher besprechen willst, aber hier haben sich die Dinge inzwischen verändert, seit deine Mutter weg ist. Wir verstecken unsere Gefühle und insbesondere unsere Freude nicht.«

»Das *ist eine* Veränderung«, murmelte Rebecca. »Solange Leah hier willkommen ist und gut behandelt wird, würde ich es wahrscheinlich vorziehen, die Vergangenheit dort zu lassen, wo sie hingehört.«

Barn sah ihr in die Augen. »Das habe ich auch gesagt. Trotzdem habe ich mich bei Leah entschuldigt.«

Rebecca sah denselben Schmerz in seinem Blick, den sie selbst so lange in sich getragen hatte. »Das habe ich auch.«

»Wir haben getan, was wir tun zu müssen glaubten«, sagte Barn mit bedauernder Stimme.

»Umarmt sich denn keiner von euch?«, fragte Nash mit dem dringend benötigten Humor.

Alle sahen ihn an, und Rebecca stellte ihn eilig vor.

Nash schüttelte Rebeccas Vater die Hand. »Ich freue mich sehr, Sie kennenzulernen, Mr. Webster.« Er wandte sich an Barn. »Und Sie ebenfalls, Mr. Webster.«

»Ich habe gehört, du würdest als Heiratsvermittlerin für einen Adligen arbeiten«, meinte ihr Vater. »Ich kann mir vorstellen, dass eine Heiratsvermittlerin aus Marrywell sehr gefragt ist.«

Rebecca blinzelte ihn an. »Eigentlich hatte ich das nicht als Werbung für meine Dienste vorgesehen, aber vielleicht sollte ich das tun.«

Ihr Vater grinste. »Wenn du dem Marquess diese Woche eine Braut vermittelt hast, wirst du das wohl nicht mehr nötig haben. Jeder wird die Heiratsvermittlerin von Marrywell engagieren wollen.«

Vielleicht, wenn das überhaupt möglich wäre, was schon allein deshalb nicht ginge, da Nash seine Meinung geändert hatte. Außerdem drehte sich Rebecca bei dem Gedanken, ihn mit einer anderen Frau zusammenzubringen, der Magen um. Seine Kündigung kam ihr sehr gelegen, denn sonst hätte sie nach der letzten Nacht kündigen müssen. Allerdings hätte es die letzte Nacht nicht gegeben, wenn er ihr nicht gekündigt hätte.

»Ich hole die Kinder, damit sie ihre Tante kennenlernen können«, verkündete Thea, bevor sie sich auf den Weg machte.

»Kommt ins Wohnzimmer«, winkte Rebeccas Vater und betrat den Raum von der Eingangshalle aus. Barn folgte ihm, aber Rebecca rührte sich nicht.

Nash trat neben sie, seine Hand streifte ihren unteren Rücken. »Stimmt etwas nicht?«, flüsterte er.

»Wir durften nie in dieses Zimmer.« Rebecca und Meg hatten dort einmal gespielt, als sie dachten, ihre Mutter sei in die Stadt gefahren, was sie nicht sehr oft tat. Aber sie war nach Hause gekommen, weil sie etwas vergessen hatte, und die beiden erwischt, wie sie nicht gehorchten. Eine Woche lang hatten sie nur trockenes Brot zum Abendessen bekommen.

»Es sieht so aus, als sei es dir jetzt gestattet.«

»So sehr ich mich auch dagegen sträube, zurückzublicken, ist es doch unmöglich, das nicht zu tun, seit ich nach Marrywell zurückgekehrt bin. Ganz besonders hier ist das so.« Ihre Blicke trafen sich. »Danke, dass du bei mir bist. Das hilft mir.«

»Das freut mich.« Er blickte ihr auf den Mund, und sie hatte den Eindruck, als wolle er sie küssen.«

Später.

Das hoffte sie.

»Komm mit mir«, raunte Nash leise, während er einen leichten Druck auf ihren Rücken ausübte.

Als Rebecca den ersten Schritt in das Wohnzimmer machte, zwang sie sich, Stärke zu zeigen. Sie war kein Kind mehr. Sie war ein anderer Mensch als das junge Mädchen, das Marrywell damals mit ihrem Mann verlassen hatte. Es schien, als hätten sich auch alle anderen verändert.

Thea kehrte mit den Kindern zurück, und Rebecca freute sich über ihre beiden Neffen und ihre Nichte, ein süßes Kleinkind, das Rebeccas unverzüglich auf den Schoß kletterte. Ihr kastanienbraunes Haar duftete nach Lavendelseife, und sie fixierte die goldfarbenen Knöpfe von Rebeccas Spencer.

»Ich würde sagen, sie mag dich«, sagte Barn lachend. »Aber sie will auf dem Schoß von jedem sitzen.« Er blickte zu Nash. »Passen Sie auf, Sie könnten der Nächste sein.«

Rebecca warf einen Blick zu Nash, um seine Reaktion zu sehen. Er lächelte, doch der Ausdruck seiner Augen war unergründlich.

»Besteht die Möglichkeit, dass du länger bleibst als nur bis zum Ende des Fests?«, fragte ihr Vater.

»Ich ziehe es in Erwägung.« Rebecca konnte nicht leugnen, dass sie mehr Zeit mit ihrer Familie verbringen wollte, da nun alles anders war. Vielleicht würden sie ja alle ihr Glück oder sogar Liebe zueinander finden können.

»Bleib, Tante Rebecca«, bat Jacob, ihr ältester Neffe, der sechs Jahre alt war. »Du musst wieder herkommen und Hal kennenlernen.«

»Hal ist sein Hund«, stellte Thea klar. »Er ist draußen, während Jacob seinen Unterrichtsstoff durcharbeitet. Diese Woche ist die Schule wegen der Festlichkeiten geschlossen.«

»Ich werde Hal auf jeden Fall kennenlernen müssen«, versicherte Rebecca ihm.

Sie unterhielten sich noch eine Weile, und Rebecca entspannte sich so sehr, dass sie sogar über einige Erinnerungen lachen konnte, die Barn zum Besten gab, darunter eine, in der die beiden sich auf das Brauereigelände gestohlen und zwei Flaschen Bier stibitzt hatten. Beiden war anschließend unglaublich schlecht gewesen und sie hatten sich eine Ausrede ausgedacht – zu viel Pudding vom Puddingwettbewerb. Ihr Vater lachte mit ihnen, bevor er ernüchtert sagte, wie leid es ihm täte, dass sie damals nicht die Wahrheit hatten sagen können, und er sie dafür nicht bestraft hätte. Das mochte zwar stimmen, doch es war ihre

Mutter, die in diesen Dingen das Sagen hatte, und die Strafe wäre schnell erfolgt und hart gewesen.

Rebecca und Nash verabschiedeten sich und planten, sich beim großen Picknick, das zur Mitte der Festlichkeiten hin stattfand, wiederzusehen.

Als Nash und sie sich auf den Rückweg zu seiner Kutsche machten, sah er sie mit einem Lächeln an. »Das ist doch gut gelaufen. Deine Familie ist charmant.«

»*Jetzt fällt es* mir wirklich schwer, die Vergangenheit mit der Gegenwart in Einklang zu bringen.« Sie zog eine Grimasse und wünschte, dies wäre nicht so schwierig.

»Es wird eine Weile dauern.« Er half ihr in die Kutsche und wies den Kutscher an, zum Gasthaus zurückzukehren. »Du hast dich wohlgefühlt, nicht wahr?«, fragte er, während er sich neben ihr auf der Sitzbank niederließ.

»Das habe ich tatsächlich. Insbesondere mit den Kindern.« Sie lächelte und dachte daran, wie schön es gewesen war, Abby auf ihrem Schoß zu haben.

Die Kutsche setzte sich in Bewegung, als er zu ihr hinübersah. »Wünschst du dir Kinder?«

»Das tue ich. Sehr sogar.« Fast war es wie ein Schmerz. »Vermutlich möchte ich die Chance bekommen, eine bessere Mutter zu sein als meine eigene.«

»Das kann ich verstehen.« Jetzt war sein Blick nach vorne gerichtet, und seine Stimme klang fast distanziert.

Rebecca zappelte einen Moment, während sie überlegte, ob sie ihm eine gewisse Sache sagen sollte. Schließlich sprudelten die Worte wie von selbst aus ihr heraus. »Gestern Abend, nach dem ersten Mal, als wir zusammen waren ... als mir klar wurde, warum du dich aus mir zurückgezogen hattest, bin ich ein wenig traurig gewesen.« Sie beobachtete, wie seine Augenbrauen ein V bildeten, als er seine Aufmerksamkeit wieder auf sie richtete, und fügte eilig hinzu: »Nicht, dass ich erwartet hätte, ein Kind mit dir zu bekommen. Ich wollte eines – schon vorher. Wolltest du Kinder? Ich meine, ich weiß, dass es deine Pflicht zu verlangen scheint, aber das ist nicht damit zu vergleichen, es wirklich zu wollen.«

»Nein, das ist es nicht.«

Sie bemerkte, dass er die erste Frage nicht beantwortet hatte. »Möchtest du Kinder haben?«

»Das ist eigentlich einerlei, denn ich muss sie haben. Oder zumindest eines, das männlichen Geschlechts ist.« Nun klang er kühl, und ganz und gar nicht wie der leidenschaftliche, fürsorgliche Mann, den sie kennengelernt hatte.

»In den vergangenen Tagen war ich ungemein aufrichtig zu dir und habe mich auf eine Weise offenbart, wie noch nie zuvor. Weil du so lieb warst und mich unterstützt hast. War ich das nicht auch für dich?«

»Das warst du«, antwortete er langsam, fast widerstrebend.

»Warum willst du dich mir dann nicht offenbaren, so wie ich es bei dir getan habe?«

»Weil ich das nicht tue.« Er fuhr sie nicht direkt an, aber seine Antwort war auch nicht zuvorkommend. »Bei niemandem. Bitte nimm das nicht persönlich.«

Wie könnte sie das nicht?

Das Glücksgefühl, das sie während des ganzen Morgens über empfunden hatte, wurde trotz der nun zerstreuten Bedenken über das Wiedersehen mit ihrer Familie getrübt. Sie rief sich in Erinnerung, dass sie sich nur auf eine Nacht mit ihm eingelassen hatte, und all dies nur vorübergehend war, selbst wenn es einen oder drei Tage länger dauern sollte.

Eine wundervolle gemeinsame Nacht zu verbringen, änderte nichts daran. Schon bald würden sich ihre Wege trennen. In der Zwischenzeit konnte sie diese flüchtige Affäre genießen. Oder sie konnte die Sache unverzüglich beenden.

KAPITEL 10

Hatte er Rebecca wirklich gerade gesagt, sie solle sein unausstehliches Verhalten nicht persönlich nehmen? Nash zuckte innerlich zusammen. Er führte sich wie ein riesiges Arschloch auf.

Wie konnte sie seinen Mangel an Offenheit *nicht* persönlich nehmen? Sie hatte sich ihm gegenüber auf jede erdenkliche Weise geöffnet, und er hielt sie weiter auf Distanz. Während er behauptete, ihr Freund sein zu wollen.

Jetzt waren sie doch sogar viel mehr als das, nicht wahr?

Er war sich nicht sicher. Nein, das war nicht die Antwort, nach der er suchte. Er *wollte* nicht mehr als ein Freund sein, wenn sie auch vorübergehend ein Liebespaar waren.

Sich emotional zu offenbaren, machte ihn verletzlich, und seit Louisa war er das nicht mehr gewesen. Er konnte seinen Schutzwall nicht so grundlegend einreißen. Louisas Verlust hatte ihn zutiefst erschüttert. Es war so schlimm gewesen, dass er überzeugt war, es würde für ihn keine Möglichkeit mehr geben, für irgendjemanden auch nur das Geringste zu empfinden.

Und doch war er hier. Mit seinen Andeutungen.

Zu einer Frau, die schon genug unter schlechter Behandlung durch andere gelitten hatte. Wollte er wirklich so wie diese anderen sein?

Er hatte nicht vorgehabt, auf ihre Frage zu antworten, aber plötzlich sprudelten ihm die Worte nur so aus dem Mund. »Ja, ich wollte Kinder.« Seine Stimme hatte einen merkwürdigen Klang in seinen Ohren. Oder vielleicht lag es auch nur an der Tatsache, dass er dies laut zu jemandem äußerte. »Aber meine Frau wurde sehr bald nach unserer Heirat krank. Sie starb achtzehn Monate nachdem wir geheiratet hatten.«

Jetzt war Rebecca diejenige, die seine Hand nahm und sie in seinem Schoß hielt. »Es tut mir so leid. Ich spüre, dass du sie sehr geliebt hast.«

»Ähm, ja.« Er rührte sich, und sein Unbehagen verleitete ihn zur Flucht. Nicht vor Rebecca, sondern vor dem Schmerz, über diese Dinge nachzudenken, insbesondere in der Gegenwart eines anderen Menschen. Insbesondere in der Gegenwart von jemandem, der ihm trotz allem etwas bedeutete. »Ich spreche nicht gerne über sie oder jene Zeit.«

»Ich kann mir vorstellen, dass es qualvoll sein muss. Vor kurzem hat mir jemand geholfen, etwas Schmerzhaftes aus meiner Vergangenheit zu verarbeiten. Das hat bisher erstaunlich gut funktioniert. Hast du daran gedacht, dass es vielleicht an der Zeit ist, über sie und diese Zeit zu reden?« Sie sprach sanft und mit großer Sorgfalt.

Ihm wurde bewusst, dass sie ihm nur helfen wollte. Dennoch erschien ihm der Gedanke abwegig, dass das Leid, das er wegen seiner Louisa durchlitten hatte, die ihm *gestorben war,* mit dem vergleichbar war, was Rebecca in ihrer Jugend hatte erdulden müssen. Und machte ihn das nicht zu einem noch größeren Mistkerl?

Mit der freien Hand wischte er sich über das Gesicht und bemühte sich, diesen schrecklichen Aufruhr zu unter

Kontrolle zu bringen, der sich in ihm zusammenbraute. Es war Jahre her, dass er sich den Gefühlen von Verlust, Trauer und Wut gänzlich hingegeben hatte. Wenigstens hatte er mit Louisa eine kurze Zeit der Freude gehabt. Manchen Menschen, darunter auch die Frau, die seine Hand hielt, war nicht einmal das Glück beschieden, dies zu erleben. Zumindest war ihr dies noch nicht vergönnt gewesen.

All dies war einfach zuviel. Es gelang ihm, tief durchzuatmen und er zwang sich, auf ihre Frage zu antworten. »Ich habe das in Erwägung gezogen, aber festgestellt, dass es wenig Sinn hat. Im Gegensatz zu deiner Situation besteht hier keine Aussicht auf Heilung und keine Hoffnung auf eine zukünftige Beziehung. Das ist ein Teil meines Lebens, der vorbei und abgeschlossen ist. Da gibt es wirklich nichts mehr zu sagen.«

Eine düstere Wolke schwebte über ihm. Er musste verhindern, dass sie ihn erwürgte und vollständig verschlang. Mit einem Lächeln auf dem Gesicht hob er Rebeccas Hand an seine Lippen und küsste den behandschuhten Rücken. »Es ist so fürsorglich von dir, dich um mich zu sorgen. Meinst du nicht, es wäre eine Verschwendung, wenn wir die verbleibende Zeit in der Kutsche nicht für etwas nutzen würden, worüber wir später nicht sprechen wollen?«

Sie zog eine Augenbraue hoch. »Was in der Kutsche passiert, bleibt in der Kutsche?«

»Genau so habe ich das gemeint.« Allmählich fing er an, sich zu entspannen, insbesondere als er das Feuer der Begierde in ihren Augen aufflackern sah.

»Wir haben nicht viel Zeit.«

»Heb deine Röcke und setz dich rittlings auf meinen Schoß.« Er machte sich daran, seinen Schritt aufzuknöpfen. Sein Schaft war bereits hart geworden, was ein kleines

Wunder war, bedachte man, wie er sich vor wenigen Augenblicken noch gefühlt hatte.

Aber Rebecca rührte ihn auf eine Weise wie noch nie jemand zuvor.

Einen Augenblick! Nicht einmal Louisa?

Das war etwas anderes. Sie beide hatte eine brillante Liebe verbunden. Bei Rebecca hatte er im Moment ihres Kennenlernens sofort eine Leidenschaft für sie verspürt. Auch nach ihrer Trennung war diese nicht erloschen und umgehend wieder aufgeflammt, als er sie neulich wiedergesehen hatte. Wenn er bei ihr war, wollte er mehr – mehr von ihr, mehr Zeit, mehr von allem.

Und das war wirklich erschreckend.

Sie ließ sich auf ihm nieder, und ihr Blick traf den seinen. Es fielen keine Worte, als er seinen Schaft in ihre feuchte Scheide einführte, doch es kam dennoch zu einer gewissen Kommunikation zwischen ihnen. Sie tauschten sich über ihr Verlangen und ihre Bedürfnisse aus und erkannten im Stillen an, wie besonders und einzigartig dies war.

Sie fixierte seinen Blick, als sie ganz auf seinen Schaft sank, und hielt ihn an den Seiten seines Nackens und den Schultern. Er hatte ihre Taille umfasst und grub seine Finger in sie, während sein Schaft in ihr noch weiter anschwoll. Das Rütteln der fahrenden Kutsche erzeugte eine Reibung. Sie verstärkte dieses Gefühl noch, als sie anfing, sich zu bewegen.

Eigentlich sollten sie rasch ihre Erleichterung finden, doch er war vollkommen von ihr hingerissen. Sie kontrollierte das Tempo, und hob und senkte sich mit einer köstlichen Präzision. Dann brach sie endlich den Blickkontakt ab, und plötzlich wollte er unerbittlich in sie eindringen, bis sie explodieren würde.

Sie beugte sich vor und presste ihre Lippen auf sein Kinn. »Lass mich kommen«, flüsterte sie an seinem Ohr. »Jetzt.«

Nash gab ihrem Wunsch nach und stieß nach oben, während er sie festhielt. Nach mehreren Stößen schob er seine Hand zwischen sie und fand ihre Knospe. Einen Moment später spannten sich ihre Muskeln um ihn an, und sie warf den Kopf in den Nacken und schrie auf, als ihr Orgasmus wie ein sintflutartiger Sturm über sie hinwegbrauste.

Er spürte, wie er selbst sich auf seinen erlösenden Höhepunkt zubewegte. Dann schob er seine andere Hand zu ihrer Taille, um sie von sich herunterzuheben.

»Tu es nicht«, gebot sie.

Mit aller Macht kämpfte er darum, ihr zu Willen zu sein und er schloss seine Augen, während er zu atmen versuchte. Als ihr Zittern abebbte, zog sie sich von ihm zurück. Dann spürte er, wie sie ihren Mund um ihn schloss.

Er riss die Augen auf. Er konnte sie auf dem Boden des Wagens knien sehen, während sie ihren Kopf zwischen seinen Beinen hatte und seinen Schaft lutschte. Er war kurz davor, sich in ihrem Mund zu erlösen. Wusste sie das?

Er umklammerte ihren Kopf. »Rebecca, ich werde in deinen Mund spritzen, wenn du nicht aufhörst.«

Mit erwartungsvollen Augen blickte sie zu ihm auf. Nun bewegte sie den Mund noch schneller.

Ein weiteres Mal schloss Nash die Augen und gab sich dieser erstaunlichen Frau hin. Sie hatte gewusst, dass er sich nicht in ihr erlösen konnte und in diesem Moment wollte sie ihn zum Höhepunkt bringen.

Dann wurde er von seinem Orgasmus überkommen, und seine Hüften hoben sich von der Sitzbank, während seine Muskeln sich versteiften. Er hatte zwei Gedanken. Erstens: Rebecca war ein Gottesgeschenk.

Zweitens: Dies war gefährlich. Er sollte aufhören, bevor die Dinge noch weiter fortschreiten konnten.

~

Obwohl Rebecca den Nachmittag damit verbrachte, den durch die Aktivitäten der letzten Nacht verpassten Schlaf nachzuholen und ein warmes, erholsames Bad zu nehmen, bevor sie dinierte und sich dann für den Abend zurechtmachte, fühlte sie sich noch immer unruhig. Wegen Nash.

In der Kutsche hatte sie ihn vorhin gedrängt, mehr von sich preiszugeben. Zuerst hatte sie nicht geglaubt, dass er es tun würde, doch dann hatte er sie überrascht, indem er, wenn auch nur sehr wenig, von seiner Frau erzählte und was geschehen war.

Dann hatte er sie weiter in großes Erstaunen versetzt, indem er ihre gegenseitige körperliche Anziehung zur Sprache brachte. So sehr sie sich wünschte, mehr von ihm über seine Frau, seinen Kinderwunsch und so ziemlich alles zu erfahren, was er ihr anvertrauen wollte, so wenig konnte sie seinen Verführungskünsten standhalten.

Vielleicht wollte sie aber auch nur in seiner Nähe sein, nachdem er sich ihr gegenüber ein wenig geöffnet hatte.

Sie wusste, dass Letzteres der Fall war. Allmählich fing sie an, ihn ... zu mögen. Wahrscheinlich war dies keine angemessene Beschreibung, doch sie hielt es für unklug, sich zu gestatten, mehr zu glauben.

Wenigstens noch nicht.

Sie wollte ihre Freundschaft, Affäre, Liaison, oder wie auch immer er es nennen wollte, so langsam angehen lassen wie möglich. Eindeutig war dies das Beste für ihn, und auch für sie. Bislang hatte sie in der Liebe vollkommen versagt, und sie war sich keineswegs sicher, ob sie für solche Art von Gefühlen geschaffen war.

Ein Dienstmädchen kam, um die Überbleibsel ihres kleinen Dinners abzuräumen, und Rebecca ging in ihr

Ankleidezimmer, um ihre Jaspis-Halskette anzulegen, das einzige Geschenk, das Horatio ihr je gemacht hatte. Sie wollte sie nicht einmal tragen, aber es war der einzige Schmuck, den sie neben ihrem goldenen Ehering besaß, und *den* an ihrem Finger zu zeigen weigerte sie sich.

Der rote Stein der Kette harmonierte mit ihrem elfenbeinfarbenen Kleid mit scharlachroter Schleife. Sie hatte überlegt, ob sie auf dem Brauereigelände ein Ballkleid tragen sollte, und war zu dem Schluss gekommen, dass sie es in dieser Woche wahrscheinlich nirgends anders tragen konnte, da sie an den meisten Veranstaltungen des Festes nicht teilnehmen würden.

Ein Klopfen an der Tür veranlasste sie, ihre Handschuhe zu holen und einen letzten Blick in den Spiegel zu werfen, bevor sie ihr Schlafgemach verließ. Rebecca zögerte, als sie sich einen Handschuh überstreifte. Es würde wohl Nash sein, aber an welche Tür hatte er geklopft? Diejenige, welche sie gemeinsam benutzten, war den ganzen Nachmittag und bis jetzt am frühen Abend auffallend unbenutzt gewesen.

Auffallend? Ging sie etwa davon aus, dass die letzte Nacht bedeuten würde, sie könnten unbekümmert in den Räumlichkeiten des anderen ein und ausgehen?

Sie zupfte ihren zweiten Handschuh zurecht und kam zu dem Schluss, dass er an der Tür zum Korridor stehen musste. Auf ihrem Weg dorthin strich sie mit den Händen über den Rock ihres Kleides und holte tief Luft, ehe sie die Tür öffnete.

Und dort war er. In seinem ebenholzfarbenen Anzug und einer … roten Weste war er eine wahre Pracht. Sie passten wunderbar zusammen.

Er ließ den Blick über sie schweifen. »Das Rot ist wunderschön«, lobte er mit einem kleinen Lächeln.

»Das sage ich auch zu dir.«

Er bot ihr seinen Arm nicht an, und sie wusste sich nicht

zu entscheiden, ob sie das seltsam fand. Neulich hatte sie sich entschieden, in ihrer Funktion als seine Angestellte, dass sie seinen Arm nicht nehmen würde. Nun war sie allerdings nicht mehr seine Angestellte.

Vielleicht war er ihr gegenüber genauso verunsichert. Lag dies jedoch an denselben Gründen?

Rebecca bezweifelte, dass dies möglich war. Sie rang sich ein Lächeln ab und bemühte sich, ihre wankelmütigen Gedanken zumindest für diesen Abend zu verdrängen. Sie wollte ihre Zeit auf dem Fest genießen.

Als sie zusammen die Treppe hinuntergingen, fragte er: »Sollen wir die Kutsche nehmen, falls wir zu viel trinken und das Gehen zu einer unüberwindbare Herausforderung werden könnte?«

Lachend schüttelte Rebecca den Kopf. »Das hoffe ich nicht. Ich kann mir nicht vorstellen, dass ein derartiger Überschwang Aussicht auf ein angenehmes Erwachen am nächsten Morgen möglich machen wird.«

»Da hast du natürlich recht«, entgegnete er lächelnd.

»Außerdem sieht es ganz danach aus, als hätte sich das Wetter heute Nachmittag aufgeklärt. Ich hoffe, der Himmel bleibt klar.«

»Das wäre schön, zumal ich nicht gesehen habe, dass es auf dem Brauereigelände ein Zelt oder eine andere Überdachung gibt.«

»Bei widrigen Wetterverhältnissen bauen sie ein Zelt auf, und vermutlich haben sie das heute früh getan. Vielleicht sogar schon gestern Abend.«

Er öffnete ihr die Tür, und sie traten auf die Straße hinaus. Die High Street war voller Menschen, die in Richtung der Gärten unterwegs waren. Sie mussten ihre Schritte verlangsamen, als sie darauf warteten, das Tor zu passieren. Drinnen schwadronierten Hunderte von Menschen in der lauen Abendluft.

»Das ist viel schöner, als sich in den Versammlungs-räumen aufzuhalten«, bemerkte er.

»Ich denke schon. Die Botanischen Gärten haben einfach etwas magisch Schönes an sich, wenn das Fest zur Partner-findung stattfindet. Vielleicht liegt es an der Liebe, die in der Luft liegt.« Da sie wusste, wie Nash über dieses Gefühl dachte, fragte sich Rebecca, ob sie das besser nicht gesagt hätte.

Sie machten sich auf den Weg zum Brauereigelände, das ebenfalls vollkommen überlaufen war. Am ersten Stand hielten sie an. Rebecca kannte den Brauer – Jeremiah Barstow. Als sie vierzehn gewesen war, hatte sie damals ein ganzes Jahr lang für ihn geschwärmt, aber er war zwanzig gewesen und damit viel zu alt für sie. Mit seinen strahlend blauen Augen und dem dichten, sandfarbenen Haar war er überaus attraktiv. Sie bemerkte, dass seine athletische Figur ein wenig nachgegeben hatte und er nun einen leichten Bauch besaß, der offenbar ein Hinweis darauf war, dass er sein Bier ebenso gerne trank, wie er es herstellte. Außerdem war er verheiratet und hatte mindestens ein Kind.

Als Jeremiah an Nash vorbeikam, blieb sein Blick an Rebecca haften. Er formte die Lippen zu einem breiten Lächeln und ein Funkeln trat in seine blauen Augen. »Wenn das nicht die schöne Becky ist.« Er streckte ihr seine Hand entgegen, und Rebecca hatte keine andere Wahl, als sie zu ergreifen.

Sie lächelte ihn an. »Es ist schön, dich zu sehen, Jem.«

Er führte ihre Hand an seine Lippen und drückte einen Kuss auf ihren Handschuh. »So schön wie immer. Du bist sogar noch schöner geworden, wage ich zu behaupten. Und du bist Witwe, wie mir zu Ohren gekommen ist.«

»Das bin ich.«

»Mein herzliches Beileid an dich für deinen Verlust. Und dein Mann tut mir noch mehr leid, weil er dich verlassen musste. Armer Kerl.« Mit einem Lachen ließ er ihre Hand los.

Rebecca gestikulierte zu Nash. »Erlaube mir, dich mit dem Marquess of Creslow bekannt zu machen.«

Jeremiah betrachtete Nash mit zusammengekniffenen Augen. »Ich habe schon von Ihnen gehört. Hoffentlich gefällt Ihnen unser Fest.« Er nickte Nash zuversichtlich zu. »Ich werde Ihnen mein bestes Bier kredenzen.«

Er bat einen seiner jungen Helfer, zwei Krüge Bier zu holen, und wandte sich dann wieder an Rebecca. »Ich werde später nach dir Ausschau halten.« Er zwinkerte ihr zu.

Rebecca konnte sich nur zu gut vorstellen, was Jem im Sinn haben könnte. Seine zu langen Blicke, die zudem mehrmals auf ihr Mieder gerichtet waren und seine Bemerkung, dass sie Witwe sei, deuteten möglicherweise auf ein anzügliches Interesse seinerseits hin.

Ein junger Mann reichte ihnen das Bier, und Rebecca bedankte sich bei ihm und Jem, wobei sie es vorzog, nicht weiter auf Jems Bemerkung einzugehen. Sie drehte sich um und fragte Nash, wo er sich hinsetzen wollte.

»Ich kann keine freien Plätze entdecken«, meinte er und ließ den Blick über das überfüllte Gelände schweifen. Auf der gegenüberliegenden der Fläche waren zwei Zelte aufgebaut, unter denen lange Tische standen.

»Ich kann freie Plätze dort in den Zelten ausmachen. Wahrscheinlich sitzen die Leute lieber im Freien, weil das Wetter endlich schön ist.«

»Komm«, forderte Nash sie auf und fasste sie sanft am Ellbogen.

Sie richtete ihre Aufmerksamkeit auf ihn und war ein wenig überrascht, dass er sie berührte, nachdem er dies bislang den ganzen Abend noch nicht getan hatte. Doch bei so vielen Menschen, um sie herum war das Gedränge groß, und wahrscheinlich wollte er nur sicherstellen, dass sie zusammenblieben.

Er führte sie zu einem freien Platz am Ende eines der Tische. Sie drückte sich auf die Bank, während er sich ihr gegenüber niederließ und sie sofort einen Schluck Bier trank.

»Jem braut ausgezeichnetes Bier«, bemerkte sie und trank einen Schluck.

»Jem hat auch ein Auge auf dich geworfen«, stellte Nash fest und blickte sie über den Rand seines Kruges an, bevor er trank.

»Er ist verheiratet«, betonte sie. »Das hält manche Personen keineswegs von einem unangemessenen Verhalten ab.«

»Falls er dich belästigt, werde ich mich um ihn kümmern.« Nashs dunkle Augen funkelten verheißungsvoll.

»Danke.« Rebecca lächelte, und sie war froh seine Unterstützung zu haben.

»Rebecca?«

Die zaghafte weibliche Stimme veranlasste Rebecca, aufzublicken. Zwei Frauen hatten sich am anderen Ende ihres Tisches eingefunden. Rebecca erkannte eine der beiden. »Teresa?« Teresa Albright war früher Rebeccas Freundin gewesen. Der Hof ihres Vaters lag nicht weit von der Black Sheep Farm entfernt. Die andere Frau kannte Rebecca nicht.

Teresa strahlte. »Ja, das ist richtig. Wie schön, dich nach so langer Zeit wiederzusehen. Ich dachte schon, du würdest nie wieder nach Marrywell zurückkehren. Das ist meine Cousine, Helen.« Teresa, die im gleichen Alter wie Rebecca war, warf einen Blick in Nashs Richtung.

Rebecca neigte den Kopf zu ihm. »Erlaube mir, dir den Marquess of Creslow vorzustellen.«

Teresa knickste vor Nash, und ihre Cousine, die um

einige Jahre jüngere Helen, mit glänzendem blondem Haar und schönen schokoladenbraunen Augen, knickste ebenfalls.

»Ich habe gehört, dass du seine Heiratsvermittlerin bist«, bemerkte Teresa.

Helen errötete auf entzückende Weise. »Erfreut, Sie kennenzulernen, Mylord.«

O nein. Hatte Teresa gehofft, Rebecca würde vielleicht ihrer Cousine helfen? Oder sich selbst? Rebecca wollte nachsehen, ob Teresa einen Ehering trug, doch ihre Freundin trug Handschuhe.

Teresa lächelte Rebecca zu, ehe sie das Wort an Nash richtete. »Wir haben nach einem Sitzplatz gesucht. Macht es Ihnen etwas aus, wenn wir auf die Bank rutschen?«

»Ganz und gar nicht.« Nash rückte beiseite. Anstatt sich neben ihn zu setzen, machte Teresa Helen ein Zeichen, besagten Platz einzunehmen. Dann wandte Teresa sich zu Rebecca.

Rebecca erkannte, dass die Neuankömmlinge sich hinsetzen mussten, da die Plätze schnell knapp wurden, und sie rückte zur Seite, damit Teresa neben ihr Platz fand.

»Danke«, raunte Teresa ihr zu, ehe sie ihre Aufmerksamkeit auf Nash richtete. »Wie gefällt Ihnen unser Fest hier in Marrywell?«

»Ganz bestimmt unterscheidet es sich von allem, was ich je erlebt habe.« Er hob seinen Krug. »Sie haben gar kein Bier.«

Helen zog eine leichte Grimasse, was ihrer Schönheit keinen Abbruch tat. »Ich mag es nicht.«

»Ich werde gleich einen Krug holen«, sagte Teresa. »Woher habt ihr denn eure«, fragte sie und nickte zu Nashs Krug.

»Jeremiah Barstow«, antwortete Rebecca.

»Oh, Jem! Sein Bier ist wundervoll. Es ist das Lieblingsbier meines Mannes.« Teresa war also verheiratet.

Rebecca schloss daraus, dass dies ein Versuch sein musste, ihre Cousine mit Nash zusammenzubringen. Sie beugte sich zu ihrer alten Freundin und flüsterte ihr etwas zu. »Ich fürchte, seine Lordschaft hat beschlossen, vorerst nicht zu heiraten. Falls du gehofft hast, er würde sich für deine Cousine interessieren.«

Teresa drehte den Kopf zu Rebecca und ihre grauen Augen weiteten sich. »Oh, das ist aber schade. Nun, es kann nicht schaden, wenn sie ihn kennenlernt.«

»Vermutlich nicht.« Rebecca spannte den Kiefer an. Sie wollte Nash nicht unbedingt mit ihr teilen. Es lag nicht in ihrem Sinne, dass die Zeit, die sie mit ihm verbrachte gestört wurde – und zwar weder durch heiratswütige Ladys oder Unbehaglichkeit, wie Nash sie an jenem Nachmittag in der Kutsche erlebt hatte. Viel lieber hätte sie mehr davon gehabt, was im Anschluss passiert war. Wenn sie nur einige schöne Erinnerungen an die Zeit in seinen Armen haben würde, gäbe sie sich zufrieden.

Wenn sie allerdings ehrlich war, wollte sie mehr.

Sie wollte, dass er sich ganz auf sie konzentrierte.

»Schmeckt Ihnen das Bier, Mylord?«, fragte Helen.

»Ja«, sagte er. »Sie können meines kosten, wenn Sie wollen.« Er schob der jungen Schönheit seinen Krug hin.

Wie eine ausgefuchste Kokette klimperte sie ihn mit den Wimpern an. »Das ist sehr großzügig von Ihnen.« Geziert hob sie den Krug in die Höhe, als würde sie eine Teetasse in die Hand nehmen und schürzte die Lippen über den Rand. Alle beobachteten sie, wie sie einen kleinen Schluck nahm. Ihre Augenbrauen schossen in die Höhe, als sie den Krug wieder auf den Tisch stellte. »Das ist etwas ... bitter.«

»Es ist nicht das Bitterste, das ich je probiert habe«, bemerkte Rebecca, und obwohl sie sich auf das Bier bezog, wurde ihr klar, dass ihre Aussage sehr vieldeutig sein konnte. Genau diese Situation stimmte sie überaus verbittert.

Dann nahte die Rettung in Form der Maikönigin höchstselbst. »Leah!« rief Rebecca und brachte Leah dazu, sich umzudrehen. Phin stand neben ihr, aber er unterhielt sich mit jemand anderem. Leah stellte sich auf die Zehenspitzen und flüsterte ihm etwas ins Ohr, bevor sie auf Rebecca zuging.

Rebecca rutschte zum anderen Ende der Bank, wo noch für eine Person Platz war, und erhob sich. »Bitte entschuldigt mich«, sagte sie zu Nash und den Ladys, ehe sie sich beeilte, zu Leah zu gelangen.

»Oh«, meinte diese überrascht, als Rebecca ihr den Weg zum Tisch verstellte. »Ich wollte Creslow gerade guten Abend sagen.«

»Er unterhält sich mit Teresa Albright oder wie auch immer sie jetzt heißt, und ihrer jungen, *schönen* Cousine Helen.«

Leah nickte langsam. »Ich verstehe. Dann lass uns einen kurzen Spaziergang unternehmen.« Sie hakte sich bei Rebecca unter. »Auch wenn sich das in diesem Gedränge als schwierig erweisen könnte.«

»Gehen wir einfach hier hinüber«, schlug Rebecca vor und führte sie zu der Hecke, die als Abgrenzung des Brauereigeländes diente.

»Meiner Vermutung nach wolltest du nicht mit Creslow und seinen Bewunderinnen zusammensitzen?« fragte Leah. »Das sind sie vermutlich.«

»Ja, so ähnlich.« Teresa hatte gehofft, dass Helen Nashs Aufmerksamkeit erregen würde. Ich habe ihr allerdings gesagt, dass er es sich, zumindest für den Augenblick, anders überlegt hat.«

»Hat er das?« Leah zog die Stirn ein wenig kraus. »Das wird für Aufsehen sorgen. Er gehörte natürlich zu den begehrtesten der anwesenden Junggesellen, zumal ich glaube, dass der Earl of Gilbourne abgereist ist. Warum hat der Marquess seine Meinung geändert?«

Rebecca überlegte, ob sie ihrer Schwester die Wahrheit verraten sollte. Es wäre so schön, sich jemandem anzuvertrauen. So etwas hatte sie noch nie gehabt. Sie warf einen Blick zu dem Tisch hinüber, an dem Nash mit Teresa und Helen saß. Letztere war so nahe an ihn herangerückt, dass sich ihre Arme berührten. Er sprach, und die Ladys hörten gebannt zu. Plötzlich lachten sie, und Nash grinste, ehe er seinen Krug hob, um etwas zu trinken.

Rebecca wandte ihre Aufmerksamkeit wieder Leah zu und beschloss, dass sie eine Vertrauensperson *brauchte*. »Unter uns gesagt, hat er nicht einmal nach einer ›richtigen‹ Frau gesucht. Er braucht eine Marchionnes und er muss einen Erben haben, um seine Pflicht zu erfüllen. Er strebt ein geschäftliches Arrangement ohne Liebe an. Als ich erfuhr, dass dies sein Ziel war, erklärte ich ihm, wie schwierig es werden könnte, dies auf diesem Fest zu finden, wo Liebesheiraten die Norm sind und erwartet werden.« Rebecca zögerte, auch noch den Rest zu erzählen, und dass sie ihre eigenen Vorbehalte hatte, eine Ehe zu arrangieren, die nicht auf Liebe aufbaute. Das hatte sie Nash nicht einmal gesagt, und musste das auch nicht, da er ihr gekündigt hatte.

Leah holte tief Luft. »Die Leute kommen zu diesem Fest, um Liebe zu finden. Er hat also die Suche nach einer Frau aufgeschoben?«

»Ja, er hat mir gekündigt.« Rebecca hielt kurz inne, um zu erklären, wie er das begründete und warum sie der Versuchung nachgegeben hatte.

»Es tut mir leid, das zu hören«, sagte Leah und berührte sie am Arm.

»Ich bin besorgt, dass dies ein schlechtes Licht auf meine Fähigkeiten werfen könnte, aber Nash hat mir versichert, dass er ein Empfehlungsschreiben für zukünftige Kunden verfassen wird.«

»Du nennst ihn fortwährend Nash. Ich nehme an, ihr seid euch bei eurer Zusammenarbeit näher gekommen?« Leah warf ihr einen vielsagenden Blick zu. »So nahe, dass du ihn heute Morgen zur Black Sheep Farm mitgenommen hast?«

Rebecca zuckte mit den Schultern und hoffte, Leah würde nicht bemerken, dass da noch mehr zwischen ihnen war. »Er hat seine Kutsche angeboten, weil es geregnet hat. Ich wollte nicht unhöflich sein und ihn nicht einladen. Wer hat es dir gesagt?«

»Thea. Ich habe sie vor einer Weile gesehen, als wir in den Gärten ankamen.«

Rebecca nahm Nash und die Ladys am Tisch erneut ins Visier. Eine dritte, unbekannte Frau saß nun auf der anderen Seite des Tisches. Er lächelte und lachte und schien sich zu amüsieren. Die unbekannte Frau beugte sich ganz nah zu ihm und sprach dicht an seinem Ohr. Er drehte ihr den Kopf zu, und einen kurzen Moment lang fragte sich Rebecca, ob sie sich küssen würden. Doch das geschah nicht. Sie unterhielten sich lediglich miteinander, aber wie es schien, recht intim. Plötzlich fühlten sich Rebeccas Hände und ihr Nacken klamm an.

»Er erinnert mich an deinen Mann, mit all den Frauen, die ihn anhimmeln«, sagte Leah. »Horatio Sweet war auf dem Fest sehr beliebt. Ich war damals so froh, als er sich für dich entschieden hat.«

»Das war ich auch«, murmelte Rebecca. »Aber ich habe mich gewaltig in ihm getäuscht. Sein Verhalten auf dem Fest war nicht echt.« Sie hatte das Risiko auf sich genommen, um von der Black Sheep Farm wegzukommen, und sie hatte ihre Hoffnungen auf eine liebevolle und fruchtbare Ehe gesetzt. Wie hatte sie es nur so viele Jahre mit ihm ausgehalten?

Wenn sie zurückblickte, war sie sich nicht sicher, wie ihr das nur gelungen war.

Leah blickte sie mitfühlend an. »Es tut mir leid, dass du nicht glücklich warst. Vielleicht findest du ja noch einmal die wahre Liebe. Viele Witwen finden ihr Glück. Erst letztes Jahr hat sich eine Witwe, die ich aus London kannte, verliebt und geheiratet. In diesem Jahr sind sie sogar zurückgekehrt, um ihr unerwartetes Glück zu feiern.«

Und wieder. Als hätte Rebecca jemals Liebe erlebt. »Das erwarte ich für mich nicht«, sagte Rebecca steif. Plötzlich wurde sie von ihren Gefühlen überwältigt und musste schlucken und blinzeln, um keine Träne zu vergießen. Sie sah ihre Schwester an und fragte ernsthaft: »Wie hast du das gemacht? Wie hast du es geschafft, Phin trotz allem zu lieben? Woher hast du überhaupt gewusst, wie Liebe sich darstellt oder wie sie sich anfühlt?«

Leah presste ihre Lippen aufeinander und brauchte einen Moment für ihre Antwort. »Ich bin mir nicht sicher. Ich weiß nur, dass Phin immer in meinem Herzen war, zuerst als guter Freund, dann als etwas, das ich nicht beschreiben konnte, weil ich zu jung war, und schließlich als romantischer Partner, obwohl ich nie dachte, dass er meine Gefühle erwidern würde.«

»Hast du Marrywell deshalb verlassen?«

»Zum Teil, aber hauptsächlich, weil ich einfach von der Black Sheep Farm weg musste. Du weißt schon. Du hast das Gleiche getan.«

Rebecca nickte, und ihre Kehle war wie zugeschnürt.

Wieder berührte Leah Rebeccas Arm und strich ihr über den Oberarm. »Du hast Liebe gefühlt, ob du es weißt oder nicht. Erinnerst du dich an die kleine Ziege, die du praktisch aufgezogen hast? Du hast sie eindeutig geliebt.«

Ein Lachen sprudelte aus Rebeccas Kehle. »Ich habe Marigold geliebt. Vielleicht bin ich doch nicht so zerrüttet, wie ich dachte.« Denn sie sehnte sich nach der Liebe, und sie glaubte, sie zu erkennen. Wenn sie Nash mit den anderen Frauen beobachtete, überkam sie ein mulmiges Gefühl, und das war nicht nur eine eifersüchtige Reaktion. Sie verzehrte sich nach der Aufmerksamkeit, die er ihnen schenkte, weil sie ihm dasselbe zurückgeben wollte. Sie wollte jeden Moment mit ihm auskosten, der ihnen vergönnt war. War das Liebe?

Es spielte keine Rolle, denn er weigerte sich ja zu lieben. Sie musste die Affäre so schnell wie möglich beenden, ehe sie noch ihr Herz ganz an ihn verlor.

»Wir sind alle ein bisschen angeschlagen«, meinte Leah und drückte Rebecca kurz den Arm, ehe sie ihre Hand mit einem liebevollen Lächeln sinken ließ. »Und wir haben einander, um die beschädigten Teile zusammenzuhalten.«

Das hatten sie. Jetzt. »Das hatte ich noch nie. Phin sagte, ich könnte bei dir in Radford Grange wohnen. Ich würde gerne für den Rest des Festes bleiben, vielleicht auch etwas länger. Hättest du etwas dagegen?«

Leah grinste. »Ich würde mich sehr freuen. Bleib solange du willst.«

»Danke.« Ihre Erleichterung brach sich Bahn und Rebecca lockerte ihre Schultern. Was auch immer geschah, hatte sie nun etwas, das sie vor ihrer Rückkehr nach Marrywell in dieser Form nicht gehabt hatte – sie hatte ihre Familie zurück. Dann erblickte sie Jem, der auf sie zukam, und sie lehnte sich zu Leah.

Rebecca drückte die Hand ihrer Schwester. »Jeremiah Barstow ist direkt auf dem Weg zu uns. Bitte lass mich nicht mit ihm allein.«

»Warum nicht? Ich dachte, du magst ihn. Aber das war in einem anderen Leben, nicht wahr?«

Das war es in der Tat. »Er war vorhin ziemlich ... anzüglich.«

Leah machte große Augen. »Aber er ist verheiratet!«

»Ganz genau.« Die Aufmerksamkeit eines verheirateten Mannes war das Letzte, was Rebecca sich wünschte. Sie spannte sich an und hoffte nur, er würde nichts tun, was sie in Verlegenheit bringen könnte.

KAPITEL 11

Nash beobachtete, wie der schurkische Bierbrauer Rebecca einen Krug Bier reichte und sich viel zu dicht neben sie stellte. Immer wieder wanderte der Blick dieses Lüstlings zu ihren Brüsten, von denen Nash aus eigener Erfahrung wusste, dass sie sehr verlockend waren. Am liebsten wäre Nash aufgesprungen und hätte den Lüstling in den Boden gestampft.

»Mylord, haben Sie gehört, was ich gesagt habe?«, fragte die junge Frau neben ihm. Helen, deren Nachnamen er nicht einmal kannte, um sie anzureden, wie es sich geziemte, schaute ihn mit ihren großen braunen Augen an. Ihre Absicht, sein Interesse zu wecken, war völlig durchschaubar, und Nash hätte schon längst das Weite suchen sollen. Sie war nicht die Art von Frau, der er den Hof machen würde.

Hatte er nicht beschlossen, niemandem den Hof zu machen?

Doch hier war er in der Gesellschaft von drei Frauen und er flirtete mit ihnen, während Rebecca, welche die einzige Frau war, mit der er wirklich Zeit verbringen wollte, sich in der Gesellschaft eines anderen Mannes befand. Einem

Mann, der eindeutig etwas Unangemessenes im Schilde führte, eine Affäre vielleicht. Allerdings hatte sie bereits eine Affäre mit Nash.

Was um alles in der Welt tat er fern von ihr?

Wie immer war er oberflächlich und flirtete harmlos und gedankenlos, um tiefere Gefühle fernzuhalten. Wenigstens wurde ihm bewusst, wie schlecht er sich benahm, indem er Rebecca auf Abstand hielt, weil sie ihm zu nahe kam. Aber spielte das eine Rolle, wenn er sich weiterhin wie ein Flegel aufführte?

Nach der ereignisreichen Kutschfahrt hatte er den ganzen Nachmittag darüber nachgedacht, was zu tun sei. Er versuchte sich einzureden, dass der von ihm eingeführte Grundsatz: alles, was in der Kutsche passiert, bleibt auch in der Kutsche, genau das beschreiben könnte, was sich abspielte. Sie konnten also nicht nur die körperlichen Aktivitäten ignorieren, sondern auch so tun, als hätte ihr Gespräch nie stattgefunden. Sie konnten erneut so tun, als ob nichts geschehen wäre. Ehe er ihr etwas über Louisa erzählt hatte. Ehe er sich seine Verletzlichkeit zugestanden hatte.

Doch er hatte keinen Mut besessen, einmal mit ihr darüber zu sprechen. Jede Erwähnung von Louisa oder der Art und Weise, wie er seine Gefühle offenbart hatte, wühlte ihn ungemein auf. Stattdessen tat er genau das, was ihm leicht fiel: Er benahm sich wie ein sorgloser Frauenheld, der nicht von der Frau besessen war, die ihm in kürzester Zeit ans Herz gewachsen war.

Dann fing er zu zittern an und er hob seinen Krug, nur um festzustellen, dass er leer war. Warum zur Hölle hatte ihm dieser verflixte Brauer nicht auch einen frischen Krug gebracht?

Weil er gerade versuchte, einen Weg unter Ihre Röcke zu finden.

»Entschuldigen Sie, meine Ladys«, meinte er, ehe er überhaupt genau begriff, was er vorhatte.

Er erhob sich von der Sitzbank, schlängelte sich zwischen den beiden Frauen zu seinen beiden Seiten hervor und strich seinen Frack glatt, ehe er zu Rebecca ging, die mit ihrer Schwester und dem verkommenen Bierbrauer dort stand.

Nash lächelte und hoffte, nicht wie ein wildgewordener Hund auszusehen »Barstow, ich nehme nicht an, dass Sie mir auch ein Bier mitgebracht haben?«

Der schurkische Bierbrauer runzelte die Stirn, und seine hellen Brauen bildeten ein V. »Das habe ich nicht. Aber wir haben reichlich davon.«

»Vielleicht könnten Sie eines für mich holen?«, fragte Nash, wohl wissend, dass es unanständig war, einen solchen Gefallen zu erwarten. »Ich würde ja gehen, aber ich habe Mrs. Sweet einen Spaziergang versprochen.«

«Hier?« Der laszive Bierbrauer lachte. »Wenn Sie auf dem Brauereigelände spazieren gehen, schenke ich Ihnen ein ganzes Fass meines besten Bieres!«

»Die Herausforderung nehme ich an«, meinte Nash und bot Rebecca seinen Arm.

Sie starrte ihn einen Moment lang verwirrt an und dann legte sie eine Hand auf seinen Ärmel. Ihre Berührung zwang ihn beinahe in die Knie. Das war deutlich mehr als gefährlich. Wenn er noch mehr Zeit mit Rebecca verbrachte, drohte ihm die totale Katastrophe.

Doch er wollte sich nicht von ihr losreißen. Das hatte er heute Abend versucht, indem er sich mit den anderen Frauen unterhalten hatte, doch immer wieder suchte er nach Rebecca und wünschte sich, sie würde am Gespräch teilnehmen, um sich dann dafür zu verfluchen, ein Feigling zu sein.

Rebecca tauschte einen Blick mit ihrer Schwester aus. »Ich werde dich und Phin bald suchen kommen.«

Leah nickte. »Wir müssen gleich los und den Tanz eröffnen.«

Nash neigte seinen Kopf in Leahs Richtung. »Ich freue mich darauf, mit Ihrem Mann zu sprechen.«

Dann schob er Rebecca durch das Gedränge der Menschen weg und stellte fest, dass ein Spaziergang unmöglich war ja. Trotzdem blieb er hartnäckig. Sie würden nur sehr, sehr langsam vorankommen.

»Möchtest du mein Bier trinken?«, fragte sie. »Eigentlich hatte ich keins mehr gewollt. Es ist ziemlich stark.«

»Ja, danke.« Mit der freien Hand nahm Nash ihr den Krug ab und trank einen großen Schluck.

»Durstig?«, fragte sie ironisch.

»Ich versuche, das Geplänkel der letzten halben Stunde zu verdrängen.« Er schnitt eine Grimasse. »Das ist nicht nett von mir, so etwas zu sagen. Miss... Helen ist einfach sehr gesprächig.«

»Du schienst sehr interessiert zu sein. Hast du deine Meinung geändert, dass du dir keine Frau suchen willst?«

»Nein«, sagte er schnell. »Ich–« Er hatte keine Ahnung, was er ihr sagen sollte.

Oder was er tun konnte – er wollte Rebecca in seine Arme schließen und mit ihr zum Gasthaus zurückkehren, wo er sie ausziehen und ihr vor Wonne den Verstand rauben würde. Und er wollte genau das tun, was er in der Kutsche getan hatte: seine Gefühle verdrängen, um seinen Geist mit etwas anderem zu beschäftigen. Und seinen Körper.

Aber Rebecca in seinen Armen zu haben, bedeutete genauso viel wie jedes andere Gefühl, das er empfinden konnte. Denn augenscheinlich waren seine Gefühle bereits mit ihr verwoben.

»Was?«, fragte sie und blickte ihn erwartungsvoll an.

Er umrundete einen Tisch und zog sie mit sich, als ein großer Mann stolpernd gegen sie prallte und sie auseinanderriss. Fluchend griff Nash nach Rebecca, aber der Mann war im Weg. Nash sah entsetzt zu, wie Rebecca stürzte und mit dem Kopf am Tisch aufschlug, ehe sie auf dem Boden landete.

»Verdammt, Mann!«, rief jemand.

Nash eilte zu Rebecca. Mit geschlossenen Augen lag sie auf dem durchweichten Boden und ihr Gesicht war blass. Gott, atmete sie noch?

Die Panik ließ Nash völlig erstarren. Er stand einfach nur da, starrte auf sie hinunter und hatte Angst, sich zu bewegen.

Jemand stieß ihn an. »Creslow, was ist passiert?«

Nash hatte keine Ahnung, wer mit ihm sprach. Dann sah er zwei Personen, die sich neben Rebecca hinknieten. Die eine war ihre Schwester. Die andere war ihr Schwager.

Ein summendes Geräusch, wie ein Bienenschwarm, erfüllte Nashs Ohren. Die Welt schien zur Seite zu kippen. Was war geschehen?

Leah schob ihre Hand unter den Kopf ihrer Schwester. Ihre Finger waren blutverschmiert.

Nash befürchtete, dass er sich übergeben würde. Er wirbelte herum und sah sich dem riesigen Unhold gegenüber, der Rebecca umgerissen hatte. Ein anderer Mann hielt den Arm des Unholds fest und mit wütenden Gesichtszügen versuchte er, ihn wegzuziehen.

Ohne ein Wort ließ Nash den Krug fallen und schlug dem Unhold die Faust ins Gesicht. Der Mann taumelte nach hinten und stürzte schließlich gegen einen anderen Tisch, während die Leute ihm auswichen.

Das Summen verstummte und wurde durch die Kakophonie der Stimmen um ihn herum ersetzt. Nash drehte sich um und sah, wie Phin Rebecca in seine Arme schloss. Ihre Augen waren immer noch geschlossen … ihr Gesicht weiterhin blass. Blut lief ihr über die Schläfe und die Wange.

Nash fühlte sich, als wäre er derjenige, dem ins Gesicht geschlagen worden war. Er konnte kaum noch atmen. Und noch immer drohte ihm Übelkeit.

Leah hatte Mühe, wieder hochzukommen. Nash schaffte es zumindest, ihr auf die Beine zu helfen.

»Danke.« Sie schaute ihn prüfend an. »Sie sehen nicht gut aus.«

»Wo bringt Phin sie hin?«

»Nach Radford Grange. Jemand ist losgelaufen, um den Arzt ausfindig zu machen und ihn dorthin zu schicken.«

Nash bewegte sich nicht. Er atmete nicht einmal. Beides war ihm unmöglich.

Leah drehte sich langsam um. »Kommen Sie mit. Einer der Brauer leiht uns seinen Wagen, um sie zu transportieren.«

Irgendwie ging Nash hinter Leah her. Er wollte nicht gehen. Was, wenn Rebecca ernsthaft verletzt war? Oder schlimmer?

Es war nicht weit bis zu einem Seitentor, das offensichtlich so angebracht worden war, dass die Bierbrauer leicht Zugang zum Feld hatten. Ein unbekannter Mann half Phin, Rebecca hinten auf den Wagen zu legen.

Nash schwankte, sein Schritt wurde langsamer. Die Angst packte ihn innerlich und drückte ihn in einen engen, quälenden Knoten. Phin half Leah in den Wagen, dann kletterte er hinein, während der andere Mann sich auf den Fahrersitz setzte.

»Kommen Sie schon, Nash!«, rief Phin.

Nash zwang sich, weiterzugehen und hievte sich auf den hinteren Teil des Wagens, kurz bevor dieser sich in Bewegung setzte. Er hielt seinen Blick von Rebecca abgewandt.

Leah setzte sich neben ihn. »Sie wird wieder in Ordnung kommen. Ich weiß es einfach.«

Nash hörte die Besorgnis in ihrer Stimme. Wollte sie sich selbst oder ihn überzeugen?

Als sie in Radford Grange ankamen, war der Arzt bereits da. Offenbar war er in der Nähe des Tores zu den

Gärten gewesen und hatte es geschafft, schnell zu kommen.

Phin kletterte aus dem Wagen und half Leah herunter. Dann wandte er sich an Nash. »Helfen Sie mir, Rebecca herunterzuheben.«

Erschrocken erstarrte Nash. Er wollte sie nicht ansehen, geschweige denn anfassen. Die letzten Tage von Louisas Leben zogen an ihm vorüber. Sie war so blass gewesen, sogar grau, und schon leblos. Das Sterben hatte viel zu lange gedauert und ihn in einen Scherbenhaufen verwandelt.

»Helfen Sie mir schon«, drängte Phin und trieb Nash an, vom Wagen herunterzukommen.

Gemeinsam zogen sie Rebecca sanft ein Stück nach vorn. Ihr Kopf kippte etwas zur Seite, und sie stöhnte leise. Sie öffnete ihre Augen nicht. Blut bedeckte ihren Hals.

»Können Sie sie tragen?«, fragte Phin und sein Blick wanderte zu Nashs zitternden Händen.

Unfähig zu sprechen, schüttelte Nash den Kopf.

»Alles in Ordnung, ich habe sie.« Phin nahm sie in seine Arme und eilte zum Haus.

Leah ging dem Arzt entgegen und führte ihn hinein. Nash starrte auf die offene Tür. Es dauerte einen Moment, bis er sich aufraffen konnte. All die Emotionen, die er zu verbergen suchte, überfluteten ihn: Schrecken, Traurigkeit, überwältigender Kummer.

Er lenkte seine Schritte in die Eingangshalle und wusste nicht, wohin er sollte.

»Möchten Sie im Salon warten?«, fragte der tattrige Butler.

»Nein.« Das Wort war dunkel und hart. Nash wollte gar nicht warten. Er wollte fliehen.

Doch da stand er mit seinem erstarrten Körper, während er versuchte, seine Emotionen wieder zurück in den Abgrund zu drängen, aus dem sie aufgestiegen waren. Er hatte keine Ahnung, wie lange er am Ende so dastand, und in eine Art Betäubungszustand verfallen war.

Ein Dienstmädchen kam auf ihn zu, ihr Gesichtsausdruck war freundlich. »Eure Lordschaft? Ich soll Euch ausrichten, dass Mrs. Sweet sich erholen wird. Der Arzt ist gerade dabei, die Wunde zu nähen. Ihr könnt heraufkommen, wenn Ihr wollt.«

Sie war also nicht in Gefahr, zu sterben.

Fast wären Nashs Beine unter ihm weggeknickt. Er streckte die Arme aus, um sich wieder ins Gleichgewicht zu bringen.

»Mylord?«, fragte das Dienstmädchen mit gerunzelter Stirn.

»Ich muss gehen«, krächzte er. »Bitte grüßen Sie Mrs. Sweet von mir.«

Er drehte sich um und stolperte in die Nacht hinaus, die nicht annähernd so finster war, wie die Angst in seinem Inneren.

~

*R*ebeccas Kopf fühlte sich an, als hätte jemand mehrmals mit etwas sehr Hartem draufgeschlagen. Und es nahm kein Ende. Das Pochen ging unaufhörlich weiter.

Sie lag in einem sehr bequemen Bett auf Radford Grange, und sie war von mehreren Kissen gestützt, weil der Arzt angeordnet hatte, ihr Kopf müsse hochliegen. Phin war gerade mit dem Arzt hinausgegangen, und Leah drückte vorsichtig ein kühles Tuch auf Rebeccas Kopf.

»Besser?«, fragte Leah mit einem schwachen Lächeln.

»Es geht so.«

»Möchtest du ein paar Schlucke Tee?«

Der Arzt hatte vorgeschlagen, dass Rebecca bis zum

Morgen weder etwas essen oder trinken sollte, für den Fall, dass ihr übel wurde. Das war bislang nicht der Fall, und ihr war nicht einmal schlecht, obwohl der Arzt sie diesbezüglich mehrmals gefragt hatte. Er hatte die Haut an einer Seite ihres Kopfes mit drei Stichen genäht. Das war das Schrecklichste, was Rebecca je hatte ertragen müssen. Der Arzt hatte ihr zumindest für diese Prozedur ein Glas Whisky gestattet.

»Lieber würde ich etwas mehr Whisky trinken.«

»Zufälligerweise könnte etwas davon im Tee enthalten sein.«

Rebecca schlug ihre Augen wieder auf und lächelte ihre Schwester an. Dann zuckte sie zusammen. »Danke, das wäre schön.«

Leah stand vom Bett auf und kam mit der Teetasse zurück. Sie hielt die Tasse und kippte sie ein wenig, während Rebecca vom Rand schlürfte.

Nachdem Leah die Tasse wieder auf den Nachttisch gestellt hatte, setzte sie sich wieder auf die Bettkante. »Es tut mir so leid, dass dir das widerfahren ist.«

»Ich kann mich nicht mehr richtig erinnern, was im Einzelnen vorgefallen ist. Ich ging mit Nash spazieren, und dann stieß jemand Gewaltiges mit uns zusammen. Ich weiß noch, dass ich gestürzt bin, aber ich habe mir nicht den Kopf angeschlagen.« Es schien, als hätte sie für ein oder zwei Augenblicke das Bewusstsein verloren, aber Rebecca erinnerte sich deutlich daran, dass sie inmitten einer Menschenmenge auf dem Boden lag. »Wo ist er?«

»Er war hier, unten, aber er ging, als er erfuhr, dass es dir gut geht.«

Er hatte sie verlassen ... schon wieder.

Leah runzelte die Stirn. »Du siehst enttäuscht aus.«

»Ich bin verärgert, dass er nicht geblieben ist.« Welchen Sinn hatte es jetzt noch, etwas zu verbergen? Falls es je einen

Grund dafür gegeben hatte. »Wir waren mitten in einer Liaison. Aber die Dinge begannen früher zu scheitern.«

Leah keuchte leise und presste ihren Finger auf ihre Lippen. »Tut mir leid, ich bin nur überrascht.«

»Wir haben uns vor Monaten kennengelernt, als Tante Jennet – Horatios Tante, bei der ich wohne – mich zu einer Hausparty ihrer Freundin mitnahm, die zufällig Nashs Cousine ist. Während dieses Aufenthalts hatten wir, äh, ein ... Intermezzo.«

»Ich werde meiner Fantasie freien Lauf lassen«, meinte Leah mit einem Lächeln.

»Wir wurden nicht miteinander bekannt gemacht. Ich wusste natürlich, wer er war, aber er kannte mich überhaupt nicht. Erst neulich habe ich ihn wiedergesehen, und er war schockiert, als er erfuhr, dass seine Heiratsvermittlerin die Frau aus der Bibliothek war.«

»Ein Intermezzo in einer Bibliothek?« Leah kicherte, doch dann wurde sie sofort wieder nüchtern. »Ich werde aufhören, weiter in dich zu dringen.«

»Das ist schon in Ordnung. Es gibt nicht viel zu erzählen. Wir trafen uns hier in Marrywell, er erzählte mir von seinen Anforderungen an die Ehe. Gemeinsam versuchten wir, herauszufinden, ob irgendeine Kandidatin auf dem Fest passend wäre. Doch dann entschied er, dass es angesichts seiner Anforderungen sinnlos war, diese Bemühungen weiter voranzutreiben, und er entließ mich.«

»Der Schuft.«

»Ich sollte vielleicht noch anfügen, dass er nicht mit seiner Angestellten vögeln wollte und es deshalb für besser hielt, wenn ich nicht für ihn arbeite.«

»Nun, das rückt die Dinge in ein anderes Licht, nicht wahr? Habt ihr gevögelt, bevor es dazu gekommen war?«

»Nein, ich habe den Einwand vorgebracht, wir müssten professionell bleiben, selbst wenn es schwierig war. Ich muss

gestehen, dass wir eine beachtliche Anziehungskraft aufeinander ausüben.«

Leah lächelte. »Das ist schön.« Dann runzelte sie wieder
die Stirn. »Oder das wäre es, wenn er nicht weggelaufen
wäre.«

»Das spielt keine Rolle«, sagte Rebecca. »Es bestand keine
Hoffnung auf mehr als das, was wir miteinander hatten –
und das war eine flüchtige Affäre. Nash hat aus Liebe geheiratet und war untröstlich, als seine Frau starb. Deshalb
weigert er sich, sich noch einmal zu verlieben. Ich habe
versucht, aus Liebe zu heiraten, oder zumindest die Hoffnung darauf besessen, und war untröstlich, als Horatio sich
als egoistischer Schürzenjäger entpuppte. In den vergangenen Tagen ist mir bewusst geworden, wie gerne ich mich
verlieben würde – dieses Mal allerdings wahrhaftig. Sie holte
tief Luft und zwang sich, ihre Enttäuschung zu überwinden.
»Ich fürchtete, ich könnte mich in Nash verlieben. Das wäre
schlimm genug gewesen. Als wir uns vorhin auf dem Brauereigelände unterhielten, war ich zu dem Schluss gelangt,
dieser Affäre mit ihm ein Ende machen zu müssen.«

Sanft drückte Leah Rebecca die Hand. »Wolltest du
deshalb herkommen und eine Weile bleiben?«

Rebecca nickte und zuckte sofort zusammen.
»Verdammt.«

»Du musst schlafen«, sagte Leah und klang plötzlich sehr
bestimmt. »Ich habe die Dienstmädchen angewiesen, die
ganze Nacht auf dich aufzupassen – drei von ihnen werden
unterschiedliche Schichten übernehmen. Morgen früh
können wir dann über Nash sprechen. Oder auch nicht. Das
liegt ganz bei dir.«

»Das brauchen wir nicht.» Rebecca wollte ihn aus ihren
Gedanken streichen. »Würdest du jemanden schicken, der
meine Sachen aus dem Gasthaus holt?«

»Natürlich. Phin und ich werden uns um alles kümmern.

Du ruhst dich einfach aus.» Leah küsste Rebecca auf die Wange und stand auf. »Ich schicke das Dienstmädchen rein. Schlaf gut.«

»Gute Nacht.« Rebecca sah ihrer Schwester nach, die hinausging und dann fielen ihr die Augen zu. Dies war ein weitaus besserer Zustand für die fortwährenden Kopfschmerzen.

Was für ein schreckliches Ende für einen Tag, der so herrlich begonnen hatte.

Ihre Kopfwunde war schon schlimm genug, aber zu wissen, dass Nash einfach gegangen war, ohne sie zu besuchen, war noch schmerzhafter, als sie sich vorgestellt hatte. Und warum auch? Er hatte ihr nichts versprochen, und wenn sie Erwartungen hatte, war sie selbst schuld. Dennoch hätte ein Freund – der er angeblich war – sich ihres Zustands vergewissert.

Sie lenkte ihre Gedanken auf die Zukunft. Darauf musste sie sich konzentrieren. Sie würde wieder genesen und Zeit mit ihrer Schwester genießen. Vielleicht würde sie sogar bleiben, bis das Baby kam. Darauf freute Rebecca sich und auch darauf, ihre anderen Neffen und Nichten auf der Black Sheep Farm kennenzulernen.

Dann würde sie sich um ihren nächsten Kunden für eine Heiratsvermittlung kümmern. Würde Nash dennoch ein Empfehlungsschreiben für sie verfassen? Sie war sich nicht sicher, ob sie ihn noch einmal darum bitten würde. Im Moment schien es besser, die Verbindung zwischen ihnen einschlafen zu lassen – wie seine Abwesenheit heute Abend zeigte. Wenn ihr das Glück beschieden war, Liebe zu finden, geschähe dies wahrscheinlich nicht mit Nash zusammen.

KAPITEL 12

m nächsten Morgen waren Rebeccas Kopfschmerzen ein wenig abgeklungen, aber ihre Stimmung hatte sich deutlich verschlechtert. Es war ihr schwer gefallen, zu schlafen. Eine Kopfverletzung war ohnehin schon schlimm genug, aber dann kam noch die Frustration über einen gewissen Gentleman hinzu, und Rebecca war einfach nur mürrisch.

Sie hatte versucht, ihre Gedanken auf die Zukunft zu konzentrieren, auf Pläne, die sie sie schmiedete, aber nichts davon löste ihr Problem: Sie hatte sich bereits in Nash verliebt. Und nun musste sie einen Weg finden, diese Liebe wieder loszuwerden. Am besten so schnell wie möglich.

Leider musste sie immer wieder daran denken, wie schwierig das werden würde. In kürzester Zeit hatte sie auf ihn gezählt. Er war für sie da gewesen, als sie sich mit Leah versöhnt hatte. Er hatte sogar maßgeblich dazu beigetragen, dass es überhaupt dazu kam. Dann hatte er ihr wunderbar beigestanden, als sie die Black Sheep Farm besucht hatte.

Bis er sie im Stich gelassen hat.

Sie kannte den Grund. Furcht war ein machtvoller Motivator. Deshalb hatte sie die Chance ergriffen, Horatio zu heiraten, und deshalb war sie seit fast einem Jahrzehnt nicht mehr nach Marrywell zurückgekehrt.

Das Schlimmste war allerdings, dass sie keineswegs auf Nash wütend war, weil er die Flucht ergriffen hatte, sondern sie wollte für ihn da sein, wie er für sie da gewesen war. Auch wenn sie wusste, dass all dies keinen Sinn hatte. Nie würde er sie lieben, wie sie ihn liebte.

Mit einem strahlenden Lächeln trat Leah ins Schlafzimmer. »Du hast Besuch!«

Rebeccas Herz machte einen Sprung.

Leah trat weiter in den Raum und drehte sich um, als der Besucher hereinkam. Es war ihr Vater.

Rebeccas Vorfreude erlosch zu Asche.

»Guten Morgen, Becky Bex!«, begrüßte er sie lächelnd und schwenkte eine Vase mit einem Strauß Pfingstrosen. Die Rosen leuchteten in verschiedene Rosatöne und sogar eine weiße Pfingstrose war darunter.

»Guten Morgen, Papa, aber nenn mich bitte nicht mehr so.«

Ihr Vater runzelte die Stirn. »Ist es, weil Leah keinen Spitznamen hatte?«

»Ja.« Rebecca warf ihrer Schwester einen entschuldigenden Blick zu.

»Zufällig nennt er mich jetzt Leah Leonie«, meinte Leah und verdrehte die Augen ein wenig dabei, was ihr Vater nicht sehen konnte, da sie hinter ihm stand. Außerdem sah er Rebecca an.

Rebecca presste die Lippen zusammen, um nicht zu lachen. »Dann ist es wohl in Ordnung. Vielleicht sollten wir dich alle Papa Poppy nennen.«

Er strahlte. »Ich hätte nichts dagegen.«

Leah nahm ihm die Vase ab und stellte sie auf den Tisch

neben Rebeccas Bett. »Phin ist losgegangen, um deine Sachen aus dem Gasthaus zu holen«, murmelte sie.

Obwohl sie sich nicht einmischen wollte, würde Rebecca unbedingt wissen wollen, wie es weiterging. Würde Phin Nash treffen, oder war es möglich, dass Nash bereits abgereist war? Jetzt endlich fühlte sie sich ein bisschen unbehaglich, aber das hatte nichts mit ihrem Kopf zu tun.

»Sagst du mir Bescheid, wenn er zurückkommt?«, fragte sie leise und begegnete Leahs Blick.

»Was ist das für ein Getuschel?«, fragte ihr Vater und wechselte zur anderen Seite des Bettes, um Leah gegenüberzustehen.

»Nichts, Papa Poppy«, sagte Leah. »Ich habe Rebecca gerade erzählt, dass Phin zum Buck and Maiden gefahren ist, um ihre Sachen zu holen, da sie hier bleiben wird.«

»Das ist nett von ihm.« Er runzelte die Stirn und richtete seine Aufmerksamkeit auf Rebecca. »Ist dein Arbeitgeber, Lord Creslow, nicht im Gasthaus? Warum hat er deine Sachen nicht mitgebracht?«

Rebecca atmete aus. »Er ist ein Marquess und hat keine Dienerschaft bei sich. Du kannst nicht erwarten, dass er meine Kleidung und andere Dinge hier abliefert. Außerdem besteht die Möglichkeit, dass er bereits nach London zurückgekehrt ist.« Sie versuchte, sich auf das Schlimmste vorzubereiten. Oder vielleicht wollte sie das Schlimmste von ihm denken, um sich nicht mehr zu verlieben. Ja, das würde funktionieren. Oder etwa nicht?

»Warum sollte er gehen, wenn du verletzt bist?«, fragte ihr Vater. »Ich hatte den Eindruck, dass er sich um dich sorgte, als er dich gestern zur Black Sheep Farm begleitete.«

War das erst gestern gewesen? Der Besuch schien bereits ein ganzes Jahr zurückzuliegen. »Dein Eindruck war falsch.« Rebecca zuckte zusammen, als ein Schmerz ihre Kopfhaut durchfuhr. »Lassen Sie uns über ein anderes Thema als den Marquess reden.«

»Sehr gut.« Ihr Vater strahlte. »Wie lange wirst du hier in Radford Grange bleiben?«

»Zumindest so lange bis ich wieder gesund bin.« Der Arzt sagte, es würde etwa vierzehn Tage dauern, vielleicht auch länger. Rebecca hatte es nicht eilig, nach Leighton Buzzard zurückzukehren. Sobald es ihr gelungen war, ihre Gedanken von Nash abzulenken, hatte sie sogar die Idee ihres Vaters in Betracht gezogen, die »Marrywell Heiratsvermittlerin« zu werden. Während des Festes und auch darüber hinaus könnte sie einer ganzen Reihe von Menschen helfen.

»Du bist in meinem Haus auf der Black Sheep Farm immer willkommen«, bemerkte er warmherzig und sein Blick traf auf ihren. »Es wäre mir eine große Freude, dir eine Hilfe sein zu können.«

Als Rebecca überlegt hatte, dauerhaft nach Marrywell zurückzukehren, hatte sie nicht daran gedacht, bei ihrem Vater zu leben. »Danke für das freundliche Angebot, Papa Poppy. Im Moment werde ich mich darauf konzentrieren, mich auszuruhen und zu erholen. Ich denke auch über deinen Vorschlag mit der ›Marrywell Heiratsvermittlerin‹ nach.«

»Was soll das heißen?«, fragte Leah mit großem Interesse. »Heißt das, du würdest hier in Marrywell leben?«

»Das würde ich. Ich denke noch über die Idee nach.«

»Ich freue mich, dass du diese Möglichkeit in Betracht ziehst«, freute sich ihr Vater. »Dich zusammen mit Leah zu Hause zu haben …« Er schaute zwischen ihnen hin und her, seine Augen wurden feucht. »Das ist mehr, als ich mir je erträumt habe.«

Rebecca schaute ihn an. »Warum bist du jetzt so liebenswert? Wo war diese Seite von dir, als wir Kinder waren? Als

Mutter uns alle, besonders Leah, unglücklich gemacht hat?«
Diese Fragen laut zu stellen, war unglaublich befreiend.

Das Gesicht ihres Vaters wurde aschfahl, und er wirkte
ein wenig unsicher. Rebecca empfand Mitleid mit ihm, doch
sie erkannte auch, dass er, wenn er von Gewissensbissen
geplagt wurde, diese auch verdiente.

»Weil ich jetzt liebenswert sein *kann*«, antwortete er leise.
»Harriet hat uns alle Freude aus dem Leben gerissen. Ich
werde dir sagen, was ich auch Leah gesagt habe – ich habe
die Liebe anderswo gesucht und gefunden. Ich habe Leahs
Mutter sehr geliebt. Ihr Tod hätte mich fast zerstört. Ich habe
mir Sorgen gemacht, weil Leah keine Mutter hatte. Ich
dachte, ich würde ein Problem lösen, als ich Leah mit nach
Hause brachte, und ich war erleichtert, als Harriet
zustimmte, sich um sie als Mitglied unserer Familie zu
kümmern.«

Der dumpfe Schmerz in Rebeccas Kopf wurde ärger. »Sie
hat Leah nie wie ein Familienmitglied behandelt.«

»Nein, das hat sie nicht.« Er ließ den Kopf hängen, ehe er
einen Stuhl neben das Bett zog und sich auf der Kante
niederließ. Er ließ den Blick von Leah zu Rebecca wandern,
dann fixierte er einen Punkt irgendwo zwischen den beiden
Schwestern und stieß die Luft aus. »Harriet war Leah gegenüber anfangs eher gleichgültig. Später, als Leah vielleicht vier
oder fünf Jahre alt war, fiel mir auf, dass Harriet sie ein
wenig kühler behandelte als ihre anderen Geschwister.
Ehrlich gesagt war sie eine so stachelige Person, dass ich
lange Zeit gar nicht gemerkt habe, wie schlimm sie war.
Irgendwann habe ich mich in der Verwaltung der Farm
vergraben.«

»Daran kann ich mich gut erinnern, ja«, meinte Rebecca.

»Sie war nicht immer so.« Ein schwaches Lächeln
umspielte seinen Mund. »Sie hat früher sogar gelacht, was
man kaum glauben kann. Oh, man hätte sie nie als charmant

bezeichnet, aber sie war eine ausgezeichnete Gehilfin, und mein Vater sagte, das sei die wichtigste Eigenschaft einer Bäuerin. Dann änderte sich alles, nachdem sie Barn geboren hatte. Ganz allmählich wurde sie damals zu der frigiden Frau, die ihr alle gekannt habt.«

Rebecca konnte sich ihre Mutter kaum lächelnd vorstellen, geschweige denn lachend. Sie tauschte einen fragenden Blick mit Leah aus, ehe sie ihren Vater stirnrunzelnd ansah. »Ich verstehe immer noch nicht, wie du ihr Verhalten und vor allem die Art und Weise, wie sie uns behandelt hatte, so lange ertragen konntest.«

»Ich hatte wohl das Gefühl, dies tun zu müssen, nachdem ich sie gebeten hatte, Leah bei uns aufzunehmen. Ich hatte sie für eine gefühllose Frau gehalten, aber wie konnte sie das sein, wenn sie sich bereit erklärt hatte, sich um Leah zu kümmern? Sie hat sie sogar an ihrer eigenen Brust gestillt.«

»Sie hatte also doch ein bisschen Gefühl«, murmelte Leah. »Schade, dass es nicht gehalten hat.«

»Nein, hat es nicht. Ich kann sie und ihr Verhalten nicht einmal ansatzweise begreifen. Nachdem ihr alle aus dem Haus wart, habe ich aufgehört, nett zu sein. Ich sprach fast gar nicht mehr mit ihr. Die Black Sheep Farm wurde ein sehr stiller Ort, außer wenn Barn und seine Familie im Haus waren, was nicht sehr oft vorkam. Normalerweise besuchte ich sie in ihrem Häuschen. Vor ein paar Jahren schlug ich sogar vor, die Häuser zu tauschen, aber Harriet wollte davon nichts wissen.« Er sah Leah an, und seine Augen waren feucht. »Ich kann dir gar nicht genug dafür danken, dass du sie für die Abreise bezahlt hast. Ich habe deine Freundlichkeit nicht verdient.«

»Meine Motive waren rein egoistischer Natur«, sagte Leah ironisch. »Aber ich bin froh, dass alle anderen auch zufrieden sind.«

Ihr Vater wischte sich mit der Hand über die Augen. »Es

tut mir einfach alles so schrecklich leid. Wenn ich die Zeit zurückdrehen und alles ändern könnte, würde ich das tun. Ich war so ein Feigling. Angst kann eine bösartige Angelegenheit sein.«

Da war wieder dieses Wort – Angst. Rebecca atmete scharf ein, was Leah dazu veranlasste, sie fragend anzuschauen. Doch Rebecca sagte nichts, schüttelte auch nicht den Kopf, denn das wäre noch zu schmerzhaft.

Leah strich sich mit der Hand über ihren wachsenden Bauch. »Wichtig ist, wie es weitergeht.«

»Wir dürfen uns nicht von der Angst leiten lassen«, meinte Rebecca.

»Nein, das dürfen wir nicht«, stimmte ihr Vater zu. »Hoffentlich können wir alle glücklich werden. Das ist mein größter Wunsch für euch beide - und auch für Barn und Meg.« Er schenkte ihnen ein hoffnungsvolles Lächeln.

»Ich arbeite auf jeden Fall daran«, meinte Leah lachend, die ihre Hand noch auf ihrem Bauch hielt.

Rebecca wünschte, sie könnte dies ebenfalls tun. Gegenwärtig schien das Glück allerdings außer Reichweite zu sein.

~

Nash öffnete ein Augenlid und schielte auf den Nachttisch, auf dem eine halbleere Flasche Port stand. Die hatte er sich besorgen müssen, nachdem er die andere Flasche ausgetrunken hatte.

Nash pochte der Schädel von dem ganzen Portwein und dem Bier, das er zuvor getrunken hatte. All das war jedoch notwendig gewesen. Wie hätte er sonst auch nur eine Spur von Ruhe finden können?

Das war ihm allerdings nicht gelungen. Nachdem ihm die Augen zugefallen waren und er der Dunkelheit erlegen war, fühlte er sich keineswegs erfrischt. Und das hatte er auch nicht verdient.

Wie ging es Rebecca heute Morgen? War sie wütend, weil er nicht geblieben war, um sie zu sehen?

Er war so ein verdammter Feigling.

Doch was er am meisten befürchtet hatte, war bereits geschehen. Er sorgte sich um Rebecca. Er litt bereits Höllenqualen bei dem Gedanken, ihr könnte etwas Schlimmes zugestoßen sein. Denn es *war* etwas Schlimmes passiert.

Der Schmerz, sie auf dem Boden liegen zu sehen, während das Blut aus ihrer Wunde strömte, hatte ihn vollkommen außer Gefecht gesetzt. Der Schmerz, Louisa verloren zu haben, hatte sich verzehnfacht. Würde das nie ein Ende nehmen?

Ein Klopfen an der Tür zu seinem Schlafzimmer riss ihn aus seinen Gedanken. Er hatte um nichts geklingelt, was konnte es also sein?

Nash glitt aus dem Bett und streifte seinen Hausmantel über. Er bewegte sich langsam, was zum Teil an seinem hämmernden Kopf lag, aber auch an einer plötzlichen Angst. Was, wenn es schlechte Nachrichten waren? Vielleicht ging es Rebecca ja doch nicht gut.

»Nash? Sind Sie dort drinnen? Ich bin es, Phin.«

Der Schrecken fuhr Nash in die Brust. Ein paar Meter vor der Tür blieb er stehen und rang um einige rasche Atemzüge.

Wieder eine Reihe von Klopfzeichen. »Nash?«

Nashs Herz schlug wie wild zwischen seinen Rippen, als er die Tür öffnete und Phins Blick begegnete. »Guten Morgen.«

Phin fiel die Kinnlade herunter. »Großer Gott, Sie sehen ja entsetzlich aus.«

»Ich fühle mich entsetzlich.« Nash ballte seine freie Hand zu einer festen Faust, als ihn die Angst übermannte. »Wie geht es Rebecca? Bitte sagen Sie mir, dass es ihr gut geht.«

»Sie erholt sich. Der Arzt hat ihre Kopfhaut mit drei Stichen genäht, also fühlt sie sich nicht besonders.« Phin legte die Stirn in Falten. »Darf ich reinkommen?«

Nash löste seine Hand von der Tür, um sie zu schütteln, als eine Mischung aus Erleichterung und Angst durch seine Adern strömte. Anstatt Phin zu antworten, öffnete er die Tür einladend weiter.

Phin betrat das Wohnzimmer. »Ich bin gekommen, um Rebeccas Sachen aus ihrem Zimmer zu holen. Sie wird in Radford Grange bleiben, während sie sich erholt.«

»Sie wird sich wirklich erholen?« Emotionen schossen in Nashs Kehle hoch, und das letzte Wort kam trocken und abgehackt heraus.

»Das sagt der Arzt, ja. Sie hatte eine unruhige Nacht wegen der Schmerzen, vor allem wegen der Nähte. Leah war bis spät bei ihr, aber dann habe ich sie ins Bett geschickt. Seitdem beaufsichtigen mehrere Dienstmädchen Rebecca, um sicherzustellen, dass sich ihr Zustand nicht verschlechtert.« Phin blickte ihn finster an. »Es wäre eine Hilfe gewesen, wenn Sie sich zu ihr gesetzt hätten.«

Eine Hilfe? Es wäre entsetzlich gewesen. An ihrem Bett zu sitzen und zu sehen, ob sie kränker würde. Wie viele Tage und Nächte hatte er bei Louisa gesessen? Er hatte zugesehen, wie ihr Zustand sich verschlechterte, wie jeden Tag ein bisschen mehr von ihr starb, bis sie schließlich aus dem Leben schied. Der Arzt hatte gedacht, dass ihre zunehmende Invalidität Nash auf den Verlust vorbereitet hätte. Das Gegenteil war der Fall, denn er hatte miterlebt, wie sie sich von einer jungen, lebhaften Frau in ein kränkliches Phantom und schließlich in eine Leiche verwandelt hatte, und das hatte auch Nash verändert. Zwar war er nicht krank gewesen, aber er hatte sich wie ein altes Gerippe gefühlt.

»Ich, ähm, konnte das nicht«, entgegnete Nash unter

Mühe. »Es wäre nicht angemessen gewesen«, setzte er zumindest seiner Ansicht nach hinzu.

Phins kastanienbraune Augenbrauen verengten sich zu einem scharfen V. »Warum nicht? Soweit ich weiß, habt ihr beiden eine Beziehung angefangen.«

Rebecca hatte ihnen – ihrer Schwester und Phin – von ihrer Affäre erzählt? Warum *sollte* sie sich ihrer Schwester *nicht* anvertrauen? »Das war nur vorübergehend.« Dieses Wort hörte sich für Nash jetzt so kalt an. Er bezweifelte, dass an seiner Beziehung zu Rebecca irgendetwas vorübergehend sein konnte. Auf irgendeine Weise würde sie für immer bei ihm bleiben. Er begegnete Phins Blick. »Würden Sie ihr meine besten Genesungswünsche übermitteln?«

»Das kann ich, aber es wäre am besten, wenn Sie das selbst erledigen könnten.« Phin holte verärgert Luft. »Ich weiß, dass wir uns gerade erst kennengelernt haben, aber ich muss sagen, dass Sie sich wie ein Mistkerl benehmen. Immerhin war Rebecca Ihre Angestellte. Sie könnten wenigstens für einen kurzen Besuch auf Radford Grange vorbeischauen.« Er warf Nash einen bösen Blick zu. »Können Sie das nicht?«

Es dauerte einen Moment und eine gewaltige Anstrengung, bis Nash antwortete. »Ich weiß nicht, ob ich dazu imstande bin«, flüsterte er. Der Gedanke, Rebecca mit bandagiertem Kopf im Bett liegen zu sehen ... Aber es ginge ihr gut. Es war nicht dasselbe wie bei Louisa. Trotzdem zitterte er: »Meine Frau ... sie ist gestorben. Sie war sehr lange Zeit krank. Ich habe mich um sie gekümmert, war monatelang an ihrem Bett. Nichts, was ich tat, hat einen Unterschied gemacht.«

Phin trat vor und sanft legte er eine Hand auf Nashs Schulter. »Das klingt unglaublich schmerzhaft. Ich kann verstehen, dass Sie versuchen, Ihrem Schmerz über den

Verlust von Rebecca auf diese Weise zu entkommen. Aber sie wird nicht sterben.«

»Nicht heute«, krächzte Nash. »Ich will diese Qualen nicht.« Doch sie waren Teil des Lebens, ganz gleich, wie sehr er versuchte, davor wegzulaufen. Er dachte an all die Schmerzen, die Rebecca hatte ertragen müssen, und trotzdem machte sie weiter. Tatsächlich hatte sie den Schmerz ihrer Vergangenheit verarbeitet und sich ihm sogar gestellt, indem sie nach Marrywell zurückkehrte und sich mit ihrer Familie aussöhnte. Im Gegensatz zu ihm lehnte sie die Liebe nicht ab und stellte keine törichten Forderungen, um ihr Herz zu schützen.

Erneut klopfte es an der Tür und Nash war für die Unterbrechung dankbar. Er beschrieb einen Bogen um Phin herum und öffnete die Tür. Zu seiner Überraschung stand dort Rebeccas Vater.

Mr. Webster neigte den Kopf. »Guten Morgen, Mylord. Verzeihen Sie, dass ich Sie störe, aber ich würde Sie gerne ein paar Minuten sprechen, wenn Sie erlauben?« Er blickte an Nash vorbei. »Phin, du bist ja immer noch hier.«

Nash gefror da Blut in den Adern. Er hielt sich am Türrahmen fest, während er Webster betrachtete. »Ist Rebecca etwas zugestoßen?«

Darauf zog ihr Vater die Augenbrauen zusammen. »Sie sprechen meine Tochter mit ihrem Vornamen an?«

»Ähm, ja. Sie war schließlich meine Heiratsvermittlerin.«

»Hmm.« Mr. Webster betrat den Raum und setzte seinen Hut ab, sodass sein größtenteils weißes Haar zum Vorschein kam.

Nash schloss die Tür, folgte dem Mann aber nicht. »Geht es ihr gut?«

»O ja, es geht ihr sehr gut.« Webster winkte mit der Hand, als wäre dies eine triviale Frage. »Abgesehen von der

Kopfwunde, aber davon wird sie sich erholen. Wie ich höre, waren Sie Zeuge der ganzen Sache?«

»Ja.«

»Und Sie haben nichts getan, um meiner Tochter zu helfen.« Er warf einen Blick auf Phin, der kein Wort sagte, sondern Nash nur erwartungsvoll ansah.

Sie würden unerbittlich sein. Und warum auch nicht? Sie liebten Rebecca und ihnen lag daran, dass es Rebecca gut ging. Das lag auch in Nashs Interesse.

Er konnte auch nicht leugnen, was nun seiner besten Absichten zum Trotz unerträglich offensichtlich war. Er liebte sie. Mit aller Macht. Würde er sie nicht lieben, wäre der Schmerz, sie beinahe zu verlieren, längst nicht so groß.

Es schien, als wäre es aller Anstrengungen zum Trotz unmöglich, sein Herz vollkommen zu verschließen. Wenn Rebecca sich dem Schmerz ihrer Vergangenheit stellen konnte, warum nicht auch er? Der Weg war ihm bereits aufgezeigt.

»Ich hatte Angst«, flüsterte Nash und richtete den Blick dabei zu Boden. »Das habe ich immer noch. Wenn ich sie verliere, so wie ich meine Frau verloren habe …« Seine Stimme brach beim letzten Wort. Er schlug sich die Hand vor den Mund.

Er spürte eine weitere Hand auf seiner Schulter, aber diesmal war es Webster. »Ich habe Sie gestern mit Rebecca auf der Black Sheep Farm gesehen. Ich weiß, wie es aussieht, wenn zwei Menschen eine Affinität füreinander haben. Was auch immer zwischen Ihnen ist, geht das über die Rollen der Heiratsvermittlerin und des Arbeitgebers hinaus.« Webster drückte Nash die Schulter, worauf dieser den Kopf hob. »Ich habe in meinem Leben zu viel Zeit mit Schweigen verbracht, während ich auf das Beste hoffte. Das werde ich nun nicht mehr tun, und Sie sollten das auch nicht. Auch ich habe eine Liebe verloren, und Sie *werden* sich erholen. Sie können das

Glück wiederfinden. Das haben Sie in der Tat verdient. Unsere Lebenszeit ist zu knapp bemessen, um nur zu beobachten, anstatt zu *leben*.«

Seine Worte trafen Nash tief im Inneren. Er konnte in seiner Angst leben oder auch nicht. Er wollte leben.

Er wollte lieben.

»Sie muss furchtbar wütend auf mich sein«, meinte Nash leise.

Phin legte den Kopf schief. »Sie ist verärgert, aber sie wird Verständnis haben, wenn Sie mit ihr reden.«

»Das wird sie«, stimmte Webster zu. »Ich wäre nachlässig, wenn ich Ihnen nicht sagen würde, dass Rebecca in ihrem Leben nicht annähernd genug Liebe erfahren hat. Ihre Hausziege, Marigold, war es, die sie am meisten geliebt hat. Die Mutter des armen Zickleins starb, als sie noch sehr jung war, und Rebecca nahm sich der Kreatur an, als wäre sie die Mutter des Tieres.«

»Was ist mit Marigold passiert?«, fragte Nash.

Webster zog eine Grimasse. »Sie wurde krank, als Rebecca siebzehn war. Rebecca pflegte das Tier ein paar Wochen, bis es friedlich einschlief.«

Nashs Magen krampfte sich zusammen. Rebecca hatte genauso gelitten, wie auch er gelitten hatte. Eine Ziege war vielleicht kein Mensch, aber er würde wetten, dass Rebecca die gleiche Liebe für sie empfunden hatte. Wegen des Kloßes in seiner Kehle konnte er nicht sprechen.

»Rebecca wird eine ausgezeichnete Ehefrau und Mutter sein – mit dem richtigen Mann«, prophezeite Webster. »Sie hat schon einmal unglücklich geheiratet, und es bricht mir das Herz, dass ich das nicht erkannt habe.«

Websters Worte, Rebecca hätte in ihrem Leben nicht genug Liebe erfahren, setzten sich bei Nash fest. Wie konnte er ihr verweigern, was sie am meisten verdiente? Wenn er sie liebte, und das tat er, sollte er sie dann nicht damit überschütten? Heute noch, so schnell wie möglich, und für immer?

Er musste nur den Mut aufbringen.

Mit einer Hand wischte Nash sich über das Gesicht und betrachtete die beiden Männer. »Ich weiß nicht, was ich tun soll. Ich habe alles verdorben.«

»Bringen Sie sich zuerst einmal in Ordnung«, schlug Webster vor. »Anschließend kommen sie nach Radford Grange.«

Eine Idee nahm in Nashs Kopf Gestalt an. »Sagen Sie ihr nicht, dass ich komme. Ich will sie überraschen.«

Phin blickte Nash erwartungsvoll an, so als würde er ihm nicht ganz über den Weg trauen. »Ich hoffe für Sie, dass es eine gute Überraschung wird.«

»Das ist meine Absicht.« Nash konnte nur hoffen, dass es funktionieren würde.

KAPITEL 13

Nach einem langen Mittagsschlaf erwachte Rebecca am Nachmittag und fühlte sich so gut wie seit dem Schlag auf den Kopf nicht mehr. Die Schmerzen waren deutlich abgeklungen, und sie hatte einen Bärenhunger.

Ehe sie eingeschlafen war, hatte der Arzt sie besucht und gesagt, sie bräuchte keine Aufsicht mehr. Das war erfreulich, denn Rebecca zog es vor, allein zu sein, um ihr leidendes Herz zu pflegen.

Sie läutete die von Leah auf ihrem Nachttisch platzierte Glocke und wartete, dass jemand kam. Sie brauchte zwar niemanden, der auf sie aufpasste, aber man hatte ihr auch geraten, bis zum nächsten Tag liegen zu bleiben.

Rebecca lehnte sich an die Kissen, schloss die Augen und überlegte, worauf sie Hunger hatte. Sie hoffte, sie könnte etwas Nahrhafteres als Toast zu sich nehmen. Einige Minuten später hörte sie, wie sich die Tür knarrend öffnete.

»Hast du Tee mitgebracht?«, fragte Rebecca.

Als niemand antwortete, schlug sie die Augen auf. Und erstarrte. Dann fiel ihr die Kinnlade herunter.

Nash stand am Fußende ihres Bettes, ein Tablett in den Händen. »Guten Tag, Rebecca.« Er lächelte sie an, als hätte ihre letzte Begegnung nicht damit geendet, dass er sich in die Nacht davongestohlen hatte, während man ihr den Kopf genäht hatte.

Zwar war sie froh, ihn zu sehen – und erleichtert, weil er Marrywell nicht verlassen hatte –, aber sie war auch irritiert, dass er nicht eher gekommen war. »Warum hast du so lange gebraucht?«

»Ich habe Ingwerkuchen aus der Bäckerei mitgebracht«, sagte er und wackelte mit den Augenbrauen. Als ob diese Besorgung einen guten Teil des Tages in Anspruch genommen hätte.

Sie hatte nicht vor, es ihm leicht zu machen. Er schuldete ihr eine Entschuldigung. »Deine Flirtversuche funktionieren bei mir nicht. Nicht mehr.«

»Wie wäre es mit leckeren Backwaren?« Er warf ihr einen hoffnungsvollen Blick zu, als er ihr das Tablett hinhielt.

Ihr Magen knurrte. »Ich werde einen Ingwerkuchen essen. Dann kannst du dich erklären, oder du kannst gehen.«

Er kam an die Seite des Bettes, bewegte sich mit der Grazie einer Katze und sah in seinem eleganten Anzug aus blauem Kammgarn wunderbar gut aus. Seine elfenbeinfarbene Weste war mit einer schlichten Blumenstickerei versehen, die sowohl männlich als auch elegant wirkte. Er war das genaue Gegenteil dessen, was er am ersten Festtag getragen hatte. Was für ein albernes Unterfangen das gewesen war - als ob er überhaupt jemals unattraktiv wirken könnte.

In der Zwischenzeit musste sie erschreckend aussehen, nachdem sie gezwungen war, im Bett liegen zu bleiben.

Er stellte das Tablett auf dem Tisch neben dem Bett ab, holte eine Serviette aus seiner Tasche und legte sie ihr schwungvoll auf den Schoß. Er reichte ihr ein Stück

Ingwerkuchen, und ihre Finger berührten sich, als sie es von ihm entgegennahm.

Rebecca ignorierte den Schauer der Freude, den seine Nähe auslöste, und nahm einen großen Bissen von dem Kuchen.

»Ich hatte gehofft, mit dir reden zu können«, sagte er schließlich. »Eigentlich musst du nicht reden. Du kannst einfach zuhören.«

Misstrauisch beobachtete sie ihn, als sie einen weiteren Bissen nahm.

Er hatte die Stirn in Falten gelegt und sein Gesicht war eine Spur blasser als sonst. Beinahe wirkte er nervös. »Es tut mir so leid wegen gestern Abend. Ich kann dir gar nicht sagen, wie froh ich bin, dass du aufrecht sitzt und es dir so gut geht.« Er blinzelte ein paar Mal, und sie fragte sich, ob er versuchte, nicht zu weinen.

Er fühlte sich miserabler, als sie gedacht hatte. Sein emotionaler Zustand ging über Angst hinaus. »Mir geht es gut, Nash. Wahrhaftig.«

»Ich bin so erleichtert. Ich hatte solche Angst. Dadurch bin ich wie erstarrt gewesen. Eigentlich hat sie mich an einen ziemlich finsteren Ort verbannt. Es war, als wäre ich wieder bei Louisa, meiner Frau, weil sie schließlich gestorben war. Monatelang saß ich bei ihr und musste mit ansehen, wie es ihr immer schlechter ging.«

Sein Schmerz war deutlich spürbar. »Es tut mir so leid. Bist du immer noch dort – an diesem düsteren Ort?«, fragte sie leise und es tat ihr weh, dass er noch immer so heftig unter dem Tod seiner Frau litt.

Er schüttelte den Kopf. »Nicht mehr. Und das habe ich dir zu verdanken. Du hast mir gezeigt, wie ich mich meiner Vergangenheit stellen kann. Das muss ich nur tun.«

Es juckte sie, ihn anzufassen und zu trösten. »Ich würde

dir helfen, wenn du es mir erlaubst.« Sie war offenbar noch nicht bereit, ihre Verbindung zu beenden.

Er schenkte ihr ein schiefes Lächeln, das ihr das Herz wärmte. »Ich hatte gehofft, dass du das sagen würdest. Kannst du mir verzeihen, Rebecca? Dafür, dich gestern Abend im Stich gelassen zu haben und dass ich mich dir nicht so anvertraut habe, wie du dich mir anvertraut hast. Mit jedem Schritt, den du in Richtung Heilung und Glück mit deiner Familie gemacht hast, ist meine Angst, glaube ich, gewachsen. Und das hatte ich niemals für möglich gehalten.«

»Was hast du nicht für möglich sein?«

»Die Liebe wieder zuzulassen. Da wir gerade davon sprechen, habe ich dir etwas mitgebracht.«

Mit einem Augenzwinkern wandte er sich rasch vom Bett ab und ging.

Was könnte er ihr mitgebracht haben, das mit Liebe zu tun hatte? Ihr Herz klopfte, als sie auf seine Rückkehr wartete.

Einen Moment später öffnete er die Tür weit und trug ein ... Ziegenbaby ins Schlafgemach. Rebecca keuchte und lehnte sich aus den Kissen nach vorne. »Was machst du da?«

»Ich habe dir eine Ziege mitgebracht. Du kannst sie Marigold nennen, wenn du willst.«

Die Tränen brannten Rebecca in die Augen. Diese Ziege sah nicht wie Marigold aus, die weiß gewesen war und einen schwarzen Streifen auf der Nase gehabt hatte. Diese Ziege war rotbraun mit weißen Socken. »Woher weißt du von Marigold?«

»Dein Vater hat es mir erzählt.«

Diese Antwort hätte Rebecca nie erwartet. »Mein Vater? Wann hast du mit ihm gesprochen?«

»Vorhin, als er mich besucht hat. Er sorgt sich sehr um dich. Das ist überaus herzerwärmend.«

Ihr Vater hatte Nash aufgesucht? Aber warum? Rebecca

wollte zwar mehr über diesen Vorfall wissen, aber sie war zu sehr von der niedlichen Babyziege abgelenkt. »Woher hast du sie?«

»Von Fieldstone. Ich habe meinen Freund, den Duke of Lawford, besucht. Zufälligerweise hatten sie ein Ziegenbaby, dessen Mutter die Geburt nicht überlebt hat.«

»Armes Baby.« Rebecca schob die Bettdecke zurück, damit sie aufstehen konnte.

»Nein, nein. Du darfst das Bett nicht verlassen.« Nash eilte zu ihr zurück und setzte ihr die Ziege auf den Schoß. Das Tier blökte und schmiegte seinen Kopf an Rebecca.

Lächelnd streichelte sie das weiche Fell der Ziege. »Ich kann sie nicht Marigold nennen. Es gab nur eine wie sie. Aber ich könnte sie Ginger nennen.«

»Wegen ihrer Fellfarbe oder wegen des Kuchens?«

Rebecca lachte und zuckte sofort zusammen.

Nash berührte ihren Arm. »Es tut mir leid! Ich bringe dich nicht mehr zum Lachen, das verspreche ich.«

Sie schaute zu ihm auf. »Warum tust du das alles? Ich verstehe, dass du dich schlecht fühlst. Du hast dich entschuldigt. Es gab keinen Grund, dir so viel Mühe zu machen.«

»Alles hat seinen Grund«, entgegnete er fest. »Dein Vater hat mir noch etwas anderes erzählt. Dass du in deinem Leben nicht annähernd genug Liebe erfahren hast. Diesen ungeheuerlichen Mangel möchte ich gerne korrigieren.«

Jetzt wusste sie, was er gemeint hatte. Marigold war ihre größte Liebe gewesen – bis jetzt. Atemlos fragte sie: »Wie willst du das anstellen?«

»Indem ich dir alle Liebe schenke, die ich habe. Mein Herz ist offenbar nicht so verdorrt und schwarz, wie ich angenommen hatte. Ich habe so sehr versucht, mich vor der Liebe zu schützen, vor dem Risiko, sie wieder zu verlieren. Am Ende war ich jedoch ein großer Versager.« Seiner Worte zum Trotz grinste er.

Sie unterdrückte ihr eigenes Lächeln. »Das scheint dich nicht zu stören.«

»Ganz im Gegenteil. Ich bin glücklicher, als ich je gewesen bin. Und ich werde noch glücklicher sein, wenn du mich vielleicht auch liebst.«

»Du liebst mich?«

»Auf eine Art und Weise, die sich nicht messen oder beschreiben lässt. Du hast mich vor einem Abgrund gerettet und mir gezeigt, dass mein Leben nicht vertan ist, dass es noch viel zu tun und zu erleben gibt. Das würde ich gern mit dir zusammen tun, wenn du mich haben willst.«

»Ist das ein ... Heiratsantrag?« Rebecca konnte seine Enthüllungen kaum fassen.

Neben dem Bett sank er auf seine Knie. »Das ist es. Werde meine Frau. Ich bitte dich. Jeder Augenblick, den ich mit dir verbringe, ist von Freude und Hoffnung erfüllt. All dies habe ich schon sehr lange nicht mehr gefühlt. Hoffentlich wirst du mich mit der Zeit auch lieben. Den Rest unseres Lebens – wie lange es auch immer währen mag – werde ich damit verbringen, dir meine Hingabe zu demonstrieren. Nie wieder werde ich dich verlassen.«

»Ich liebe dich bereits. Deshalb wollte ich unserer Affäre ein Ende machen. Ich sah keinen Sinn darin, sie fortzusetzen, da ich wusste, dass du mich nicht lieben konntest.

Er nahm ihre Hand, führte sie an seine Lippen und drückte ihr einen langen Kuss auf die Handfläche. »Ich war so ein Mistkerl. Kannst du mir je verzeihen?«

»Das kann ich. Das werde ich. Und ich werde dich heiraten.« Sie beobachtete, wie er die Lippen zu einem breiten Lächeln formte und seine Augen vor Rührung loderten – es war Liebe, das wusste sie jetzt. Wie wundervoll es war, die Liebe mit einem anderen Menschen zu teilen. Rebecca fühlte sich herrlich und sie strahlte wie die Sonne.

Noch einmal küsste Nash ihre Hand. »Du hast mich zum

glücklichsten aller Männer gemacht. Ich bete dich an.« Er stand auf und beugte sich vor, um seine Lippen auf die ihren zu drücken. Der Kuss war süß und voller köstlicher Versprechen.

Rebecca streichelte Ginger, deren Augen geschlossen waren, während sie ihren Kopf auf Rebeccas Knie bettete. »Warum hast du mir diese Ziege mitgebracht?« Sie kannte den Grund, aber sie wollte ihn aus seinem Mund hören.

»Weil du Marigold geliebt und sie verloren hast. Ich habe meine Frau geliebt – so innig – und habe sie auch verloren. Ich kann sie nicht ersetzen, wie du Marigold nicht ersetzen kannst, aber ich kann neu anfangen.«

Und das sagte er auf eine viel liebenswürdigere Weise, als sie erwartet hatte. Sie sah zu ihm auf. »Ich möchte, dass du mir von den Freuden und Sorgen deiner Zeit mit deiner früheren Frau erzählst. Kannst du das tun?«

Er nickte. »Das werde ich.«

»Küss mich noch einmal, bevor du mir eine Kanne Tee holst. Und mehr Essen. Die Kuchen waren köstlich, aber ich brauche etwas Deftigeres.«

Er neigte den Kopf und berührte ihre Lippen. »Jeder deiner Wünsche ist mein größter Wunsch.« Er küsste sie, ehe er zu Ginger hinunterblickte. »Was ist mit deinem neuen Haustier?«

»Lass sie hier bei mir. Sie ist das wunderbarste Geschenk.« Rebecca begegnete seinem Blick und sonnte sich in der Liebe, die sie darin sah.

»Nein, das bist du.«

»Das ist die *Liebe*«, meinte Rebecca, und noch nie zuvor im Leben war sie sich einer Sache so sicher gewesen.

~

Zwei Wochen später heiratete Nash die zweite Liebe seines Lebens. Er hatte es gerade noch geschafft, das erste Aufgebot an dem Tag verlesen zu lassen, an dem er den Antrag gemacht hatte, und dann war er zum Abendgottesdienst in die Marrywell-Kirche geeilt.

Nach einer prachtvollen Hochzeitszeremonie in derselben Kirche führte Nash seine schöne Frau in den Salon von Radford Grange. Dort wurden sie von den vielen Gästen, die an diesem Morgen unbedingt dem Hochzeitsgottesdienst beiwohnen wollten, mit einem begeisterten »Hurra« begrüßt.

Nash schaute zu Rebecca und konnte kaum glauben, wie sehr und schnell sich sein Leben verändert hatte. Vor nicht einmal drei Wochen hatte er sich auf ein Treffen mit seiner Heiratsvermittlerin vorbereitet. Weder hatte er sich sie noch die Geschehnisse vorstellen können, die sich anschließend ereigneten.

Und er war so unbeschreiblich dankbar. Dass er Rebecca gefunden hatte. Dass sie sich so gut von ihrer Verletzung erholt hatte. Dass er es geschafft hatte, verletzlich zu sein und sich zu erlauben, wieder zu lieben – und sich lieben zu lassen.

Rebeccas Vater war der Erste, der ihnen gratulierte. Monty Webster hatte ein oder zwei Tränen verdrückt, als er Nash seine Tochter am Altar übergab. Nash hatte dem Mann bereits dafür gedankt, ihn zur Vernunft gebracht zu haben, aber er tat es an diesem Morgen noch einmal in einem leisen Flüsterton.

»Du siehst absolut strahlend aus, meine liebe Becky Bex!«, schwärmte Webster mit einem stolzen Lächeln.

»Danke, Papa Poppy.« Rebecca wandte sich dem nächsten Gast zu, ihrer Schwester Meg, die mit ihrem Mann und drei Kindern aus Salisbury gekommen war. Sie umarmten sich kurz, und Meg versuchte, eine verirrte Locke hinter Rebeccas Ohr zu streichen. Doch die vereinzelte Locke war hartnäckig und weigerte sich, dort zu bleiben, wo sie sie platziert hatte.

»Ich habe es versucht«, meinte Meg seufzend. »Dein Haar war immer unmöglich zu bändigen.«

Nash liebte es. Obwohl er die rote Masse noch nicht gelöst und auf ein Kissen aufgefächert hatte, wollte er das noch in dieser Nacht tun. Die letzten vierzehn Tage hatten sie getrennt verbracht, obwohl Nash in Radford Grange wohnte, während Rebecca sich erholte.

Nash küsste Meg auf die Wange. Sie war etwas größer als ihre Schwestern, und ihr Haar war ein paar Nuancen dunkler als Rebeccas – es war eher kastanienbraun als rot. »Ich bin so froh, dass du kommen konntest«, meinte er.

»Bereite meiner Schwester bitte Freude.« Sie schenkte ihm ein keckes Lächeln, und er versprach, dies zu tun.

Nachdem er Megs Mann die Hand geschüttelt hatte, holte er Rebecca ein, die mit Nashs Mutter sprach. Georgiana Nash, die verwitwete Marchioness of Creslow, war ein paar Tage zuvor eingetroffen, um ihre neue Schwiegertochter kennenzulernen. Gerade als Nash dachte, dass er nicht glücklicher sein könnte, hatten die beiden sofort ein Band zueinander geknüpft.

Er umarmte seine Mutter, dann gingen sie zu seinen Schwestern und ihren Ehemännern weiter, die ebenfalls zur Hochzeit nach Marrywell angereist waren. Die Tatsache, dass sich seine Familie bei seiner zweiten Hochzeit enthusiastisch um ihn versammelt hatte, bedeutete ihm mehr, als er in Worte fassen konnte.

Ihre Freunde, der Herzog und die Herzogin von Lawford, und Rebeccas »Tante« Jennet vervollständigten die Gästeliste des Hochzeitsfrühstücks. Lawford fragte Rebecca, wie es Ginger ginge.

»Sie ist hier sehr glücklich. Ich hoffe, es macht ihr nichts aus, nach London zu reisen.« Rebecca blickte zu Nash. Er hatte zugestimmt, dass sie ihr Haustier für den Rest der Saison mit nach London nehmen sollten und dann nach Creslow Manor, wohin sie anschließend reisen würden.

Nash verdrängte diese Pläne aus seinen Gedanken. Die Vorstellung, Rebecca dorthin zu bringen – an den Ort, an dem Louisa krank darniedergelegen und gestorben war – erfüllte ihn mit Grauen, aber er war bereit, sich der Vergangenheit zu stellen, selbst wenn er sich nicht darauf freute.

»Du nimmst Ginger mit nach London?«, fragte Sadie, die Herzogin von Lawford.

Rebecca zuckte mit den Schultern. »Sie ist mein Haustier.«

Sadie lächelte. »Das finde ich wundervoll.«

Mit einem Blick in Richtung ihres Gastgebers flüsterte Nash: »Phin wird froh sein, die Reste seiner Pfingstrosen erhalten zu können.«

Sadies Augen weiteten sich und sie lachte leise. »Oje.«

»Anscheinend sind sie ziemlich lecker«, bemerkte Rebecca mit funkelnden Augen.

Nash starrte sie einen Moment lang an und konnte noch immer nicht glauben, dass sie ihm gehörte und er ihr.

Phin kam auf sie zu, und Nash fragte sich, ob er das Gesagte mitangehört hatte. Das schien aber nicht der Fall zu sein, denn er teilte ihnen lediglich mit, dass das Frühstück gleich serviert würde.

Während Rebecca weiter mit Sadie und Law sprach, trat Nashs Mutter neben ihn. Sie schien mit ihm reden zu wollen, also drehte er sich zu ihr um und entfernte sich ein wenig von den anderen.

»Ich möchte nicht stören, mein lieber Benji.« Sie war der einzige Mensch auf der Welt, der ihn so nannte, und er fühlte sich dabei immer wie ein kleiner, geschätzter Junge.

Er lächelte sie an. »Das tust du nicht. Ich bin so froh, dass du hier bist.«

Ihre blauen Augen funkelten vor Liebe. »Ich möchte an keinem anderen Ort sein. Deine Rebecca ist so reizend. Ich bin so froh, dich so glücklich zu sehen. Ich hatte schon Befürchtungen, dass du es nie wieder werden würdest.

»Das war auch meine Sorge gewesen« , entgegnete er leise. »Aber mir war das Glück beschieden, Rebecca kennenzulernen. «

»Du hast zweimal Glück gehabt. Es ist ein Segen, zwei Menschen lieben zu dürfen, die dich im Gegenzug sehr lieben. «

Er konnte nicht umhin, an ihr Unglück zu denken – sie hatte seinen Vater geliebt, der ihr seinen Beteuerungen zum Trotz, sie zu lieben, untreu geworden war. »Mama, vielleicht solltest du nächstes Jahr zum Fest zur Partnerfindung kommen. Vielleicht findest auch du dort die Liebe.«

Sie lachte fröhlich und warf ihm dann einen schüchternen Blick zu. »Das wird, glaube ich, nicht erforderlich sein. «

Nash erstarrte einen Moment lang und schaute sie hoffnungsvoll an. »Was meinst du damit?«

»Erinnerst du dich an Mr. Davenport? «, fragte sie und meinte damit einen Witwer, der in ihrem Viertel in Bath wohnte. Er war etwa so alt wie Nashs Mutter, und seit mehreren Jahren schon waren die beiden befreundet.

»Ja, gewiss. Er besiegt mich immer beim Schach.«

»Tatsächlich?« Sie lächelte liebreizend, wie man das beim Gedanken an jemanden tut, den man liebt.

»Mama, haben du und Mr. Davenport eine Beziehung zueinander?«

»Möglicherweise haben wir das.« Ihre Stirn legte sich leicht in Falten. »Du hältst mich nicht für töricht? Bestimmt sind wir zu alt, um noch einmal neu anzufangen.«

Die beiden waren erst Mitte fünfzig, aber selbst, wenn sie doppelt so alt gewesen wären, hätte er das Gleiche gesagt. »Man ist nie zu alt für die Liebe, und wir sollten ihr nachjagen und sie festhalten, wann immer sie unseren Weg kreuzt.« Er nahm ihre Hand und drückte sie sanft. »Ich freue mich ungemein für dich. Und für Mr. Davenport. Richte ihm aus, dass ich mich versichern werde, ob er dich glücklich macht.«

»Oh, das tut er, mein lieber Junge. Das tut er wirklich.«

Nash umarmte sie innig. »Das ist das beste Hochzeitsgeschenk, das ich mir hätte wünschen können.«

~

Nash und Rebecca lagen an diesem Abend zusammen in seinem ehemaligen Schlafgemach im »Buck and Maiden« . Sie wollten ihre erste gemeinsame Nacht unter sich verbringen, oder zumindest weit entfernt von Radford Grange.

Ihre Rückkehr in das Zimmer, in dem sie beendet hatten, was sie Monate vorher bereits begonnen hatten, schien ein passender Auftakt für ihr Leben als Ehepaar. Nachdem Nash ihr demonstriert hatte, wie sehr er sie vermisst hatte, nahm er sie in den Arm und fragte sie, ob sie wohlauf sei.

»Mir geht es gut«, meinte Rebecca mit einem Anflug von Verzweiflung. »Du warst sehr zärtlich zu mir, was ein bisschen bedauerlich ist, aber vermutlich haben wir ein Leben lang Zeit, um uns unsere Leidenschaft auf andere Weise zu demonstrieren.«

Er knabberte an ihrem Ohrläppchen. »Darauf kannst du dich verlassen.« Die Worte »ein Leben lang« jagten ihm einen eisigen Schauer über den Rücken, doch er war dabei zu lernen, seine Angst beiseitezuschieben. Er wollte jeden einzelnen Tag mit Rebecca genießen und furchtlos in ihre gemeinsame Zukunft blicken.

»Glaubst du, Ginger geht es gut?«, fragte sie.

Sie hatten ihren Neffen und Nichten erlaubt, sie mit zur Black Sheep Farm zu nehmen, während sie im Gasthaus wohnte. »Ich bin sicher, dass sie gut versorgt ist. Ich glaube, dass Abigail heute Nacht bei ihr in der Scheune schlafen wird.«

Mit neun Jahren war Abigail Megs ältestes Kind. Sie war ganz vernarrt in Ginger. Das ging sogar so weit, dass Meg ihr schon eine Zukunft mit Ziegen prophezeit hatte.

Rebecca gluckste. »Da könntest du recht haben.«

Nash streichelte ihr Haar, das er quer über das Kopfkissen gebreitet hatte. Das leuchtende Rot hob sich auf dem Schneeweiß ab. »Oh, ich wollte dir etwas Wundervolles erzählen.«

»Dass du mich liebst?«, stichelte sie.

Er küsste sie auf die Nase. »Ja, genau das. Und für immer. Außerdem scheint aber auch meine Mutter die Liebe wiederentdeckt zu haben, die sie für ihren lieben Freund und Nachbarn, Mr. Davenport empfindet. Er ist ein reizender Gentleman. Ich freue mich darauf, dich ihm vorzustellen. Wir werden einen Besuch in Bath einplanen müssen.«

»Meine Güte, wir haben sehr geschäftige Tage vor uns«, stöhnte sie. »Ich freue mich so sehr für deine Mutter. Vielleicht findet dieses Jahr ja noch eine Hochzeit statt.«

»Das wäre schön. Was ist mit deinem Vater?«, fragte Nash. »Denkst du, er würde versuchen, wieder die Liebe zu finden? «

Rebecca drehte ihren Kopf zu ihm und lachte. »Versuchst du jetzt, ein Heiratsvermittler zu werden? «

Grinsend zuckte er mit den Schultern. »Schätzungsweise möchte ich einfach, dass alle haben, was ich habe – ewige

Liebe zu einem Menschen, der mir das Gefühl gibt, vollständig zu sein.«

Sie drehte sich zu ihm um, und ihr Blick wurde ernst. »Fühlst du dich wirklich so? Vollständig meine ich.«

»So ist es. « Er streichelte ihr über die Wange. »Du bist mein Herz und meine Seele, meine Liebste.«

Sie formte die Lippen zu einem wunderschönen, verführerischen Lächeln, als sie seinen Kopf umfasste und ihren Mund ganz dicht an seinen brachte. »Und *du* bist mein.«

Während das letztjährige Fest zur Partnerfindung von Regen gebeutelt schien, war es in diesem Jahr bislang warm und sonnig, und heute, am Tag des großen Picknicks, war das Wetter am schönsten. Rebecca thronte auf einem Stuhl auf einer der Decken, weil sie zu schwer war, um sich auf den Boden zu manövrieren oder, was vielleicht noch bedeutsamer war, ohne Schwierigkeiten wieder aufzustehen.

Nash schwirrte wie eine verirrte Biene um sie herum, und er war verzweifelt bemüht, beschäftigt und hilfreich zu sein, doch er war nicht sicher, wie er das anstellen sollte. Er hatte bereits Rebeccas Stuhl herbeigeschafft, und einen kleinen Tisch, auf den er Limonade gestellt und einen Fächer bereitgelegt hatte, falls ihr zu warm werden sollte. Mit Letzterem hatte sie ihn abgewinkt und ihm vorgeschlagen, er solle mit Law, Phin und Barn das Brauereigelände besuchen.

Keiner der Männer hatte allerdings seinen Platz auf der Decke verlassen.

Barns Kinder tobten herum, während Sadies Älteste, die jetzt zwei Jahre alt war, hinter ihnen her tapste. Es gab auch einige Babys – das jüngste von Barn und Thea und Leahs Tochter, die gerade ins Krabbelalter gekommen war. Es war kein Wunder, dass Phin sich nicht zum Brauereigelände aufgemacht hatte. Leah und er waren voll und ganz damit beschäftigt, dafür zu sorgen, dass Rose nicht von der Decke krabbelte.

Sadie kam herbei und ließ sich neben Rebecca nieder. Sie erwartete ebenfalls ein Kind, allerdings erst im September, während Rebecca bereits im nächsten Monat entbinden sollte. Als Law gesehen hatte, wie Nash Rebecca einen Stuhl brachte, hatte er dasselbe für seine Frau getan.

»Wie kommst du zurecht?«, fragte Sadie sie mit einem Lächeln. »Ich fand den letzten Monat fast unerträglich. Ich fühlte mich einfach so *unförmig.* «

Die meisten ihrer Gedanken und Gefühle behielt Rebecca für sich, da Nash wegen der bevorstehenden Geburt bereits sehr aufgeregt war. Er hatte Angst, Rebecca oder das Kind zu verlieren, und sie wollte nicht zu seinen Ängsten beitragen. »Sag Nash nichts, aber ich fühle mich unwohl. Ich schlafe nur ein oder zwei Stunden am Stück. Ich gestehe, mich auf die nächsten Wochen nicht gerade zu freuen. Ist es schlimm, dass es mir nichts ausmachen würde, wenn das Baby früher käme?«

»Ganz und gar nicht. Und wenn ich das sagen darf, du siehst ganz so aus, als könnte es bald so weit sein.«

Rebecca lachte. »Leah und Thea haben das Gleiche gesagt – aber nicht vor Nash. Sie haben beide gefragt, ob ich das Datum richtig ermittelt habe, aber das habe ich absolut.«

Ein stechender Schmerz in Rebeccas Rücken ließ sie auf dem Stuhl schwanken. Sie griff nach dem Fächer, als ihr der Schweiß im Nacken ausbrach.

Sadie legte ihre Stirn in Falten. »Geht es dir gut? Das war ein gehöriges Zucken.«

»Nur Rückenschmerzen. Ich habe sie schon den ganzen

Tag immer mal wieder.« Rebecca entfaltete den Fächer und bewegte ihn vor ihrem Gesicht. »Ich sagte doch, dass ich mich unwohl fühle.«

»Den ganzen Tag?« Sadie machte große Augen. »Es könnte sein, dass das Baby auch gerne früher kommen würde.«

»Aber mir tut der Rücken weh«, meinte Rebecca und fühlte sich ein wenig beunruhigt. So sehr sie sich eine Erleichterung von der Schwangerschaft wünschte, war sie noch nicht ganz so weit. »Vielleicht muss ich nur einen Spaziergang unternehmen.« Sie stand vom Stuhl auf und spürte einen Schwall Flüssigkeit auf ihren Oberschenkeln.

Prompt setzte sie sich wieder hin.

Und stand wieder auf, als sie merkte, dass sie einen nassen Fleck auf ihrem Hintern haben würde.

»Sadie, ich muss nach Radford Grange. «

Sadie stand schnell auf und ihre Augen weiteten sich. Sie ergriff Rebeccas Hand. »Sofort. Was ist denn passiert?«

»Ich bin mir nicht sicher, aber ich glaube, das Baby will zu früh kommen. Wenn es nass wird...« Sie brauchte nicht zu Ende zu sprechen, bevor Sadie scharf und wissend nickte.

»Ja, das Baby will früher kommen. Komm, wir bringen dich nach Radford Grange.« Sadie legte einen Arm um Rebecca und führte sie dorthin, wo die Männer saßen.

Nash sah sofort auf und zog die Brauen zusammen. »Was ist los?« Er rappelte sich auf, bevor Rebecca antworten konnte, denn ein weiterer Schmerz überfiel ihren Rücken. Dann wanderte er um sie herum und umfasste sie von hinten nach vorne.

Keuchend griff Rebecca nach ihm. »Es ist Zeit, das Baby zu bekommen.«

Er ergriff ihre Hand, und sein Gesicht wurde blass. »Wir müssen dich nach Radford Grange bringen.«

Nash hatte darauf bestanden, seine Kutsche zu nehmen,

die vor dem nächstgelegenen Tor zu den Gärten geparkt war. Er hob sie auf seine Arme und eilte in diese Richtung.

»Wir treffen euch dort!«, rief Sadie ihnen nach.

Rebecca klammerte sich an seinem Hals fest. »Du kannst mich nicht den ganzen Weg tragen!«

»Zum Teufel, und wie ich das kann.« Er beschleunigte sein Tempo und keuchte verzweifelt, als sie die Kutsche erreichten.

Nachdem er sie auf dem Sitz abgesetzt hatte, wies er den Kutscher Timmons an, sich zu beeilen. Als er dann zu ihr in die Kutsche stieg, konnte sie erkennen, wie erschüttert er von dieser plötzlichen Entwicklung war.

»Mir geht es gut, mein Liebster«, sagte sie beruhigend. »Alles wird wieder gut.«

»Ja«, murmelte er, während sein Blick auf ihren dicken Bauch gerichtet war. »Aber es ist zu früh.« Er hob den Blick zu ihr, und sie konnte die Panik darin erkennen. »Es ist zu früh.«

»So früh ist es nicht. Es kann sein, dass dein Sohn einfach nicht so viel Zeit braucht wie andere Babys. Sowohl Leah als auch Sadie haben sich zu meinem Leibesumfang geäußert und gefragt, ob ich den Termin falsch eingeschätzt haben könnte.«

»Könntest du?« Er klang sowohl hoffnungsvoll als auch verzweifelt.

»Möglich ist es, nehme ich an«, log sie. Sie war sich sicher, wann sie ihre letzte Periode gehabt hatte.

Sein Gesicht verfinsterte sich, was sie erschreckte. »Ich habe niemandem aufgetragen, dass der Arzt geholt werden soll.«

»Das werden sie schon erledigen und auch Mrs. Campion.« Sadies Stiefmutter, die ihren Vater erst letzten Sommer geheiratet hatte, hatte schon bei vielen Geburten geholfen, darunter auch bei Leahs Tochter.

Rebecca nahm die Hand ihres Mannes und drückte sie. »Alles wird *gut werden*. Das musst du mir glauben.« Sie begegnete seinem Blick, und obwohl er ein wenig zögerte, nickte er schließlich.

Gerade in dem Moment erfasste ein weiterer Schmerz Rebeccas Mitte. Sie holte tief Luft und fluchte, als der Wagen in eine Spurrille geriet.

»Vorsichtig!«, rief Nash, als könnte der Kutscher etwas gegen die Beschaffenheit der Straße ausrichten.

»Atme, Rebecca«, meinte Nash und klang dabei bemerkenswert gelassen. Er hielt ihre Hand fest und legte die andere Hand hinter ihren Rücken, wo er sie in großen, kreisförmigen Bewegungen streichelte, und seine Handfläche immer wieder über ihren Rücken glitt.

Endlich ließ der Schmerz nach. Rebecca wusste, je kürzer die Abstände zwischen den Wehen wurden, desto eher würde das Baby kommen. »Sind wir bald da?«

»Wir müssen nur noch die Auffahrt rauf«, meinte Nash. »Im Handumdrehen bist du dann im Bett.« Er lächelte, und sie beugte sich vor, um ihm einen Kuss auf die Wange zu drücken. »Danke.«

Sobald die Kutsche zum Stehen gekommen war, riss Nash die Tür auf und sprang hinaus. Rebecca erhob sich vom Sitz und Nash half ihr beim Aussteigen. Ihre Füße berührten nicht den Boden, als er sie wieder hochhob und zum Haus trug.

Timmons beeilte sich, die Tür zu öffnen. Auf den unglaublich langsamen Butler zu warten, kam nicht in Frage. »Holen Sie Mrs. Appleton«, rief Nash dem Kutscher zu und meinte damit die Haushälterin.

»Bin schon unterwegs!«, antwortete Timmons, ehe er davonstürmte.

»Ich kann laufen«, meinte Rebecca. »Du kannst mich nicht die Treppe hochtragen.«

»Ich kann und ich werde.« Er schaffte es bis zum Treppenabsatz. »In Ordnung, du kannst den Rest des Weges laufen. Mit meiner Hilfe.« Er warf ihr einen strengen Blick zu, als er sie absetzte.

Rebecca fasste sich wieder und sah ihn stirnrunzelnd an. »Du bist sehr gebieterisch. Und nicht auf die entzückende Art, wie du manchmal im Bett bist.«

Er schloss kurz die Augen und lächelte – dieses strahlende, attraktive Lächeln, das ihr immer wieder weiche Knie bescherte. In diesem Moment war sie sich jedoch nicht sicher, ob die weichen Knie von dem Lächeln herrührten oder der nächsten Schmerzwelle, die über ihren Rücken bis in ihren Unterleib strahlte.

»Einen Moment«, meinte sie, biss die Zähne zusammen und ließ den Kopf nach vorne sacken, während sie seinen Arm umklammerte und drückte, bis die Kontraktion allmählich abklang.

»Wann immer du bereit bist«, sagte er und klang dabei wieder bemerkenswert ruhig. »Du machst das ganz wunderbar.«

Rebecca hob den Kopf und sah ihn böse an. »Woher willst du das wissen?«

»Law und Phin haben gesagt, dass das passieren könnte.«

»Was?« Rebecca kam wieder leichter zu Atem, als der Schmerz nachließ. »Ich bin so weit.«

Nash half ihr die Treppe hinauf. »Halte dich bitte mit der anderen Hand am Geländer fest.«

»Was haben Law und Phin gesagt, was passieren könnte?«

»Dass deine Laune, äh, sich verschlechtert. Und dass du dich vielleicht besonders ... über mich aufregst. «

»Ich verstehe.« Weder Leah noch Sadie hatten das erwähnt. »Ich weiß, dass sie aus dem Zimmer geworfen wurden, ehe die Babys kamen. Aber das wirst du nicht.« Rebecca schaute zu ihm hinüber, als sie den ersten Stock erreichten. »Du bleibst hier, damit du sehen kannst, dass alles in Ordnung ist.«

Und falls *doch* etwas passieren sollte, wäre er bei ihr.

~

Rebecca war erschöpft, aber triumphierend. Sie hatte nicht nur einmal, sondern *zweimal entbunden*. Ihre Tochter und ihr Sohn waren klein, aber der Arzt hatte sie für kerngesund erklärt. Er beglückwünschte Rebecca zu ihrer guten Arbeit und dankte Mrs. Campion für ihre Unterstützung.

Letztere war immer noch da, wuselte durch den Raum und versuchte, alle hinauszujagen, die gekommen waren, um die Babys zu sehen.

»Ja, wir müssen alle gehen«, stimmte Sadie zu. Sie trat an Rebeccas Bett und küsste sie auf die Stirn, bevor sie die Babys ansah, die zusammengekuschelt in der Wiege neben dem Bett schliefen. »Ich freue mich so sehr für euch alle«, flüsterte sie.

Sie zerrte Law am Ärmel, als sie um das Bett herum zur Tür ging. Law unterdrückte ein Gähnen und klopfte Nash auf die Schulter, der neben der Wiege stand. »Viel Glück beim Schlafen.« Der Herzog gluckste, ehe er mit seiner Frau hinausging.

Phin verweilte auf der anderen Seite des Bettes, während Leah zu Rebecca kam und ihre Hand nahm. »Ich weiß, das hattet ihr nicht geplant, aber ich bin so froh, dass du die Babys hier bekommen hast. Nicht nur bei mir. Sondern in Marrywell. Zu Hause.«

»Lange Zeit habe ich es nicht als mein Zuhause betrachtet«, sagte Rebecca. »Und ich bin mir nicht sicher, ob ich es jetzt tue. Zuhause ist dort, wo Nash ist.« Sie warf Nash einen Blick zu und war nicht überrascht, als er sie mit offener

Bewunderung anschaute.

»Und sie«, sagte Nash und neigte den Kopf in Richtung ihrer Kinder.

Kinder.

Nie hätte Rebecca gedacht, dass es zwei werden würden.

»Ja, das sind sie auf jeden Fall«, stimmte Rebecca zu.

Leah küsste Rebecca auf die Wange. »Versuche zu schlafen. Eines der Zimmermädchen wird ab und zu nachsehen, ob du etwas brauchst. Wir sehen uns dann morgen früh. «

»Den haben wir sogar schon«, meinte Phin und nickte in Richtung des Fensters, wo das Licht der Morgendämmerung zwischen den Vorhängen hindurchsickerte.

Leah lachte. »Meine Güte, Zeit hat während der Geburt keine Bedeutung.« Wieder umrundete sie das Bett und verließ mit Phin das Haus.

Mrs. Campion war die einzige verbliebene Person. Sie kam ans Bett, und ihre braunen Augen leuchteten auf ihrer dunklen Haut. »Ich werde mit den Dienstmädchen darüber sprechen, wie sie Ihnen am besten helfen kann. Ich werde für ein paar Stunden fort sein und später wiederkommen, um zu sehen, ob Sie Hilfe beim Füttern brauchen.«

Rebecca war sich nicht sicher, ob sie ihre Bedenken – oder Bedenken im Allgemeinen – vor Nash äußern wollte, aber er kam ihr zuvor.

Nash trat an das Bett heran und sah zu Mrs. Campion. »Wird sie in der Lage sein, sie beide zu ernähren?«

»Sie sollte keine Schwierigkeiten haben. Wir Frauen sind dafür gemacht, und wir sind stärker, als man sich vorstellen kann, vor allem Männer.« Sie lachte leise und tätschelte seinen Arm. »Sie waren außergewöhnlich und sehr hilfreich. Sie werden ein hervorragender Vater sein.«

»Das hoffe ich.«

»Sie beide sollten schlafen, wenn Sie können.« Mrs. Campion kehrte auf die andere Zimmerseite zurück, wo sie einen kleinen Stapel der restlichen schmutzigen Wäsche aufhob. »Ich schließe mich Law an und wünsche Ihnen Glück. Mein bester Rat an Sie ist, in den ersten Wochen ist zu schlafen, wenn die Kinder schlafen.«

Dann war sie fort, und Rebecca war mit Nash und ihren Babys allein. Sie gähnte und hatte plötzlich das Bedürfnis, die Augen zu schließen. Schlaf zu finden war für sie kein Problem, abgesehen von den letzten paar Wochen. Seit sie Nash geheiratet und mit ihm das Bett geteilt hatte, waren ihre Schlafprobleme verschwunden. Sie war sich sicher, dass es an seinem Mittel lag, das er ihr in der Nacht, als sie sich in Clipstone Hedge kennengelernt hatten, empfohlen hatte.

»Warum lächelst du«, fragte er.

»Ich habe daran gedacht, dass ich früher Schwierigkeiten mit dem Schlafen hatte. Als wir uns kennenlernten, hast du vorgeschlagen, dass Bettsport hilfreich sein könnte.«

Er lachte. »Das habe ich, nicht wahr? Was für ein frecher Lüstling ich doch war.«

Rebecca gähnte erneut. »Das ganze Gerede über Schlaf bringt mich gerade dazu, genau das zu tun.«

»Das solltest du«, meinte er leise und setzte sich neben sie auf die Bettkante. »Ich werde die beiden noch eine Weile bewundern.« Sein warmer, liebevoller Blick ruhte auf der Wiege.

Eine Woge der Liebe durchströmte Rebecca, die so heftig war, dass sie fast nach Luft ringen musste. »Ich kann immer noch nicht glauben, dass es zwei Babys sind.«

Nash wandte ihr seine Aufmerksamkeit wieder zu, und für einen kurzen Moment wurden seine Augen ganz rund. »Als der Arzt sagte, er glaubte, es käme noch ein weiteres Baby, war ich mir sicher, dass ich ihn falsch verstanden hatte.«

Als Erstes war ihre Tochter Matilda war zur Welt gekommen. Mrs. Campion war dabei gewesen, sie zu säubern, als Rebecca geklagt hatte, dass sie immer noch starke Schmerzen verspürte. Fast eine halbe Stunde später hatte ihr Sohn Marcus beschlossen, das Licht der Welt zu erblicken, was bedeutete, dass sie an unterschiedlichen Tagen Geburtstag hatten.

»Du bist fast in Ohnmacht gefallen«, meinte Rebecca. »Ich bin froh, dass Leah hier war, die sich deiner angenommen hat, während du deine fünf Sinne wieder eingesammelt hast.«

»Ehrlich gesagt bin ich mir nicht sicher, ob ich sie alle gefunden habe«, meinte er mit einem verlegenen Lächeln. »Vielleicht finde ich den Rest morgen.«

Rebecca lächelte. »Siehst du, ich habe dir gesagt, dass alles gut wird.«

»Du hast dich nur ein kleines bisschen geirrt.«

Fragend legte sie den Kopf schief. »Wie meinst du das?«

»›Gut‹ beschreibt dies nicht annähernd.« Er beugte sich zu ihr, sein Mund schwebte über ihrem. »Meiner Ansicht nach ist *perfekt* das richtige Wort.«

Vielen Dank, dass Sie »***Die Heiratsvermittlerin und der Marquess***« gelesen haben. Ich hoffe, es hat Ihnen gefallen!

Eine neue Serie von Darcy Burke:
Regeln für Halunke
Als eine junge Lady ruiniert wird, schwören ihre Freundinnen, dass keine von ihnen sich jemals wieder von einem Schurken umgarnen lässt. Sie werden dem Charme eines jeden Gentleman widerstehen, selbst – und vor allem – dann, wenn dies bedeutet, dass sie in den Ruf geraten,

unmöglich zu erobern zu sein. Es braucht schon
außergewöhnliche Flegel, um ihre Regularien zu brechen ...
Buch 1: *Falls der Herzog es wagt* – kann bald vorbestellt
werden! Abonnieren Sie unbedingt Darcys Newsletter, um
sofort benachrichtigt zu werden.

Möchten Sie erfahren, wann mein nächstes Buch verfügbar
ist? Sie können sich für meinen Deutscher Newsletter
anmelden, mir auf Amazon.de folgen und meine Facebook-
Seite liken. Alle Newsletter-Abonnenten erhalten exklusive
Bonus-Geschichten, die sonst nirgends erhältlich sind, unter
anderem auch die einleitende Vorgeschichte zur Buchreihe
Der Phönix Club.

Rezensionen helfen anderen, Bücher zu finden, die für sie
geeignet sind. Ich schätze alle Bewertungen, ob positiv oder
negativ. Ich hoffe, dass Sie erwägen werden, eine Bewertung
bei Ihrem bevorzugten der Seite Ihres bevorzugten Internet-
Netzwerkes abzugeben.

Ich mag meine Leser so sehr. Danke!

**Sind Sie an weiterer Regency-Romantik interessiert?
Schauen Sie sich meine anderen historischen Serien an:**

Die Unberührbaren
Geraten Sie ins Schwärmen über zwölf der begehrtesten und
schwer fassbaren Junggesellen der feinen Gesellschaft und
die Blaustrümpfe, Mauerblümchen und Außenseiterinnen,
die sie in die Knie zwingen!

Die Unberührbaren: Die Prätendenten

In der faszinierenden Welt der Unberührbaren spielend, handelt die Saga von einem Geschwistertrio, die sich darin auszeichnen, sich als jemand auszugeben, der sie nicht sind. Werden ein unerschrockene Bow Street Ermittler, ein niedergeschmetterter Viscount und eine desillusionierte Dame der feinen Gesellschaft es schaffen, ihre Geheimnisse zu lüften?

Der Phönix Club

Die exklusivste Einladung der feinen Gesellschaft ...

Willkommen im Phönix Club, in dem Londons waghalsigste, anrüchigste und intriganteste Ladys und Gentlemen Skandale, Erlösung und eine zweite Chance finden.

Regeln für Halunken

Als eine junge Lady ruiniert wird, schwören ihre Freundinnen, dass keine von ihnen sich jemals wieder von einem Herzensbrecher umgarnen lässt. Sie werden dem Charme eines jeden Gentleman widerstehen, selbst – und vor allem – wenn dies bedeutet, sich damit den Ruf zu erwerben, unmöglich zu erobern zu sein. Es braucht schon außergewöhnliche Herzensbrecher, um ihre Regeln zu brechen ...

Chroniken der Ehestiftung

Der Pfad der wahren Liebe verläuft niemals geradlinig. Manchmal ist eine Hausparty zur Ehestiftung vonnöten. Wenn Paare sich auf einer Hausparty kennenlernen, ereignen sich provokative Flirts, heimliche Rendezvous und Verliebtheit im Überfluss.

Ruchlose Geheimnisse und Skandale

Sechs unglaubliche Geschichten, die sich in den glamourösen

Ballsälen Londons und den herrlichen Landschaften
Englands abspielen. Das erste Buch, **Ihr ruchloses
Temperament** erscheint in Kürze!

Die Liebe ist überall

Herzerwärmende Nacherzählungen klassischer
Weihnachtsgeschichten im Regency-Stil, die in einem
gemütlichen Dorf spielen und von drei Geschwistern und
dem besten Geschenk von allen handeln: der Liebe.

Der Club der verruchten Herzöge

Sechs Bücher, geschrieben von meiner besten Freundin, der
New York Times Bestseller-Autorin Erica Ridley, und mir.
Lernen Sie die unvergesslichen Männer von Londons
berüchtigtster Taverne, dem Verruchten Herzog, kennen.
Verführerisch attraktiv, mit Charme und Witz im Überfluss,
wird eine Nacht mit diesen Wüstlingen und Filous nie genug
sein ...

BÜCHER VON DARCY BURKE

Historische Romantik

Die Bräute von Marrywell

Ein Herzog wird verzaubert

Erbin dringend gebraucht

Die Heiratsvermittlerin und der Marquess

Regeln für Halunken

Falls der Herzog es wagt

Frohsinn für den mürrischen Baron

Chroniken der Ehestiftung

Unerwartetes Weihnachtsglück

Der verstockte Herzog

Ein Earl als Junggeselle

Der ausgerissene Viscount

Die unechte Witwe

Die Unberührbaren

Ein Earl als Junggeselle (prequel)

Der verbotene Herzog

Der wagemutige Herzog

Der Herzog der Täuschung

Der Herzog der Begierde

Der trotzige Herzog

Der gefährliche Herzog

Der eisige Herzog

Der ruinierte Herzog

Der verlogene Herzog

Der betörende Herzog

Der Herzog der Küsse

Der Herzog der Zerstreuung

Der unverhoffte Herzog

Der charmante Marquess

Der verwundete Viscount

Die Unberührbaren: Die Prätendenten

Geheimnisvolle Kapitulation

Ein skandalöser Pakt

Des Gauners Rettung

Der Phönix Club

Ungehörig: Das Mündel des Earls

Leidenschaftlich: Eine zweite Chance für das Eheglück

Intolerabel: Die Schwester des besten Freundes

Unschicklich: Eine Vernunftehe

Unmöglich: Eine Schöne und ein Scheusal im Liebesglück

Unwiderstehlich: Eine Scheinehe mit dem Spion

Untadelig: Eine geheime, verbotene Affäre

Unersättlich: Der geläuterte Lebemann und die unwillige
Debütantin

Die Liebe ist überall

(eine Regency Weihnachtstrilogie)

Der Earl mit dem flammendroten Haar

Das Geschenk des Marquess

Eine Freude für den Herzog

Ruchlose Geheimnisse und Skandale

Ihr ruchloses Temperament

Sein ruchloses Herz

Die Verführung des Halunken

Verliebt in eine Diebin

Die Schöne und der Halunke

Einmal Halunke, immer Halunke

Der Club der verruchten Herzöge

Eine Nacht zum Verführen by Erica Ridley

Eine Nacht der Hingabe by Darcy Burke

Eine Nacht aus Leidenschaft by Erica Ridley

Eine Nacht des Skandals by Darcy Burke

Eine Nacht zum Erinnern by Erica Ridley

Eine Nacht der Versuchung by Darcy Burke

Regeln für Halunke

Falls der Herzog es wagt

Zumal der Baron grübelt

Wenn der Viscount lockt

Wie es dem Grafen beliebt

Bis der Wüstling kapituliert

Weil der Marquess es so will

Worum der Schurke bittet

Wie sich der Teufel versündigt

Darcy Burke ist die USA-Today-Bestsellerautorin von sexy, gefühlvollen, Historische Romanzen der Regentschaftszeit und zeitgenössischen liebesromane. Darcy schrieb ihr erstes Buch im Alter von 11 Jahren – mit einem Happy End – über einen männlichen Schwan, der von der Magie abhängig war, und einen weiblichen Schwan, der ihn liebte, mit nicht sehr gelungenen Illustrationen. Schließen Sie sich ihr an newsletter!

Darcy, die in Oregon an der Westküste der Vereinigten Staaten geboren wurde, lebt am Rande des Wine Country mit ihrem auf der Gitarre spielenden Ehemann und ihren beiden ausgelassenen Kindern, die das Schreiben geerbt zu haben scheinen. Sie sind eine nach Katzen verrückte Familie mit zwei bengalischen Katzen, einer kleinen, familienfreund- lichen Katze, die nach einer Frucht benannt ist, und einer älteren, geretteten Maine Coon, die der Meister der Kühle und der fünf-Uhr-morgens-Serenade ist. In ihrer ›Freizeit‹ ist Darcy eine regelmäßige ehrenamtliche Mitarbeiterin, die in einem 12-stufigen Programm eingeschrieben ist, in dem man lernt, ›Nein‹ zu sagen, aber sie muss immer wieder von vorne anfangen. Ihre Lieblingsplätze sind Disneyland und das Labor Day Wochenende in The Gorge. Besuchen Sie Darcy online unter https://www.darcyburke.de.

facebook.com/darcyburkefans
instagram.com/darcyburkeauthor
pinterest.com/darcyburkewrites
goodreads.com/darcyburke

IMPRESSUM

Deutsche Erstausgabe von:
Darcy E. Burke Publishing
Zealous Quill Press
13500 SW Pacific Hwy., Ste. 58-419
Tigard, OR, 97223
USA

Für die Originalausgabe:
Copyright © MATCHING THE MARQUESS, 2023 by
Darcy Burke, All rights reserved.

Für die deutschsprachige Ausgabe:
Copyright © 2023 by Petra Gorschboth
Redaktion: Nicole Wszalek
Umschlaggestaltung: © Dar Albert, Wicked Smart Designs.

ISBN: 9781637261323

www.darcyburke.de